한국의 얼
서문문고
큰글씨책

한국의 민담

임 동 권 지음

서 문 당

지은이 임동권 약력
경희대학교 대학원 국문학과 수료
문학박사
서라벌예술대학 학장 역임
　고려대학교, 성균관대학교, 경희대학교 대학원 강사
　문화재 위원, 민속학 회장, 한국신화학회 부회장
　한국문화인류학회 이사, 중앙대학교 교수
저　　서
《한국 민요집》 《한국 민요사》
《한국의 민속》(일본, 岩崎出版社 刊)
《한국 민속학논고》 《한국 세시풍속》(서문문고 61번)
역　　서
安田德太郎 《인간의 역사》

한국의 민담 〈서문문고 31〉 큰글씨책 – 한국의 얼
신판 인쇄 / 2020년 2월 20일
신판 1쇄 / 2020년 3월 10일
초판 발행일 / 1972년 9월 25일
엮은이 임 동 권
펴낸이 최 석 로
펴낸곳 서 문 당
주　소 경기도 고양시 일산서구 덕산로 99번길 85 (가좌동)
전　화 031-923-8258
팩　스 031-923-8259
출판등록 제 406-313-2001-000005호
ISBN 978-89-7243-698-0

한국의 민담

서 문

사람은 누구든지 어려서부터 할머니나 어머니의 무릎에 앉아 옛날이야기를 듣고 자라게 마련이다.

옛날이야기는 전설과 달라 흥미 본위로 엮어지기 때문에 시간성과 공간성이 애매하고 과장이 많다. 있을 법한 일이 평범하게 벌어지면 듣는 이는 흥미가 없다. 생각지도 않은 사건들이 벌어져야 하고 또 때로는 현실로서는 도저히 불가능한 일이 전개되어야만 재미도 느낀다. 그래서 민담은 때때로 심한 과장이 있어 듣는 사람이 흥미로운 관심을 가질 수 있다.

나는 어려서 많은 옛날이야기를 듣고 자랐다. 겨울밤이면 어머님 무릎에 앉아 교훈적인 이야기와 착한 소년이나 선비에 대한 이야기를 들었다. 또 당숙들이 놀러 와서는 무서운 호랑이 이야기나 도깨비 이야기를 곧잘 들려 주곤 했다. 이야기를 통해서, 어린 소년이지만 선과 악, 또는 옳은 것과 그른 것을 배울 수 있었다.

그리고 나의 주변에는 옛날이야기를 즐겨 하시는 분이 많이 계셨다. 90대에 돌아가신 재종조부, 80에 돌아가신 안동 김씨 사장 어른, 그리고 80에 돌아가신 나의 외조부께서는 지금도 내 기억에 생생하게 떠오르는 숱한 옛날이야기를 나에게 들려 주셨다. 내 기억에 남아 있는 옛날이야기들은 이분들의 유산이다.

민담은 순수하고 소박한 민중의 이상이요 생활이다. 그들의 생각과 희망을 이야기하고 또 그들의 생활을 흥미 있게 이야기한 것이다. 따라서 민족 심리나 민족 문화를 연구하는 데 민담은 좋은 자료이다.

　민속학에 손을 대고 틈틈이 민담도 아울러 수집하면서 언젠가는 정리해야겠다는 생각이 있었다. 그러나 교직의 바쁨에 쫓겨 그럴 기회가 없다가 묵은 자료를 정리하여 한 권의 책으로 묶는다.

　이 옛날이야기들은, 비록 싱거운 이야기들이지만 읽어 가면 많은 공명(共鳴)을 느끼고 그 구수함에 감탄하리라 믿는다. 내가 20년 동안 모은 것은 상당한 분량이지만 우선 여기에는 152화(話)만을 선보인다. 국학(國學)에 관심있는 분은 물론 누구나 읽어 기억을 되살리고 조상의 옛 모습을 찾을 수 있을 것으로 믿는다.

복음제에서 엮은이

■ 일러두기

1. 152화의 민담은 어려서의 기억과, 내가 여행하면서 수집한 것과, 내 민속학 강의를 듣는 학생들을 통해서 얻은 것들이다.

2. 이야기 끝에는 수집한 연월일^(年月日)·수집지·제공자의 성명과 당시의 연령을 기록해 두었다.

3. 이 기록이 없는 것은 나의 기억에 의한 것인데, 내 나이 어렸을 때 옛날이야기를 많이 들려 주신 분은 다음과 같다.

　　장소, 충청남도 청양군 적곡면 분향리

　　노모^(老母) 생존 75세

　　재종조부 1971년에 93세로 작고

　　외조부 1953년에 71세로 작고

　　안동 김씨 1965년에 75세로 작고

4, 자료의 배열은 엄밀하게 분류하지는 않았으나 주제에 의하여 대충 나누어 보았다.

5, 극히 유사한 것은 제외했으나 이야기의 중간에 가서 비슷한 것은 어쩔 수 없이 그대로 수록했다.

1972년 7월 5일　임동권^(任東權)

차례

한국의 민담

1 거짓말 이야기

　옛날 옛적 어느 고을에서 모가지 없는 사람이 목발 없는 지게를 지고 자루 없는 도끼를 메고 뿌리 없는 고주백이(나무 등걸)를 캐려고 모래 강변으로 갔었답니다.

　그 사람은 자루 없는 도끼로 고주백이를 캔다는 것이 잘못되어 발톱 없는 발가락을 찍어서 하얀 피가 주르륵 흘렀답니다. 그래 부랴부랴 의사를 찾아 나섰습니다.

　그런데 의사를 찾아가는 도중 길에서 중과 고자가 싸움을 하고 있었습니다. 고자는 중의 상투를 쥐고, 중은 고자의 불알을 쥐고 싸우는 것이었습니다.

　이 싸움을 가까스로 떼어 말리고 의사를 찾아갔더니 의사는 칼이 필요하다는 것입니다.

　부엌으로 칼을 가지러 갔더니 칼이란 놈은 바가지를 쓰고 춤을 추면서 물을 달라 하더랍니다.

　그래 다시 모래 강변으로 갔더니, 푸르청청한 하늘에서 소나기가 쏟아져 강물이 되어 흐르는데 그 위에 커다란 보따리가 하나 떠내려 오더랍니다.

　자루 없는 쇠스랑으로 그 보따리를 건져내어 펴보니 그 속에는 새빨간 거짓말만 달싹달싹.

(1955년 8월 20일, 충남 예산군 대흥면 대율리 양철록 18세)

2 거울을 모르는 사람들

옛날 한 선비가 서울로 과거^(科擧)를 보러 갔다가 거울을 사가지고 돌아왔다. 시골에서만 살았기 때문에 서울에 가서 자기 모습을 비추어 주는 거울을 보니 너무나 신기해서 많은 돈을 주고 그 거울을 사온 것이다.

선비는 거울을 남몰래 감추어 두고 아침저녁으로 혼자만 꺼내서 자기 모습을 비추어 보곤 하였다.

어느 날 선비의 아내는 남편이 농 속에서 무엇인가를 꺼내어서는 혼자만 보고 도로 감추고 하는 것을 눈여겨보았다.

그래서 남편이 나간 사이에 도대체 감춰둔 것이 무엇인지 궁금함을 참지 못하여 농 속에서 슬그머니 그것을 꺼내 들여다보았다.

순간 아내는 깜짝 놀랐다. 거기에 젊은 여자의 모습이 불쑥 나타났기 때문이었다.

질투와 화가 머리끝까지 치민 아내는 시어머니한테 쫓아가서 거울을 보이며 남편이 서울에 가더니 젊은 첩을 얻어다 몰래 농 속에 감추어 두었다고 울며불며 넋두리를 늘어놓았다.

시어머니는 그럴 리가 있겠느냐고 하면서 거울을 받아들고 들여다보았다.

거기에는 늙은 여인의 모습이 들어 있었다. 시어머니는,

"애 아가야, 어디 첩이 있느냐? 건넛마을 할머니가 마실

(마을)와서 여기 있지 않느냐?"

했다.

옆에서 이 광경을 보고 있던 시아버지가 무엇을 가지고 수다를 떠느냐고 나무라면서 자기도 거울을 들여다보았다. 이번에는 늙은 할머니 대신 늙은 할아버지의 모습이 비치고 있었다.

시아버지는 그 모습을 보더니 두 무릎을 꿇고 공손한 말씨로,

"아버님, 무슨 일이 있으시기에 이렇게 현령(顯靈)하셨습니까?"

하고 절을 했다.

며느리는 분명히 젊은 첩의 모습을 보았는데 이게 도대체 어찌된 일인가 싶어 다시 거울을 들여다보았다.

여전히 아까의 젊은 첩의 모습이 그대로 나타났다.

화가 치민 며느리는 첩에게 요사를 부리지 말라고 야단을 쳤다. 그랬더니 첩도 흉내를 내어 입을 놀리는 것이었다.

며느리가 점점 약이 올라 야단을 치면 첩도 지지 않고 며느리가 하는 대로 흉내를 냈으므로 나중에는 끝내 거울을 깨고 말았다고 한다.

3 쥐의 둔갑

옛날 시골 어느 집에 쥐가 많았다. 며느리가 부엌에서 일을 마치고 방으로 들어가면 으레 쥐가 나와서 찌꺼기를 주워 먹곤 했다.

오랫동안 부엌에서 쥐를 보아 왔으므로 마음씨 착한 며느리는 때로는 쥐더러 먹으라고 일부러 밥 찌꺼기를 놓아두기도 했다.

어느 날 이상한 일이 생겼다. 부엌에 얼굴도 음성도 몸매도 꼭 같은 며느리가 같이 일을 하고 있는 것이었다.

너무나 똑같아서 어느 며느리가 진짜이고 가짜인지 분간을 할 수가 없어서 가족들은 야단들이었다.

본인들도 서로 제가 이 집의 진짜 며느리라고 우겨대니 더욱 알 수가 없게 되었다.

가족들은 두 며느리를 방에 불러들여 여러 가지로 질문을 했으나 가짜를 골라낼 수가 없었다. 사마귀 난 것이며, 흉터가 있는 것이며, 웃는 모습이며 조금도 틀리는 점이 없이 모두 똑같다. 여러 가지로 시험을 해보았지만 분간을 할 수가 없었다.

그래서 마지막으로 살강(찬장)에 있는 숟가락이 몇 개냐고 물었다. 그것도 둘이 다 맞히었다. 다시 접시가 몇 개냐고 물었다.

진짜 며느리는 마침 그 개수를 잊었으나, 쥐가 둔갑을 한 며느리는 늘 살강에 몰래 들어가 찬을 몰래 훔쳐 먹으면서 세어 두었기 때문에 훤히 알고 있어서, 척척 알아맞히었다. 그래서 가짜 며느리를 진짜로 판정하여 집에 두고 진짜 며느리는 가짜로 판정되어 쫓겨나고 말았다.

집에서 쫓겨난 진짜 며느리는 울면서 정처 없이 길을 떠났다. 얼마쯤 가다가 대사님을 만났다. 이 대사님은 인근 절에 있는 유명한 스님이었다. 그래서 대사님에게 사실대로 말했다. 그랬더니 대사님은 그것은 매우 쉬운 일이라고 하면서 큰 고양이를 잡아다 방 안에 넣으라는 것이었다.

며느리는 대사님이 시키는 대로 고양이를 구해다가 몰래 집에 들어가 방문을 열고 집어넣고 문을 꼭 닫았다. 잠시 후 방 안에서는 후닥닥거리며 이리 닥치고 저리 닥치는 소리가 들리더니 쥐의 비명이 들렸다. 그러고 나서는 한참 조용해졌다.

며느리가 어쩐 영문인가 싶어 방문을 열어 보니, 가짜 며느리가 죽어 쥐가 되어 고양이 발밑에 깔려 있었다.

가족들이 이 꼴을 보고 크게 놀랐으며, 쫓겨났던 진짜 며느리를 맞이하여 잘못을 사과하고 가족이 화기애애하게 잘 살았단다.

(1955년 8월 14일, 충남 연기군 서면 봉암동 이치조(李致朝) 72세)

4 개의 보은

술을 잘 마시는 영감이 있었는데 하루는 볼일이 있어 장엘 갔다. 이때에 집에서 기르던 개가 따라왔다.

영감은 장에 가서 친구를 만나고, 싸전, 옹기전, 포목점으로 몇 바퀴를 도는 동안 여러 사람을 만나 술을 많이 마시게 되었다.

해가 서산에 기울기 시작하자 파장을 시작하는 장꾼들이 하나둘씩 돌아갔다. 영감은 술이 거나하게 취해 개를 데리고 집으로 발길을 돌렸다.

집에 가는 길에는 도중에 산길과 재를 넘어야 했다. 술에 취한 영감은 비틀거리다가 잔디 위에 쓰러져 잠이 들어 버렸다.

이때 마침 산불이 났다. 메마른 잔디는 점점 불길이 번져 영감에게로 가까워 왔다. 개는 주인을 잠에서 깨우려고 사납게 짖고 옷을 물어 잡아당겼으나 술에 곤죽이 된 영감은 좀처럼 깨어나지를 않았다.

개는 불에서 주인을 구하려고 가까운 개울에 가서 꼬리에 물을 적셔 주인이 누운 근처의 잔디에 뿌리고 다시 개울에 가서 꼬리에 물을 적셔 잔디를 적시고, 몇 백 번을 결사적으로 되풀이해서 불길이 겨우 잡혀 주인을 구했다. 그러나 주인을 구한 개는 과로로 쓰러져 죽고 말았다.

잠에서 깨어난 영감은 자기가 누운 곳만 잔디가 성하고 다

른 곳은 모두 불에 탔으며 개가 죽어 있는 것을 보고 잠든 사
이에 있었던 일을 짐작할 수 있었다.

개가 자기 목숨을 구했다는 것을 알게 된 것이다.

영감은 비록 축생이기는 하지만, 목숨을 잃으면서까지 주인
을 구해 낸 개가 고마웠다.

그래서 개를 좋은 곳에 묻어 주고 비석까지 만들어 세워 주
었다는 주인에게 충성스런 개의 이야기이다.

5 물 건너는 중

옛날 어느 산골에 커다란 절이 있었다.

하루는 어느 상좌가 바깥으로부터 뛰어 들어오며 숨찬 소리로 스님을 급히 불렀다.

스님이 매우 놀라면서 왜 그러냐고 물었다. 그랬더니 상좌가 하는 말이,

"까치가요, 절문 밖 큰 대추나무에다 집을 짓는데 웬 옥
비녀를 갖다 끼워요."

하였다.

이를 이상히 여겨 밖으로 나간 스님에게 상좌는 올라가서 옥비녀를 꺼내라고 꾀이었다.

그래 스님은 까치집을 한참 쳐다본 후, 신과 버선을 벗어 놓고 손에 침을 바르더니 대추나무를 올라가기 시작하였다. 이 가지 저 가지를 바꿔 디디며 까치집까지 올라가는 걸 보던 상좌는 소리쳤다.

"저것 보세요, 우리 스님이 까치 새끼를 꺼내 생으로 뜯
어 잡수시네요."

하며 절이 떠나갈 듯 고함을 질렀다.

절 안의 중들이 일제히 쳐다보니까 대추나무 위에 있던 스님이 당황하여 급히 내려오다 가시에 온 몸이 찢겨 피투성이가 되었다.

다른 중들에게 변명을 한 후, 그 스님은 부끄럽기도 하고 분함을 못 참아 상좌를 끌고 들어가 실컷 때려 주었다.

그러나 이 상좌는 원래 장난을 잘했으므로 또 곯려 줄 방법을 생각했다. 이번엔 자기가 장난을 한 후에도 책망을 받지 않게 하려고 신중히 계획을 짰다.

때는 가을이었다.

어느 날 상좌가 절 아래에 있는 동네에서 돌아와 스님 곁에 앉으며 은근히 말을 꺼냈다.

"저 아랫마을 주막집에 사는 젊은 과부가 있지요."

"그래."

"지금 소생이 오려니까 과부가 불러서 무슨 일인가 하고 갔더니, 절 근처 그 많은 감나무에 열린 감을 스님 혼자만 잡수냐고 물었어요."

"그래서?"

"그래 대답하길 스님이 그럴 리가 있나요, 스님도 잡수시고 다른 사람도 나눠 줘요 하였지요."

"그랬더니?"

"과부가 하는 말이 그러면 스님께 여쭙고 좀 얻어 달라고 합디다."

"그래? 그럼 먹을 만큼 따다 주려무나."

그리하여 상좌는 만족한 듯이 제일 좋은 감을 골라서 따 가지고 내려갔다. 그 과부는 천하 미인이라, 은근히 탐을 내지 않는 사람이 없었다.

　　한편 스님도 과부를 은근히 생각하는 눈치였다.

　　'그 여자는 겉은 꽃 같으나 속은 얼음과 같이 찬 천하 미인이다. 감히 말을 해본 사람도, 말소리를 들어 본 사람도 없는데 감을 맛보자는 것은 나와 통하자는 것이 아닐까? 그렇다면 감은 나에게 고마운 과일이다.'

　　이같이 속으로 중얼거리며 마음을 죄이었다.

　　얼마 후에 상좌가 웃으며 들어왔다.

　　"스님, 감을 갖다 주었더니 어찌나 좋아하는지 모르겠어요. 그런데 그 과부가 또 하는 말이 있어요."

　　"무슨 말인데?"

　　"저 불당의 옥병은 스님이 혼자 잡수냐고 묻더군요."

　　"그래서?"

　　"모두 나눠 먹는다고 했지요."

　　"대답 잘했다."

　　"그랬더니 스님께 여쭙고 그것을 좀 갖다 달라고 하던데요?"

　　상좌는 스님의 허락이 떨어지기가 바쁘게 불당으로 들어갔다. 그러고는 불상 앞에 고이 놓인 옥병을 전부 거두어 가지고 마을로 내려갔다.

스님은 또 과부를 생각하며 상좌가 오기를 고대했다. 그러던 중 저편에서 상좌가 오다가,

"스님."

하고 부르고는 절 뒤로 뛰어갔다.

스님은 초조한 끝에 상좌를 쫓아가니 뒷간으로 들어가 버렸다.

닭 쫓던 개가 지붕 쳐다보듯 걸음을 멈추고 상좌가 나올 때만 기다렸다.

이윽고 상좌가 나오며,

"아이구, 똥 쌀 뻔 했어."

하곤 어려운 일이나 한 듯 외쳤다.

스님은 자기가 뛴 일이 분하여 어찌된 일이냐고 물었다.

상좌는 스님의 기색을 살피며 왜 여길 오셨느냐고 했다.

"네가 뛰어오기에 영문도 모르고 왔지."

"소생은 여기까지 올라오시란 게 아니라 말씀을 전하려다 뒤가 급해서 뛰었습니다."

"그러면 말이나 하고 오지. 대관절 과부가 뭐라고 하더냐?"

"아이구, 과부 말씀 하지도 마셔요. 제가 갔다가 맞아 죽을 뻔했어요."

"얘, 무슨 말인지 어서 해봐라."

하고 스님은 독촉을 했다.

"병을 갖다 놓고 얘기를 하려는데 과부의 아버지가 술이 취해서 작대기로 때리며 중놈이 무슨 고약한 짓을 하려고 이곳에 왔느냐고 하잖아요."

"그럼 아무 말도 들을 겨를이 없었겠구나."

하고 또 재차 물었다.

"얻어 맞고 뒤꼍으로 뛰어오는데 과부가 쫓아오며 이틀 후에 오라고 했습니다만 맞아 죽을 것 같아 다시는 못 가겠습니다."

스님은 후일에 다시 오란 말에 정신이 번쩍 나서 상좌를 자기 방으로 데리고 들어가서 돈을 주고 달래며 호감을 사느라고 애를 썼다.

이윽고 그날 돈을 많이 타가지고 마을에 내려가 놀다 돌아와서 스님을 가만히 불렀다.

"스님, 과부가 말하길 스님께 신세를 많이 졌다고 하면서 한번 조용한 곳에서 만나자고 했어요."

그러자 스님은 너무 기뻐 한참 생각하다가,

"어느 날 만나자고 하더냐?"

"모레 저녁에 스님더러 자리를 정하라고 하던데요."

그리하여 절 뒷방에다 장소를 정하고 상좌는 마을로 내려갔다.

과부에게 가서,

"소인이 본래 가슴앓이가 있는데, 의원에게 보이니 아낙네의 신짝을 따뜻하게 해서 대면 낫는다기에 헌 신짝을 얻으러 왔습니다."

하고 청했다.

과부는,

"내버릴 신짝은 없고 현재 신는 것을 줄 테니 어서 병이나 나으라."

고 했다.

신을 들고 스님 방문 앞으로 기어와 있으니까 방 안에서,

"과부가 온다. 미인 과부가 온다. 저 과일을 내가 권하면 그녀가 나에게 권하고, 후에는 인사도 하고, 내 요구도 들어줄 테지."

하고 중얼거렸다.

그때 상좌가 문을 벌컥 열고서,

"다 틀렸소, 다 틀렸어."

했다. 스님이 영문을 몰라 하니 상좌는,

  "과부가 오다가 스님의 중얼거리는 것을 듣고 여러 사람
  이 논다고 대단히 노하고 돌아가는 것을 붙잡지 못하고
  신짝만 주워 가지고 왔어요."

하고 신짝을 보였다.

  "다 잘 된 일이 틀린 것은 모두 스님의 탓입니다."

하며 스님을 원망하였다.

  이를 듣고 있던 스님은 큰 실수나 한 듯이,

  "옳다, 요놈의 주둥아리가 죄다. 몽둥이로 때려라."

하고 상좌 앞으로 내민다. 이것을 본 상좌는,

  "옳소이다."

하며 옆에 있는 목침으로 갈기니 상하의 이빨이 몽땅 빠졌다.

  상좌는 여태껏 잘 속였으나 앞으로도 계속해서 속일 궁리
를 했다.

  어느 날 스님에게로 가서,

  "아랫마을 과부가 말씀 좀 전해 달라고 했어요."

하며,

  "저번에 왔다가 스님이 혼자 말씀하신 것인 줄 모르고
  그냥 간 것이 미안하다고 하면서 다시 뵙도록 해달라고
  하대요."

"어떻게 만나자고 하든?"

하며 스님은 바싹 다가앉는다.

상좌는 우쭐대면서,

"이번에는 자기가 조용한 '예쁜네'로 장소를 정했으니 이 약을 잡수시고 오시래요. 이 약은 원기 왕성한 약이 래요."

라고 말했다.

스님은 일초가 새롭게 고대하다가 먼저 가서 기다리고 있었다. 그런데 이상하게 배가 꿈틀거리더니 설사가 날 듯하였다. 참다못해 무릎을 꿇고 발뒤꿈치로 변구(便口)를 괴고 있는데 과부가 문을 열고 들어오다가,

"사람이 들어오는데 괴이하게 앉아서 일어나지도 않아."

하며 스님을 두 손으로 떼밀었다.

자빠진 스님은 똥을 파락 싸고 고개도 못 든 채 기어 나왔다.

설사는 상좌의 흉계로, 약이 아니라 날콩가루를 먹었기 때문이었다. 날콩가루를 물과 마시면 바로 설사가 나는 것이었다.

한편 스님은 겨우 자기 방으로 들어와서,

"이놈의 배, 이놈의 배……."

하며 주먹으로 자기의 배를 때렸다. 이를 본 중들은 견딜 수 없는 냄새가 나도 유구무언$^{(有口無言)}$이었다.

이 스님처럼 자기의 양심에 어긋나는 욕심을 억지로 채우려다 가는 곳마다 봉변을 당하는 것을 가리켜 물 건너는 중$^{[渡水僧]}$이라 별명$^{(別名)}$하였다.

(경기도 양주군 세금면 인산리 720 이학순)

6 달래 고개

옛날 조실 부모한 남매가 오손도손 살고 있었다. 마음씨 착하고 의좋기로 소문이 나서 누구나 칭찬하는 처지였다.

부모가 없는 탓으로 과년하도록 혼인을 하지 못하는 처지였다.

어느 무더운 여름날 남매는 재 너머 밭으로 일을 하러 갔다. 땀을 흘리며 일을 하고 나서 점심을 먹으러 집으로 돌아오는 길인데 고갯마루에서 소나기를 만났다.

갑자기 쏟아지는 비여서 피할 인가도 없어, 남매는 큰 나무 밑에 서 있었으나 심한 비 때문에 옷이 흠씬 젖도록 비를 맞고 말았다.

비에 젖은 남매의 꼴은 가관이었다. 여름 모시옷을 입었는데 비에 젖은 옷이 살에 착 달라붙었다. 알몸이 다 들여다보이는 것 같았다.

오라버니는 누이동생에게서 새로운 사실을 발견했다. 여태껏 느끼지 못한 복잡한 감정이 솟아 올라왔다.

비에 젖은 살결과 머리카락이며 연적처럼 둥글게 솟은 젖멍울을 보니 참을 수 없이 흥분되었다. 그러나 오라버니는 마음을 억누르지 않을 수 없었다.

비가 개었다. 오라버니는 누이에게 빨리 앞서 가라고 했다. 누이는 제 살결이 들여다보이는 것이 부끄러워 앞서 길을 재촉

했다.

누이는 집에 가서 옷을 갈아입고 점심을 다 지어 놓아도 오라버니가 오지 않았다. 누이는 이상한 생각이 들어 비를 피했던 고갯마루로 가보았더니, 나무 밑에 오라버니가 피투성이가 되어 죽어 있었다.

오라버니는 누이를 앞세워 보내 놓고 육친에게서 춘정을 느끼고 흥분했던 것이 부끄럽고 죄스러워 돌을 주워다 자기 생식기를 찍어 자살했던 것이다.

이 꼴을 본 누이는,

"죽지 말고 차라리 달래나 보지."

하며 울었다고 한다.

이런 일이 있은 후론 마을 사람들은 이 고개를 '달래 고개' 라고 부르게 되었다고 한다.

(편자주 : 이와 같은 이야기는 민담으로 전할 뿐 아니라 전설이 되어 전국 여러 곳에 전파되어 있다. 즉, '달래 고개', '달래 강' 등은 모두 같은 이야기를 가지고 있다.)

7 짐승의 소리를 알아듣는 사람

옛날 어떤 사람이 소를 판 돈을 가지고 오다가 도적을 만나 돈도 빼앗기고 죽음까지 당했습니다.

또한 그 고을에는 날짐승의 소리를 알아듣는 사람과 병들어 죽은 고기 맛을 안다는 두 사람이 있었습니다.

이 두 사람이 어느 날 장을 보러 가는데 소나무 위에서 까마귀가 울고 있었습니다. 그때 고기 맛을 안다는 사람이 날짐승 소리를 알아듣는 사람에게 물었습니다.

"저 소리가 뭐지? 자넨 날짐승 소리를 알아듣는 당께."

그러니까 짐승의 소리를 알아듣는 사람이 대답했습니다.

"저 소나무 밑엔 괴기(고기)가 있어. 죽은 사람의 괴기가
있어."

그래 두 사람이 나무 밑으로 가보았더니 과연 사람이 하나 죽어 있었더랍니다. 그런데 때마침 이곳을 지나던 관리들이 이들을 사람을 죽인 도적으로 오인하고 붙잡아 임금님 앞으로 끌고 갔습니다.

억울한 이들은 사실대로 말을 했습니다. 그러나 임금님과 관리들은 그것을 믿으려 하지 않았습니다.

임금님은 퇴침 밑에 새끼 제비를 감춰 두었습니다.

한참 후에 어미 제비가 와서 울었습니다. 임금님과 관리들은 그들의 말이 거짓인지 사실인지를 알아보기 위해 물었습니다.

　　"저 소리가 무슨 소리냐?"

　　"퇴침 밑의 내 새끼를 내놓아라. 내 새끼를 내 놓아라."

　　그랬더니 임금님과 관리들은 감탄해서 고개를 끄덕이며 그들을 풀어 주었더랍니다.

(1955년 8월 19일, 전남 담양읍 최수향)

8 귀머거리 가족

옛날 옛적 어느 곳에 다섯 식구가 살았다.

아버지와 어머니, 아들과 며느리뿐만 아니라 머슴까지도 모두 귀머거리인 집이었다.

하루는 아버지가 오줌장군을 짊어지고 들에 나가 일을 한 뒤에 휘양(머리에 쓰는 방한구의 일종) 하나를 사서 쓰고 집으로 왔다. 그랬더니 마나님 하는 말이,

"그 휘양 얼마 주고 사 썼소?"

영감은 그 대답은 못하고,

"뜨뜻해서 좋네."

며느리와 아들은 무슨 영문인지 모르고,

"언제 내가 누룽지 긁어 먹어라우?"

"언제 내가 투전을 하고 댕겨요?"

또 며느리가 머슴더러 밥을 먹으라고 하니까 머슴 하는 말이,

"언제 내가 당신 속곳을 봤어?"

언제나 이렇게 이 집 가족들은 서로 딴전만 보면서도 부지런히 일했기 때문에 남부럽지 않게 잘 살아갔다고 한다.

(1955년 8월 18일, 전남 무안군 이로면 위리 홍재옥)

9 견뎌내기

옛날 어느 마을에 언제나 머리 부스럼을 앓고 있는 사람과 눈병을 앓는 사람과 늘 코를 훌쩍이는 코흘리개가 살았다.

부스럼쟁이는 늘 머리를 긁적이는 게 일쑤이고, 눈병을 앓는 사람은 모여 드는 파리 떼를 쫓느라 정신을 못 차리고, 또 코흘리개는 항상 코를 훌쩍이며 소매 끝으로 코를 문질러 댔다.

그런데 이 세 사람은 자신들의 허물은 잊은 채 늘 상대편의 흉허물을 헐뜯기가 일쑤였다.

그러던 어느 날 이 세 사람은 한 자리에 모였다. 그리고는 서로 상대방 흉을 한참 보다가 내기를 했다.

"그럼 우리 셋 중에서 누가 오래 견디나 보자."

다시 말하면 부스럼쟁이는 머리를 긁지 않고, 눈병을 앓는 사람은 파리를 쫓지 않고, 코흘리개는 코를 닦아내지 않으면서 얼마나 오래 견뎌내나 내기를 건 것이었습니다.

한참 시간이 흐르자 서로가 죽을 지경이었습니다.

부스럼쟁이는 머릿속이 근질근질, 눈병을 앓는 사람은 쇠파리까지 새까맣게 모여 들어 죽을 상이고, 코흘리개의 코에서는 콧물이 흘러내려 닦지 않고는 견딜 수가 없었습니다.

그러나 모두 몸을 비틀며 괴로움을 참아내는 서로의 가관인 몰골을 쳐다보고 있었습니다. 그러다가 끝내 참을 수 없게 되자 부스럼쟁이가 먼저 묘안을 생각해 내었습니다. 그리고 말을 걸었습니다.

　"내가 어제 산으로 나무를 하러 갔었는데 사슴 한 마리가 숲속에서 뛰어나오질 않겠어? 그 사슴 머리에는 여기에도 뿔이 나고, 저기에도 뿔이 났었어."

하며 주먹으로 뿔이 난 곳을 가리키는 척하며 가려운 데를 긁적긁적했습니다.

　이것을 보고 있던 코흘리개도 한 꾀를 생각해 냈습니다.

　"그 사슴이 말씀야, 내 앞을 지나쳐 도망가는데 마침 포수가 사냥을 나왔어. 포수는 사슴을 잡으려고 활을 요렇게 겨누었지."

하며 활을 당기는 척하면서 소매 끝으로 슬쩍 코를 닦아냈지요.

　두 사람이 꾀를 부려 그들의 괴로움을 면하는 것을 보고, 눈병을 앓는 사람도 생각에 잠겼습니다. 드디어 한 꾀를 생각해 낸 그는 이렇게 말했습니다.

　"자네들 이야기는 모두 그럴 듯하지만 사실은 뒷산에서 사슴을 본 사람은 하나도 없었어. 나는 절대로 자네들 말을 믿지 않는단 말일세."

하면서 고개를 살래살래 흔들고 손을 휘저으며 모여든 파리 떼를 쫓아 버렸습니다.

　이렇게 해서 서로 괴로운 고비를 넘긴 세 사람은 그 후부터
는 서로의 흉허물을 잡지 않고 의좋게 잘 살았다고 합니다.

10 모래[砂] 돛대

옛날 중국은 대국(大國)이라는 것을 뽐내기 위해서 소국(小國)인 우리나라를 곯려 주는 일이 적지 않았다.

그러던 어느 해 어느 심술궂은 중국의 임금이 사신(使臣)을 보내 까다로운 요구를 해왔다.

'조선에는 한강이라는 큰 강이 있다는데 그 한강의 물
을 한 방울도 남기지 않고 한 척의 배에다 실어 보내라는
것'
이었다.

이런 까다로운 주문을 받은 우리나라 임금의 걱정은 태산 같았다.

유유 가득히 흘러내리는 한강물을 한 방울 남기지 않고 퍼 올릴 수도 없거니와, 또 그 많은 물을 퍼 올린다 해도 한 척의 배에다 실어 보낼 그런 큰 배는 있을 수도 없기 때문이었다.

보내라는 날짜는 다가오는데 아무리 생각해도 묘안이 생기지 않아 임금님은 괴로웠다.

그러다 하루는 머리가 좋다는 조정의 신하들을 불러들여 의논을 했다.

그러나 한강물을 한 방울도 남기지 않고 한 척의 배에다 실어 보낼 수 있다는 묘안은 나올 리가 없어, 신하들도 어쩔 줄을 몰라 했다.

한참 후에 어느 정승이 임금님 앞에 나타나 좋은 수가 있다고 했다.

기뻐한 임금님은 어서 그것을 말해 보라고 재촉했다.

정승의 말을 다 듣고 난 임금님은 고개를 끄덕이더니 뛸 듯이 기뻐하며 어서 답장을 쓰라는 것이었다.

중국의 천자에게 보내는 답장에는 이렇게 씌어 있었다.

'한강물을 한 방울도 남기지 않고 퍼 보낼 준비는 다 되어 있나이다. 그러나 이 많은 물을 보내기 위해서는 한강 물을 실을 만한 큰 배가 필요한대, 그 배는 모래를 3백 자(R) 쌓아 올려 돛대를 만들어야 하나이다. 우리나라는 아시다시피 소국이라 그런 많은 모래가 없으니 대국인 귀국에서 북쪽의 사막(砂漠)이라도 헐어 3백 자 모래 돛대를 만들어 배와 함께 보내십시오. 그러시면 곧 한강물을 한 방울 남기지 않고 실어 보내겠습니다.'

이 답장을 받은 중국의 천자는 아무 말도 못했으며, 그 후 다시는 까다로운 주문을 해오지 않았다고 한다.

11 명판관

옛날 송사(소송사건)를 잘 판가름하는 이름난 판관이 있었다. 무슨 일이고 그 앞에서 해결되지 않는 일이 없었다.

아무리 어려운 문제라도 그는 척척 판결해서 억울한 일이 없도록 판가름을 해주었다. 그래서 명판관이란 이름이 널리 알려져 천하가 다 그를 알게 되었다.

한데 어느 날 이 명판관에게도 어려운 문제가 들어왔다.

협수룩하게 차리고 빈 지게를 진 옹기장수가 찾아와서 신세한탄을 하면서 호소했다.

"나는 이제까지 10여 년을 두고 옹기장수를 해서 늙은 부모를 봉양하고 있습니다. 그런데 오늘 장에 가서 새로 팔 옹기를 한 짐 사서 지게에 지고 오던 중, 짐이 무거워 고갯길에서 지게를 받쳐 놓고 잠시 쉬는 사이에, 갑자기 회오리바람이 불어 지게가 쓰러지는 통에 옹기가 모두 깨어지고 말았습니다. 이제 꼼짝없이 굶어죽게 되었으며, 부모를 모실 길이 없게 되었습니다. 그러니 옹기값을 변상해 주도록 조처해 주십시오."

이야기를 다 듣고 나니 사정은 매우 딱했으나, 명판관도 어떻게 해야 좋을지 알 수가 없었다.

백성의 억울한 사정을 풀어 주는 것이 자기의 직책이며, 또 명판관의 권위를 위해서도 어떻게 해서든지 이 일을 해결해 주어야 하겠는데, 죄는 회오리바람한테 있는 것이어서 좀처럼 명안이 나오질 않아 명판관도 당황하지 않을 수 없었다.

한참 생각 끝에 판관은 하인을 불렀다. 하인에게 곧 나루터에 가서 남쪽으로 가는 뱃사공과 북쪽으로 가는 뱃사공을 불러오도록 했다. 뱃사공들은 영문도 모르고 하인에게 끌려 들어왔다.

판관은 먼저 북으로 가는 뱃사공에게 물었다.

"너는 무슨 바람이 불어야 하느냐?"

북으로 가는 뱃사공은,

"저희는 북으로 가니 남풍이 불어야 좋습니다."

하고 대답했다. 다음 남으로 가는 뱃사공에게 물었다.

"너는 무슨 바람이 불어야 좋으냐?"

남으로 가는 뱃사공은,

"저는 남쪽으로 가니 북풍이 불어야 가기가 편합니다. 그러니 북풍이 불기를 바랍니다."

이 말을 듣자 판관은 크게 호령을 하였다.

"이 고약한 놈들, 너희들이 남풍 불어라, 북풍 불어라, 하며 서로 빌고 고사를 지내고 하니 남풍과 북풍이 한꺼번에 불어 회오리바람이 되고, 그 회오리바람에 옹기짐

이 쓰러져서 저 옹기장수가 생계를 잃게 되었으니 너희
들이 옹기값을 변상하도록 해라."
고 명령했다.

그래서 뱃사공들은 꼼짝없이 옹기값을 물어서, 옹기장수는
장사를 계속하게 되었으며, 판관도 더욱 명성을 떨치게 되었다.

12 나이 자랑

옛날 옛적 호랑이 담배 먹던 시절의 이야기이다.

산 속에 사는 여러 짐승들이 모여 잔치를 하게 되었다. 많은 음식을 차려 놓고 짐승들이 모였는데 잔치에는 어른을 상석에 앉히는 게 도리라 누구를 상석에 앉힐 것인가 하는 것이 큰 문제였다.

짐승들은 서로 제가 어른이라고 우기고 나섰으나 의견의 일치를 보기가 힘들었다. 그래서 어른의 증거로서 누가 제일 나이가 많은가 제각기 나이 많은 자랑을 하기로 했다.

맨 먼저 노루가 나이 자랑을 했다.

"이 세상이 처음 생길 때에 하늘에 해와 달과 별을 만들어 박았는데 그 일을 바로 내가 했다."

노루의 이야기는 천지개벽할 때에 그 작업을 제가 했다는 것이니 제 나이가 바로 천지개벽만큼 오래됐다는 것이다.

이 말을 들은 다음 여우가 나이 자랑을 했다.

"이 세상이 처음 생길 적에 하늘에다 해와 달과 별을 노루가 박았는데 하늘이 너무 높아서 박지 못하고 사다리를 놓고 박았다. 그 사다리를 만든 나무는 3천 년이나 자라서 겨우 하늘에 닿을 정도였는데, 그 나무는 바로 내가 심었던 것이다."

여우의 이야기는 나무를 심어 3천 년 후에 베어서 노루가 사용한 것이니, 노루보다 나이가 3천 년 이상 많다는 것이었다.

여우의 이야기를 듣더니 옆에 있던 두꺼비가 훌쩍훌쩍 울고 있었다.

여러 짐승들이 이상하게 여기며 왜 우느냐고 물었다.

두꺼비는 울음을 멈추고 이야기를 시작했다.

"나는 여러 자식과 수많은 손자를 두었으나 운수가 불길해서 다 죽었다. 여러 손자 중 맨 막내 손자가 늘 말하기를, 이 세상이 처음 생길 때에 하늘에다 해와 달과 별을 박았는데 너무 높아서 사다리를 놓고 일을 했다. 그 사다리를 만든 나무를 심은 자가 바로 막내 손자의 친구라고 말했는데, 자네들 이야기를 들으니 죽은 막내 손자 놈이 생각나서 그렇다."

두꺼비 이야기는 여우가 막내 손자의 친구라는 것이니, 여우보다 나이가 많은 것은 뻔한 이치라는 것이었다.

두꺼비의 이야기를 듣고 나머지 짐승들은 질려서 더 이상 나이 자랑을 하지 못하고 할 수 없이 두꺼비를 상석에 모셨다는 것이다.

13 고래 뱃속

고래는 이 세상에서 제일 큰 동물로 알려져 있다.

큰 고래인 경우 사람은 물론 어지간한 배[船]도 통째로 삼킬 수 있다고 한다.

옛날 어느 어부가 고기잡이를 하다가 고래가 나타나 바닷물을 들이 삼키는 바람에 고래 뱃속으로 빨려들어 갔다.

고래의 뱃속에는 먼저 들어간 사람들이 있어 노름판을 벌이고 있었다.

어느 옹기장수는 옹기짐을 진 채 들어왔기 때문에 지게를 받쳐 놓고 노름에 열중하고 있었다. 그때 마침 어떤 사람이 담배를 피우다가 담뱃대로 고래 뱃살을 지지니 고래는 뜨거움에 못 견뎌 크게 요동치는 바람에 옹기짐이 쓰러지고 사람도 뒹굴어 노름판이 엉망이 되어 버렸다.

옹기짐이 쓰러지면서 그릇이 깨져 살을 찌르고, 간장 된장이 엎질러져서 고래는 더욱 쓰리고 아파서 날뛰었다.

이 틈을 타서 사람들은 깨어진 그릇 조각으로 고래의 뱃가죽을 찢고 밖으로 나올 수가 있었다고 한다.

14 유식한 며느리

옛날 어느 집에서 새 며느리를 맞아들였다.

그 며느리는 시집오기 전에 친정아버지로부터 시집가면 하나에서부터 열까지 모두 말조심해야 한다는 간곡한 교훈을 받았다.

어느 날 밤에 밖에서 개가 유난히 짖어댔다.

안방에서 시아버지가 왜 저리 개가 짖느냐고 물으셨다. 며느리는 제가 나가서 살펴보겠노라 하고 밖으로 나갔다.

어둠 속의 개는 외양간 앞에서 짖고 있었다.

외양간에 매어 둔 소에게 추워서 입혀놓은 덕석이 어쩌다가 머리 위로 흘러 뿔에 걸쳐져 있었다.

앞을 볼 수가 없는 소는 답답해서 몸을 좌우로 흔들어대는 꼴을 보고 개가 짖는 것이었다.

이 광경을 본 며느리는 안방 문 앞에 다가서며 시아버지께 말하기를,

"소씨께서 덕석씨를 쓰시고 펄펄 뛰시니 개씨가 보시고 꽁갱이 짖으세요."

이 말을 들은 시아버지는 우리 며느리는 참으로 공손하고 유식하다고 칭찬하더라는 것이었다.

15 박치기와 물기 시합

    평안도에서 박치기를 제일 잘하는 사람과 함경도에서 물기를 제일 잘하는 사람이 우연히 외나무다리 위에서 만났다.

    두 사람이 만나기는 처음이지만 전부터 서로 소문을 듣고 서로 잘 알고 있는 처지였다.

    팔도에서 평안도 사람들은 머리로 받아치기를 잘하고, 함경도 사람들은 물기를 잘한다고 하며, 언젠가는 한 번 만나서 박치기하는 사람과 물어뜯기 하는 사람이 누가 이기나 시합을 해보았으면 하는 생각을 갖고 있었다. 그래서 두 사람은 속으로 '너 참 잘 만났다.'고 생각했다.

    외나무다리에서 만났으니 서로 앞으로 나아갈 수가 없었다.

    누군가가 뒤로 되돌아가서 길을 비켜 주어야 했다.

    그러나 서로 상대가 상대인 만큼 순순히 비켜 줄 리가 없었다.

    두 사람은 서로 비키라고 버티었다. 그러나 아무도 비키지 않았다.

    서로 으르렁대며 노려보다가 정 그러면 힘으로 대결할 수밖에 없다고 생각했다.

    두 사람은 몸을 겨누어 상대방의 빈틈을 노리며 살기가 등등했다.

이윽고 평안도 박치기가 후닥닥 뛰더니 함경도 물어뜯기를 날쌔게 받아 넘겼다. 그 순간 두 사람은 모두 외나무다리 밑으로 굴러 떨어졌다.

　평안도 박치기는 그것 보라는 듯이 의기양양하게 일어나면서,

　"네가 졌지."

했다.

　함경도 물어뜯기도 땅에서 일어나면서 입에서 핏덩이 같은 것을 탁 뱉었다. 그러면서 하는 말이,

　"네가 박치기는 했지만 네 코가 붙어 있나 보아라."

했다.

　평안도 박치기는 손으로 코를 찾았으나 정말 코가 없다. 크나큰 절구통처럼 푹 패어 있었다.

　받는 순간 어느 사이에 코가 물어 뜯겨 달아난 것이다.

　이래서 두 사람은 결국 비기고 말았다는 것이다.

16 이 세상에서 제일 높은 고개

옛날 어진 임금님이 한 분 계셨다. 하루는 임금님께서 많은 나인들 중에서 어느 나인이 가장 슬기로운가 시험을 하기로 했다.

임금님은 나인들을 모두 불러 한 자리에 모이게 하셨다. 임금님은,

"이 세상에서 가장 좋은 꽃은 무슨 꽃이냐?"

고 물으셨다.

나인들은 서로 "연꽃입니다.", "모란꽃입니다.", "백합꽃입니다.", "매화꽃입니다.", "함박꽃입니다."

하면서 이 세상에서 아름다운 꽃들을 모두 상감께 아뢰었다.

그러나 임금님은 고개를 옆으로 흔드시며 아니라고 부정만 했다.

이때에 맨 뒤에 있던 한 나인이 앞으로 나와,

"이 세상에서 가장 좋은 꽃은 목화꽃입니다."

하고 말했다.

임금님은 그때서야 고개를 아래위로 끄덕끄덕하시면서,

"네 말이 옳도다. 아름다운 꽃이 아니라 가장 좋은 꽃이라 하였으니, 목화를 심어 부유하게 되면 이 나라 또한 살찌게 되니, 그 이상 좋은 꽃이 없느니라."

하셨다.

임금님은 두 번째 문제로 이 세상에서 가장 높은 고개가 무슨 고개냐고 물으셨다.

　　나인들은 "대관령 고갭니다." "문경새재입니다." "추풍령 고개입니다." "용문산 고개입니다." 하며 제각기 높은 고개를 모조리 아뢰었다.

　　그러나 임금님은 고개를 좌우로 흔들 뿐이었다.

　　이때에 아까 '목화꽃'이라고 아뢰었던 나인이 다시 일어나서,

　　"세상에서 제일 높은 고개는 보릿고개이옵니다."
하며 겸손히 아뢰었다.

　　임금님은 또 그때서야 무릎을 탁 치며,

　　"과연 짐이 바라던 지혜로운 자이로고."
하시며 많은 나인들 중에서 슬기로운 나인을 뽑은 기쁨에 넘쳤다.

　　그리고 그 나인을 우두머리 나인으로 임명하고 나라에 어려운 일이 있을 때마다 그 나인과 의논해서 백성들을 잘 다스렸다고 한다.

　　　　　　　　(1955년 8월12일, 경기도 여주군 당양리 노성진 65세)

17 자린고비 영감

옛날 경상도 어느 산골에 인색하기로 유명한 영감이 있었다.

남에게 물건을 빌려 주지 않는 것은 물론이요, 아무리 궁한 사람이 돈이나 곡식을 꾸어 달래도 응하는 일이 없었다.

일가친척 중에서 누가 굶어죽게 되어도 돌보는 일이 없었다.

그뿐 아니다. 고기가 먹고 싶으면 지나가는 생선장수를 불러들여 팔을 걷어붙이고,

"이놈이 큰가, 저놈이 큰가?"

하면서 한참 동안 여러 생선을 주물럭거리다가 양 손바닥에 비늘을 흠씬 묻힌 후에 안 사겠다고 장수를 되돌려 보낸다.

인색한 영감은 장수가 돌아가면 얼른 안으로 들어가서 며느리보고,

"애야, 큰 그릇에 물을 떠오너라."

하고 그 물에 생선 비늘과 생선 냄새가 묻은 손을 말끔히 씻어내고는,

"이걸로 오늘 저녁 국을 끓이도록 해라."

고 하는 것이었다.

가끔 육곳간에 가서도 고기를 만지작거리다가는 집에 돌아와서 손을 씻고 그 물로 국을 끓이게 하여서 식구들에게 먹이곤 했다.

그래서 사람들이 그를 노랭이 영감이라고 부르게 되었다.

이 노랭이 영감이 어느 날 뒤뜰을 거닐다가, 햇볕을 쬐기 위해 뚜껑을 열어 놓은 된장 항아리 속을 무심코 들여다보니 큰 쉬파리 한 마리가 된장을 빨아먹고 있었다.

영감의 안색이 순식간에 변했다.

쉬파리가 된장 도둑질을 하고 있기 때문이었다.

노랭이 영감은 두 손으로 쉬파리를 잡으려고 했으나 쉬파리는 날쌔게 날아가 버렸다. 영감은 쉬파리를 쫓기 시작했다.

쉬파리는 다른 장독에 앉았다가 영감이 쫓아오면 다시 담장 위에 날아가 앉았다가 바깥마당으로 달아났다.

영감은 눈이 시퍼렇게 되어 쉬파리를 계속 쫓았다.

쉬파리는 밭으로 날아갔다. 영감도 질세라 밭으로 쫓아갔다. 다시 논으로 날아갔다. 영감도 쫓아갔다.

쉬파리는 재수 없게 되었다고 생각하면서도 붙잡히지 않으려고 죽을 힘을 다해서 날아갔다.

영감은 논이고 밭이고 아랑곳하지 않고 얼굴을 붉을락 누르락거리며 줄곧 쫓아갔다. 쉬파리는 30리를 날아갔으나 악착스런 영감보다 먼저 지쳐 버렸다. 마침내 가엾은 쉬파리는 영감 손에 잡히고 말았다.

노랭이 영감은 두 손가락으로 쉬파리 날개를 쥐더니 쉬파리다리와 궁둥이에 묻은 된장을 입으로 쪽쪽 빨고는 집어던졌다.

그제야 영감의 직성이 풀렸던 것이다.

이렇게 인색한 영감이 하루는 시장에 가더니 무슨 생각이 났는지 자반고등어 한 마리를 사가지고 돌아왔다.

식구들은 '이게 웬일인가.' 하며 깜짝 놀랐다.

노랭이 영감도 이제는 마음이 변해서 찬거리를 사온 것이 아닌가 하면서 식구들은 내심 기뻐했다.

영감은 안방으로 들어가더니 아무 말도 않고 그 자반고등어를 천장에다 높이 매달아 놓았다.

그리고 식구들을 모아 놓고 하는 말이,

"오늘부터 자반고등어를 먹게 되었다. 그러니 밥 한 술을 떠먹고 자반고등어를 한 번씩만 쳐다보아라."

고 일렀다.

식구들은 자반고등어가 먹을 것이 아니라 겨우 구경만 하는 것이라는 것을 알게 되자 실망했다. 그러나 자반고등어를 구경만이라도 하게 되었으니 전날에 비하면 다행이라고 생각했다.

저녁상이 들어왔다. 식기에 반밖에 차지 않은 깡보리밥에 찬이라고는 상복판의 뚝배기에 왕소금이 담겨 있을 뿐이었다.

식구들은 밥 한 숟갈을 뜨고 손으로 왕소금을 집어먹는 것이었다.

　그러나 오늘부터는 천장에 달아 놓은 자반고등어를 한 번 쳐다보고 찬으로 대신하는 것이었다.

　그래서 식구들은 고개가 아플 정도로 천장을 부지런히 쳐다보아야 했다.

　천장의 자반을 보니 침이 자꾸 꿀컥꿀컥 넘어가고 식욕은 더 생겼다.

　'저 자반고등어를 정말로 한 점만 먹어 봤으면 얼마나 좋을까.'

하며 생각하니 더욱 구미가 당기는 것이었다.

　그러나 어른의 명령이니 별도리가 없었다. 그러나 어린 막내 손자놈은 자반고등어가 너무나 먹고 싶어서 밥 한 술 뜨고 두 번 천장을 쳐다보았다.

　이 꼴을 본 영감은 손자놈 등을 탁 치면서,

　"두 번씩이나 쳐다보면 헤퍼서 장차 어떻게 살림하느냐?"

고 호통을 쳤다고 한다.

　그 영감네 집에 가면 아직도 그 자반고등어가 천장에 매달려 있는데, 그을고 졸아들고 파리들이 똥을 싸서 까맣게 되어 지금은 자반고등어인지 썩은 나무토막인지 알 수가 없게 되어 있다는 것이다.

18 개성 사람과 수원 사람

옛날부터 개성 사람과 수원 사람은 규모 있고 인색하기로 이름이 나 있다는 것이다. 그래서 개성 사람들이 대체로 치부를 잘할 뿐 아니라 여자들도 살림을 알뜰히 잘하며 낭비하는 일이 없다는 것이었다.

그래서 개성 여자와 혼인하면, "살림은 틀림없겠군." "업이 들어왔다." 고들 해왔다.

수원 사람 역시 살림에 빈틈이 없다고 전한다.

따지기를 잘하고 경우를 엄격히 밝히며 절약에 있어서는 누구한테도 지지 않으려 든다는 것이다.

옛날 우연히 개성 사람과 수원 사람이 함께 길을 가게 되었다.

이런 이야기 저런 이야기를 주고받으며 가는데, 짚신이 닳을까 봐 둘 다 맨발을 한 채 짚신은 허리에 차고 길을 걸어갔다.

한참 동안 길을 가는데 앞에서 이름 있는 가문의 규수가 이쪽으로 오고 있었다. 두 사람은 체면상 짚신을 신지 않을 수 없게 되었다.

두 사람은 짚신을 신었다.

개성 사람은 짚신을 신고 몇 발짝 걸어가다 일행이 지나가 버리자 곧 짚신을 벗어 먼지를 털고 얼마나 닳았나 살펴보더니 다시 허리에 찼다.

수원 사람은 길옆에 멈춰 선 채 짚신을 신더니 먼 곳을 두리번거리는 척하며 딴전을 피우다가 일행이 지나기를 기다려 곧 짚신을 다시 벗어 먼지를 털고 허리에 찼다.

　　이래서 개성 사람보다 수원 사람을 더 인색하게 여겨 왔다고 전한다.

19 활로 새 잡기

옛날 어느 마을에 집이 몹시 가난해서 근심 걱정 속에 살아
가는 한 사나이가 있었다.

한 번은 이 사나이가 길을 가는데 길가의 관상쟁이가 관상
을 보아 준다고 했다. 그러더니 한참 훑어본 후에 새를 그물로
잡아 새 장사를 하라는 것이었다.

그런데 한 가지 유의할 것은 그 새들은 전부 송곳으로 눈이
나 배에 구멍을 뚫어야 한다고 했다.

그리고 활을 만들어 등에 메고 서울 장안을 돌아다니며
"새 사려!"를 외치라는 것이었다.

마치 그물이 아니라 활을 쏘아 새를 잡은 것처럼 하면서 말
이다. 그러면 틀림없이 좋은 수가 생겨 팔자를 고친다는 것이
었다.

이 사람은 관상쟁이가 시킨 대로 서울로 와서 새를 팔러 다
녔다.

그러나 별로 팔리지가 않았다. 그래 그만둘까 싶은 생각도
들었지만 팔자를 고친다는 관상쟁이의 말을 생각하니 그럴 수
도 없어 그냥 계속 "새 사려!"를 외치고 다녔다.

하루는 큰 기와집 앞에 당도했다. 그러자 집주인이 불쑥 나
타나서 이 새들은 손수 활로 잡은 거냐고 물었다.

이 남자는 관상쟁이가 시켰던 대로 등에 진 활로 잡았다고

했다. 그랬더니 그 사람이 감탄하며 그렇게 정말 활을 잘 쏘느냐고 물었다. 이 사나이는 그렇게 잘은 못 쏘지만 맞추기는 제법 잘한다고 했다.

그러자 돈은 얼마든지 드릴 테니 소원 하나 들어 달라고 애원했다. 그래 그 사람의 집으로 새 장수도 따라 들어갔다.

저녁을 잘 얻어먹은 후 주인이 사정 이야기를 했다. 그에게는 무남독녀가 있는데 매일 밤 자정만 되면 큰 새가 지붕에 앉아 운다는 것이었다.

그런데 이 큰 새가 세 번만 울면 이 집 무남독녀가 까무러치고 만다는 것이었다.

그러니 제발 그 새를 활로 쏘아 잡아 달라는 것이었다. 사실인즉 활은 조금도 못 쏘는 자신이지만 이왕 내디딘 걸음이니 해보자고 꾀를 한 가지 짜내었다.

자정이 가까워지자 그는 벌거벗고 지붕에 올라가서 반듯이 누워 손을 벌리고 있었다. 조금 후 과연 큰 새가 날아와 그의 바른손에 앉았다. 그러고는 북쪽을 향해 크게 두 번 울고 세 번째 울려고 했다.

그 순간 그는 힘껏 그 새를 잡아쥐었다. 그러고는 잡은 새의 눈알에 화살을 찔러 두고 내려와 잠을 잤다.

다음날 주인이 일어나 지붕을 쳐다보니 큰 새 한 마리가 눈에 화살이 꽂힌 채 나자빠져 있지 않은가.

　주인은 기뻐서 어쩔 줄 몰라 했으며, 그 사나이에게 많은 돈을 주었다. 그래서 사나이는 그 후 잘 살게 되었다고 한다.

(1956년 12월, 경북 금릉군 구성면 상원리)

20 꾀 많은 미녀

어느 시골에 예쁘기로 소문난 처녀가 있었는데 갑자기 부모를 잃고 혼자 살게 되었다.

인물 좋고 솜씨 좋은 처녀였으니 자연 여러 곳에서 청혼이 들어왔으나, 그 처녀는 부모의 3년상이 끝날 때까지는 시집갈 생각이 전혀 없다고 거절했다.

아름다운 처녀가 혼자 살고 있다는 소문을 듣고 마음씨 고약한 장부 한 사람이 자기가 한 번 그녀를 꾀어 보겠다고 마음 먹었다.

사나이는 그녀를 찾아가서 온갖 선심을 다 써가면서 꾀어 봤으나 그녀는 쳐다보지도 않았다.

화가 난 사나이는 위협까지 했으나 그녀의 마음을 움직일 수가 없었다. 그래서 최후 수단으로 밤중에 찾아가서 강제로라도 제 아내로 삼아 보겠다고 결심했다.

사나이의 속셈을 미리 알아챈 처녀도 궁리 끝에 한 꾀를 생각해 냈다.

큰 게를 물동이에 넣고 부엌 아궁이에는 밤을 묻어 놓았다.

그리고 다시 뜰에는 개똥을 잔뜩 주어다 놓고 대들보에는 절구통을 달아 매두었다.

마당엔 멍석을 펴두고, 그 옆엔 지게를 놓아두었다.

드디어 밤이 되었다. 비치던 달빛마저 구름에 가리고 사방이 고요해지자 사나이는 사립문을 살그머니 열고 마당으로 들어섰다. 잠시 후 방문을 열려고 했으나 처녀가 문고리를 잠가서 열리지를 않았다.

장부는 완력을 써서 문고리를 빼고 방으로 들어갔다. 처녀도 이제는 어쩔 수 없게 되었다.

사나이가 그녀의 몸을 덮치려 하자 그녀는 나직한 목소리로 사정을 했다.

"당신이 내 얼굴이 고운 데 반해서라면 불을 밝히고 내 얼굴을 보아야 할 것이 아녜요."
라고 속삭였다.

사나이는 과연 그렇다고 생각하면서 성냥이 어디 있느냐고 물었다. 미녀는 성냥은 없고 부엌 아궁이에 불씨는 있다고 말했다.

사나이는 불을 밝히기 위해서 아궁이로 가서 불씨를 뒤적이며 입으로는 바람을 불어 넣었다.

이 순간 재속에 묻어 두었던 밤알이 익어서 탁! 하고 튀는 바람에 사나이는 눈을 한대 얻어맞고 말았다. 그리고 온통 잿가루로 뒤범벅이 되었다.

장부는 갑작스런 일에 놀랐을 뿐 아니라 눈이 멀고 얼굴이 화끈거려 견딜 수 없었다.

사나이는 어둠 속에서 물동이를 찾았다. 찬물로 씻으면 뜨거운 기운이 없어질 것 같아서 두 손으로 부뚜막을 더듬자 물동이가 손에 닿았다. 그래서 물을 뜨려고 손을 넣는 순간 게란놈이 손가락을 꼭 물었다.

"어이쿠!"

하며 견딜 수 없는 아픔에 펄쩍 뛰다 엉덩방아를 찧었다.

사나이는 아차 속았다는 생각을 하니 화가 치밀었다. 그래서 방에 들어가서 처녀를 죽여 버려야겠다고 생각했다.

사나이는 부엌에서 나왔다.

화도 나고 급하기도 해서 빨리 발을 내딛다가 그만 개똥을 밟아 미끄러졌다.

엉덩방아를 찧어 아프기도 하거니와 냄새도 고약해서 더욱 화가 치솟았다.

사나이는 벌떡 일어나 마루로 올라섰다.

그 순간 대들보에 달아매었던 절구통에 이마를 부딪치면서 무거운 절구통이 아래로 떨어졌다.

사나이는 마당으로 뒹굴어 떨어지면서 기절을 하고 말았다.

이때에 마당에 펴졌던 멍석은 사나이를 똘똘 말고 지게는 그 멍석을 지고 저절로 가더니 개울 낭떠러지에 장부를 내던져 버렸다.

이렇게 해서 그 아름다운 처녀는 화를 면하고, 부모의 3년 상이 끝난 다음 양반집 도련님에게 시집가서 아들 딸 많이 낳고 잘 살았다고 한다.

21 아내보다 떡

옛날 옛적 어느 곳에 젊은 내외가 살고 있었다.

어느 날 이웃집에서 제사떡을 가지고 왔다. 젊은 내외는 떡을 맛있게 먹었다.

순식간에 떡은 없어지고 마지막 하나가 남았다.

이 젊은 내외는 누구든지 먼저 말을 하는 사람은 이 떡을 먹지 못한다는 내기를 했다.

젊은 내외는 입을 다물고 내기로 들어갔다. 말을 하고 싶은 일이 있었으나 서로 꾹 참았다.

이때에 도둑이 이 집에 들어왔다. 도둑이 두 사람을 보니 벙어리 같았다. 도둑은 방 안으로 들어왔다. 그러나 젊은 내외는 마지막 남은 한 개의 떡을 먹기 위해서는 말을 할 수가 없었다.

이 도둑은 방 안에 있는 물건을 모두 싸가지고는 젊은 아내마저 업고 가려고 했다. 그러나 남편은 아무 말도 하지 않았다.

아내는 화가 나서,

"이 무정한 양반아, 이래도 아무 말 안 하기요?"

하고 소리쳤다. 그랬더니 남편은 어느 사이에 떡을 집어다 입에 넣으며,

"이제 이 떡은 내 것이다."

라고 비로소 말을 했다고 한다.

22 나무들

　옛날에 뽕나무와 대나무, 그리고 참나무가 이웃에서 함께 자라고 있었다.

　어느 날 뽕나무가,

　"뽕!"

하고 방귀를 뀌니까, 대나무가,

　"댁끼놈!"

하고 야단을 쳤다.

　그러자 참나무가 있다가,

　"참아라, 참아라!"

하더란다.

(1958년 8월 20일, 진주시 번성동 14　김두임 18세)

23 꼬부랑 할머니

옛날에 꼬부랑 할머니가
꼬부랑 지팡이를 짚고
꼬부랑 고개를 넘어가는데
꼬부랑 똥이 마려워서
꼬부랑 나무에 올라가
꼬부랑 똥을 누는데
꼬부랑 개가 와서
꼬부랑 똥을 먹더래.
그래서 꼬부랑 할머니가
꼬부랑 지팡이로
꼬부랑 개를 탁 때리니까
'꼬부랑 깽, 꼬부랑 깽, 꼬부랑 깽'
며 도망치더래. 재밌지?

(충북 영동군 학산면 아암리 전선자 17세)

24 도둑 쫓은 방귀쟁이

옛날 어느 시골 장날이었다.

장에 왔다가 날이 저물어 집으로 돌아갈 수 없는 방귀쟁이는 할 수 없이 주막에 들게 되었다.

너무 피곤해서 밥을 먹자마자 잠이 들어 버렸는데 연달아 방귀를 뀌기 시작했다. 그런데 이상하게도 그의 방귀소리는, "누구냐!" 하는 소리로 일관되었다.

"누구냐, 누구냐……."
하며 한없이 시끄럽게 방귀를 뀌었다.

그 소리에 잠이 깬 한 손님이 참다못하여서 벌떡 일어나 팽이처럼 생긴 마개를 만들어 방귀쟁이의 항문을 단단히 막아 놓았다.

그런데 마침 주막에 도둑이 들어와서 장독 뒤에 숨어 쌀을 한짐 지고서 밖으로 나가려는 것이었다.

그 찰나 갑자기 '뼁!' 하는 소리와 함께 "누구냐!" 하는 큰 소리가 터져 나왔다.

그래서 도둑은 지게도 쌀도 다 내버리고 '걸음아, 날 살려라.' 하며 도망을 가고 말았다고 한다.

25 방귀 뀌고 쫓겨나다

어느 방귀 잘 뀌는 처녀가 시집을 간 첫날밤에 방귀를 뽕뽕하고 뀌니까 남편이 방귀를 잘 뀐다고 내쫓았는데, 첫날밤에 아기를 가져서 열 달 후에 아들을 낳았대.

그 아이가 열 살쯤 되어 글방엘 다니는데 '저놈은 아비 없는 후레자식' 이란 소리를 듣게 되었대. 그래서 어머니한테,

"어머니, 나는 왜 아버지가 없어요?"

하고 물었더래. 그랬더니 그 어머니는 사실대로 이야기를 해주었대.

다음날 그 소년은 어머니한테 호박씨를 달래 가지고 동네마다 돌아다니면서,

"방귀 안 뀌는 사람이 심으면 하루에 두 지게씩 따는 호
박씨 사려."

를 외쳤더래. 그러자 사람들은,

"방귀 안 뀌는 사람이 어딨냐?"

고들 했대.

그 소년은 집으로 돌아와서 어머니한테,

"어머니! 아버지가 어느 동네에 살고 계시나요?" 하고 여
쭈었대.

어머니가 어디에서 아버지가 새 마누라를 얻어 산다고 일러주자, 소년은 그 이튿날 당장 그 집을 찾아가서,

"방귀 안 뀌는 사람이 심으면 하루 두 지게씩 따는 호박
씨 사려."

를 외쳤더래.

그랬더니 한 남자가 나와서,

"세상 천지에 방귀 안 뀌는 사람이 어디 있느냐?"

고 물었더래. 그러자 그 소년은,

"그러면 왜 우리 어머니는 첫날밤에 방귀를 뀌었다고 내
쫓았어요?"

하니까, 아무 소리 못하고 사나이는 그 본부인과 아들을 데려
다 잘 살다 죽었대.

(경기도 화성군 양감면 송산리 마정숙)

26 방귀 시합

옛날 한때 팔도에서 방귀 잘 뀌는 사람으로, 경상도 방귀쟁이와 전라도 방귀쟁이가 이름나 있었다.

어느 날 전라도 방귀쟁이는 이왕이면 팔도에서 제일 가는 방귀쟁이가 되려고 경상도까지 원정 시합을 나섰다.

먼 길을 걷고 걸어서 경상도 방귀쟁이네 집을 찾아가 보니, 주인은 마침 장에 가고 없었다.

전라도 방귀쟁이가 보니 경상도 방귀쟁이네 집은 초가집 오두막이었다.

언뜻 생각에 방귀를 세게 뀌는 놈이라면 이러한 집이 지탱할 수 없을 것인데, 집이 초라한 것으로 미루어 대단한 놈도 아닌데 공연히 먼 길을 와서 싱겁게 되었다고 생각했다.

그러면서 연습 삼아 방귀를 한 방 뀌었더니 경상도 방귀쟁이의 초가집이 온데간데없이 날아가고 말았다.

경상도 방귀쟁이는 장에서 일을 보고 저녁에 집으로 돌아와 보니 집이 온데간데 없었다.

마을 사람들 입을 통해서 사연을 알아차린 경상도 방귀쟁이는 매우 화가 났다.

보복을 하기로 결심한 경상도 방귀쟁이가, 마을에서 제일 크고 무거운 돌 절구통을 가져다 궁둥이에 대고 서쪽 전라도를 향해서 방귀를 한 방 크게 뀌니, 그 육중한 돌 절구통은 하늘 높이 솟아 지리산 꼭대기를 넘어 전라도 쪽으로 날아갔다.

전라도 방귀쟁이는 이제는 제가 전국에서 제일 가는 방귀쟁이라는 기쁨에서 득의만만하여 집으로 돌아와 막 담배를 한 대 피우려고 하는데, 뜻밖에도 동쪽 경상도 쪽 하늘에서 돌 절구통이 날아와 이마 위에 떨어지려 하였다.

순간 재빨리 돌아선 전라도 방귀쟁이가 동쪽 하늘을 향해서 방귀를 한 방 뀌니, 날아오던 절구통은 방향을 바꿔 경상도 쪽을 향해서 지리 산록을 넘어 되날아갔다.

경상도 방귀쟁이는 그녀석이 결국엔 돌 절구통에 얻어맞았을 것으로 믿고 통쾌하게 여기고 있는데 서쪽 하늘에서 무엇인가 날아오는 것이 보였다.

그래 자세히 살펴보니 자신이 날려 보낸 돌 절구통이 되날아오는 것이었다.

화가 난 경상도 방귀쟁이는 돌아서서 또 한 방 방귀를 뀌었다.

그랬더니 돌 절구통은 다시 지리산을 아득히 넘어 전라도 쪽으로 되날아갔다.

이렇게 해서 돌 절구통은 방귀 힘으로 지리산을 넘어 전라도와 경상도를 몇 번 왕래했다.

그러나 두 방귀쟁이는 서로 지지 않으려고 힘써 방귀를 번갈아 뀌니 돌 절구통은 하늘 높이 떠서 오지도 가지도 못하고 발발 떨다가 석 달 열흘 만에야 지상에 떨어지더라고 한다.

　　이 방귀 시합은 결국 승부가 나지 않고 무승부로서 두 사람이 다 팔도의 방귀 대장이 되었다고 한다.

28 단 방귀장수

옛날 어느 깊은 산골에 형제가 살고 있었는데 형은 욕심이 많아 부모가 준 재산을 혼자만 가졌다. 그래서 동생은 나무장사로 그날그날 입에 풀칠을 하며 살았다.

하루는 동생이 나무를 하는데 나무 위에서 큰 왕벌 한 놈이 머리를 툭 쐈다.

화가 난 동생은 지게 작대기로 그놈을 때리려고 했다. 그랬더니 그놈은 숲속으로 막 도망을 치더니 커다란 느티나무 속으로 쏙 들어가 버렸다.

동생이 씩씩거리며 쫓아가 작대기로 구멍을 쑤시니 작대기에 꿀이 묻어 나왔다. 그래서 나무하는 일을 젖혀 놓고 허리띠를 늦춰 가며 꿀을 아주 실컷 먹었다.

서산으로 해는 뉘엿뉘엿 넘어가고 어둑어둑해지자 꿀로 배를 채운 동생은 빈 지게를 지고 집으로 돌아오는데, 왜 그렇게 방귀가 나오는지 몰랐다.

밥을 먹다 방귀를 뀌니 밥이 꿀처럼 달았다. 온 식구들이 밥이 꿀처럼 달고 맛있다고 했다.

이 소문이 차차 이웃으로 퍼져서 동네를 다니며 방귀장사를 하기로 하였다.

나중에는 장터에 가서도 팔고 어떤 때는 잔칫집에서나, 떡집, 음식점에서 떡과 음식을 달게 하기 위해 사방에서 동생을 불러갔다.

그러는 동안 동생은 형보다 더 부자가 되었다.

어느 날 시기에 가득 찬 형이 부자가 된 연유를 묻기에 동생은 자초지종 얘기를 했다. 그랬더니 형은 사방 산천에서 꿀을 구하다 못해 콩이라도 먹고 방귀를 뀌겠다고 생콩을 한 말이나 갈아먹었다.

하루는 형이 자기도 동생처럼 음식을 달게 할 수 있다고 선전하며 장터에 나갔다가, 음식을 달게 해달라는 어떤 잔칫집 주인의 부탁을 받고 잔칫집으로 갔다.

형은 자신만만하게 떡 반죽 위에다 방귀를 뀌려고 힘을 주니, 쏴하고 똥물이 쏟아져 나와 사람들은 화가 머리끝까지 치밀었다. 그래서 몽둥이로 천치 숙맥이 되도록 때려서 내쫓았다고 한다.

(1955년 7월 23일, 충북 청주시 김씨 65세)

26 방귀 잘 뀐 며느리

옛날, 어느 고을에 농사꾼의 막내딸이 있었다. 그런데 그녀는 예쁘게는 생겼지만 방귀를 잘 뀌었다.

시집갈 나이가 되어 그 건넛마을에 사는 이 참봉의 큰며느리로 시집을 갔다.

그 며느리가 3년간 시부모를 잘 섬기고 남편 봉양을 잘하므로 그 동네에서 칭찬이 자자해 이 참봉도 퍽 만족해 했다.

그런데 이 참봉이 하루는 큰며느리의 안색을 보더니,

"애 새아가, 어째 그리 안색이 나쁘냐? 마땅찮은 것이나 불편한 일이라도 있으면 말을 하고, 어디가 아프면 약을 지어 먹도록 해라."

고 하였다. 며느리가,

"아버님, 그런 것이 아니올시다. 사실은 제가 방귀를 참으니까 안색이 이런가 봐요."

하고 대답했다. 그랬더니,

"웬 방귀를 못 뀌어서 안색이 나쁘다는 말이냐? 방귀는 염려 말고 통통 뀌도록 해라. 어디 얼굴색이 쓰겠느냐?"

하고 시아버지가 말했다. 그랬더니 시아버지가 말도 끝내기도 전에,

"그럼, 방귀를 지금부터 뀌렵니다. 아버님은 큰 방문을 잡으시고, 어머님은 대청문을 잡으시고, 시누님은 부엌문

을 잡으세요. 그리고 또 서방님은 작은 방문을 잡으시고,
머슴은 대문을 잡아요."
하고 소리쳤다.

그러더니 대청 가운데 서서 방귀를 뀌기 시작하자 시아버지
는 큰 방문을 잡고 들락날락, 시어머니는 대청문을 잡고 들락
날락, 시누이는 부엌에서 들락날락, 서방님은 작은방에서 들락
날락, 머슴은 대문에서 들락날락했다.

시아버지가 견디다 못해,

"새아가, 그만 뀌어라."
하자 모두 그만 뀌라는 소리와 들락날락하는 소리가 합쳐서
집 안에 소동이 일어났다.

그래도 며느리는 3년 동안 참았던 방귀를 전부 뀐다고 소리
치며 계속 방귀를 뀌다가 한참만에야 겨우 그쳤다.

여기저기서 한숨을 내쉬는 소리가 들렸다. 그래서 며느리를
데리고 있다간 큰일 나겠다고 생각한 나머지 친정에 보내기로
했다.

며느리를 가마에다 태워 앞세우고, 이 참봉은 뒤를 따라 가
다가 배나무 밑에서 쉬게 되었다.

그런데 그 옆에 나뭇짐을 진 장사꾼들이 와 쉬고 있었다. 그
들이 하는 말이,

"이 나무에 달린 배는 만병통치의 약배인데, 이 나무가 어찌나 높던지 작대기가 안 닿고 사람이 올라가자니 너무 커서 손에 잡히는 게 없으니 못 올라가지. 그러니 배는 겨울이 되면 나무에 달린 채 썩어 버린단 말야. 그리고 지금 임금님께서 앓아누워 계시는데 이 배 3개만 잡수시면 나을 것이야."

라는 얘기를 했다.

이 말을 가마 안에서 며느리가 듣고 시아버지 앞에 나가서 공손히,

"아버님, 제가 배를 따보겠습니다."

하자 나뭇짐을 진 장사들이 젊은 부인이 무슨 수로 그 배를 따느냐고 비웃었다.

그러나 며느리는,

"아버님, 저만큼 비켜 나십시오."

하고 가마꾼들에게도 가마를 옮기라고 했다. 그러고는 치마를 걷어 젖히고 엉덩이를 배나무에 대고 방귀를 뀌자 어디서 난데없는 우박이 떨어지는 것처럼 배가 우르르 떨어졌다.

이 참봉은 좋아서 손뼉을 치면서,

"방귀도 복방귀다. 복방귀다."

하고 그 약배를 주워서 임금님께 바쳤으며, 며느리도 그 약배

를 먹고 방귀 뀌는 것을 고치게 되었다. 그 뒤로 온 식구가 화
평하게 잘 살았다고 한다.

(1955년 8월 18일, 전남 무안군 압행면 홍채옥)

29 대감의 사위

옛날 서울 어느 대감 집에 절세미인의 딸이 하나 있었다.

대감은 마땅한 사위를 고르기 위해 여러 가지로 생각한 나머지 서울 장안에 방을 붙였다.

'사위를 고르려고 하는데 12 대문을 모두 통과하는 사람을 사위로 삼되 만약 중간에서 낙방되는 사람은 엄벌에 처한다.'

고 했다.

이 소문을 들은 사람들이 구름같이 밀려들었으나 몇 달이 지나도록 사윗감이 나타나지 않았다.

하루는 거지 형제가,

"이러나저러나 빌어먹긴 마찬가진데 한번 가보자."

고 했다.

밥은 빌어먹어도 인물은 출중한지 아슬아슬하게 12 대문을 통과했다. 그러나 마지막으로 규수에게 승낙을 받아야 한다고 했다.

처음 형님이 먼저 들어갔는데 아주 어둑한 방에 사람이 하나 쑥 들어왔다. 머리는 산발을 하고 괴상한 소리로 웃는데 자세히 보니 여자였다.

방에 앉아서 한참 바느질을 하더니 별안간 옷장을 썩 열었다. 그리고 아총(兒塚)에서 금방 갖고 온 것 같은 아기 송장을 꺼내서 입에 피를 흘리며 먹었다. 이를 본 형은 기절을 하고 말았다.

다음엔 동생의 차례였다.

형의 이야기를 들은 동생은 비수를 품고 방으로 들어갔다.

정말 형의 말대로 그 짓을 하는 걸 칼을 들이대고,

"사람이냐, 귀신이냐?"

하고 덤볐다. 그랬더니 여자는 막 웃었다.

그러더니 이제야 담대한 사람을 만났으니 내 배필로 정하겠다고 했다. 그러면서 그 아총에서 나온 것은 찹쌀떡 속에 꿀을 넣어 피같이 보이도록 한 것이라고 했다.

그래서 동생은 대감의 사위가 되어 오래도록 잘 살았다고 한다.

30 노총각의 꾀

옛날에 한 사나이가 살고 있었는데 자기 아버지는 대감댁의 서사(書士)였다. 그러나 서사의 아들은 나이가 서른이 다 되었어도 총각이었다. 또한 그 대감댁에는 대단히 예쁜 딸이 있었다.

하루는 아들이 아버지에게 장가를 가야겠으니 대감댁 딸과 혼인시켜 달라고 했다.

아버지가 처음엔 이 말을 듣고 야단을 쳤으나 나중엔 정 그렇다면 말이나 해보자고 했다.

아버지가 대감댁에 다녀오더니, 당신 아들과 같은 그런 병신과 누가 결혼하느냐고 하며 야단만 치더라는 것이었다. 그러나 아들은 어머니를 대감댁에 다시 보냈다. 어머니도 같은 소리만 듣고 되돌아 왔다.

그러자 화가 난 아들은 참나무 몽둥이를 가지고 옷을 다 벗은 채 대감댁으로 뛰어가서 어디 내가 병신이냐고 호통을 쳤다.

때마침 밖으로 나온 딸이 하는 말이,

"이 사람에게 시집을 가겠다."

고 하니 대감은 의아스럽기 짝이 없었으나 딸의 소원대로 허락지 않을 수 없었다.

대감이 허락하여 즉시 혼인날을 정했다. 그렇게 지내는 동안 혼삿날은 닥쳐오고 있었다.

그러나 돈이 없어 또 한 꾀를 내었다.

대감의 딸을 데려다가 벽장에 숨기고는 대감에게 가서 딸을 보고 가겠다고 했다. 딸이 없다고 하자 다른 곳으로 시집보내려고 그런다고 야단법석을 떨었다.

대감은 겁이 나서 제발 용서를 해달라고 빌었다.

그래도 방 한가운데 누워서 이미 나는 이 집 귀신이 되었으니 다시 장가갈 수도 없고…… 대감댁 재산이나 반 정도 물려주면 그대로 물러가겠다고 말했다.

할 수 없이 재산의 반을 물려받아 성대히 혼례를 치른 후 아들 딸 낳고 잘 살았다고 한다.

(1955년 8월 15일, 경기도 파주군 이대영)

31 꾀 많은 원님

옛날 어떤 사람이 산에서 나무를 하다가 잠깐 쉬는 틈에 잠이 들었는데, 곤히 잠을 자는 도중에 하늘에서 큰 용이 내려오더니 자기 도포 속에 머리를 묻고 있어 놀라 깨어 보니 꿈이었다.

얼마나 많이 잠을 잤던지 캄캄한 밤중이었다.

부랴부랴 집으로 오는데 날이 몹시도 어두운지라 더듬거리며 걸었다.

갈 길은 멀고 캄캄한 밤중이라 더 갈 생각을 못하고 사방을 둘러보니 불빛이 있다.

주인을 찾으니 색시가 나왔다.

그는, '지나는 나그네인데 하루 저녁만 재워 달라고.' 하였다.

방이 하나뿐이므로 할 수 없이 색시와 함께 자다가 눈이 부셔 일어나 보니 한낮인데, 자기는 어느 굴 속에서 자고 있었다.

놀라 질겁하며 일어나 터덜거리고 집으로 왔다.

그런 일이 있은 후 1년쯤이 되었다.

한 여자가 갓난애를 안고 와서, 이 애는 당신의 애이니 잘 기르라고 하곤 어디론가 사라졌다.

그 어린애가 바로 '강감찬' 이라고 하는데 지리에 그렇게 능통하였다.

이 무렵 경주 고을 사람들이 어떻게 말을 안 듣던지 강감찬을 원님으로 보내기로 하였다.

그런데 하루는 어떤 사람이 와서 말하기를, 개구리가 어떻게 우는지 잠을 이루지 못하겠다고 하였다.

강감찬은 생각하다가 이 고을에서 제일 헤엄 잘 치는 사람을 불러 오라고 하였다. 그러고는 못 속에 들어가 제일 큰 개구리를 잡아오라고 했다. 그러더니 강감찬은 개구리에게 호령을 한바탕 한 다음 개구리에다 먹칠을 하고 부적을 붙여 도로 못 속에 넣어 버렸다.

이것을 본 고을 사람들은 이상한 원님도 다 있다고 웃었다.

그러나 그 이듬해부터는 아무리 개구리 우는 소리를 들으려고 해도 개구리 소리가 들리지 않아, 그때부터 그 꾀 많은 원님에게 꼼짝도 못하였다고 전한다.

(1955년, 서울시 중구 남대문로 김오범(金五範) 25세)

32 봉 사

옛날 어느 마을에 심 봉사와 절름발이 김 선달이 살고 있었다. 그들은 아주 다정한 사이로 어디를 가든지 함께 다녔다.

심 봉사는 원래 재주가 많아서 사람들의 가까운 장래쯤은 영락없이 알아맞히는 제법 똑똑한 봉사였다.

어느 날 심 봉사는 김 선달을 업고 길을 인도받으며 어슬렁 어슬렁 이 마을, 저 마을 돌아다녔다. 그러는 동안 날은 어두워져, 갈 길은 멀고 동전 한 푼 벌지 못해 기진맥진하여 길가에 앉아 있었다.

이때 심 봉사가 무릎을 탁 치며 김 선달을 보고 염려 말라고 하였다. 그러면서 돌을 하나 집어 달라고 했다.

심 봉사가 돌[石]을 집어 던졌는데 수풀[林]에 떨어졌을 뿐 새[鳥]는 유유히 날았다.

그러자 심 봉사는 오늘은 임석조(林石鳥)의 집을 찾아 가 쉬라는 뜻이라고 하였다.

절름발이를 들쳐 업고 어두운 밤을 한참 헤매어서 겨우 임씨 집을 찾았다.

임씨 집은 그 동리에서 제일 크고 꽤 잘 살아 보였다.

주인을 찾으니 친절히 맞아 주며 후하게 대접을 하는 것이었다. 이윽고 자신의 장기를 나타낸 심 봉사는 이곳에 있다가는 살인죄를 면치 못할 것이라고 주인에게 말했다.

주인은 깜짝 놀라더니 고개를 푹 숙이고 생각에 잠겼다.

자기의 잘못이라곤 이웃 마을에 사는 이 서방 마누라와 좋게 지낸 것밖엔 없고 이 서방은 가난하고 무식한지라 감히 말도 못하였다. 이걸 생각하니 가슴이 덜컥 내려앉았다.

주인은 봉사를 붙잡고 애원을 하니 봉사는 집의 안방 병풍 뒤에 괴한이 있으니 머슴을 불러 쳐 죽이라고 하였다.

만약에 그렇게 하지 않으면 화를 면치 못할 것이라고 했다.

과연 심 봉사의 말대로 병풍 뒤에는 괴한이 비수를 품고 숨어 있었으며, 이를 처치한 다음 심 봉사를 은인이라 하여 재산을 반이나 갈라 주었다.

심 봉사는 그걸로 김 선달과 사이좋게 살다 죽었다 한다.

(1955년, 서울시 중구 남대문로 김오범(金五範) 25세)

33 옹기짐을 넘어뜨린 장님

　옛날에 장님 한 사람이 똥구멍이 찢어지도록 가난하게 살고 있었다.

　하루는 길을 가다가 나무 그늘에 앉아서 자기가 앞으로 살아 나갈 궁리를 하고 있었다.

　이때 옹기장수가 옹기짐을 지고 가면서 살펴보니 장님이 중얼중얼하고 앉아 있는 것이 이상하여 가만히 옹기짐을 내려놓고 장님 옆에 앉아서 장님의 중얼거리는 소리를 엿듣고 있었다. 장님 가로되,

　"달걀을 하나 사서 이 알을 이웃집 닭장 병아리 까는 데 넣었다가 암병아리 같으면 잘 길러야겠다. 그래 다시 알을 내서 알을 또 병아리로 부화하고 그 병아리를 길러 알을 낳으면 또 알도 팔고 닭도 팔고 해서, 그 돈으로 송아지를 사고 또 송아질 낳고, 소가 여러 필 되면 그것도 팔아서 집을 짓고, 나중에 부자가 되면 장가를 들겠다.

　그래서 더욱 부자가 되면 첩을 얻고 첩을 얻으면 큰 마누라하고 자연 싸우게 될 것이지만 말이야. 만일 그렇게 싸우기만 한다면 작대기로 '이년들.' 하고 때려 줘야지."

　이렇게 중얼거리며 장님은 들고 있던 지팡이로 후려갈기니 바로 옹기짐이 맞아서 옹기그릇이 박살이 났겠다.

　옹기장수는,

"남의 옹기짐을 쳤으니 물어내시오."

하며 막 야단을 치고 장님은 장님대로,

"앞 못 보는 장님 앞에 갖다 놓고, 더군다나 인기척도 없
이 갖다 놓고 무엇을 물어 달라느냐. 내가 일부러 옹기짐
을 때린 것이 아니요, 나 살아 나갈 궁리를 하다가 그랬
는데 물어 주지 못하겠다."

고 했다.

옹기장수와 장님은 서로 물어내라 거니, 못 물어내겠다 거
니 하며 싸움을 했다.

지나가던 행인이 옹기장수와 장님이 싸움을 하고 있는 것을
보고 무엇 때문에 싸움을 하느냐고 가서 물어 보았다. 자초지
종의 이야기를 들어 본 행인은,

"이분은 앞 못 보는 장님이요, 또 장님도 모르게 옹기짐
을 내려놓고 당신은 남의 살림 이야기하는 것을 엿들었
지 않았소. 장님은 자기 살림 이야기를 하다가 그렇게 때
린 것이지 당신의 옹기짐을 부수려고 그렇게 한 것은 아
니지 않소. 분명 당신이 잘못 했으니 물어 달라고 할 수
없지 않소. 어서 갈 길이나 가시오."

하고 행인이 싸움을 판결해 주었다 한다.

(1954년 8월 4일, 경기도 파주군 천현면 법원리 조규징(曺圭徵) 53세)

34 원수 갚기

옛날 어느 마을에서 일꾼들 서넛이 장기를 두고 있었다.

아랫목에 앉은 호물때기(합죽이) 영감이 "장이야."를 부르니까 윗목에 앉은 뚱뚱보 영감은 그만 풀이 죽어 어리벙벙하고 있었다. 이때에 옆에 앉은 훈수꾼이,

"예끼, 이 사람. 그것도 못 받아?"

하며 손으로 툭 친다는 것이 뚱뚱보 노인이 물고 있는 장죽 담뱃대를 쳐서 목에 찔려 즉석에서 죽고 말았다.

일이 이렇게 되자 큰일이 났다.

훈수하던 영감은 살인을 하였으니 어쩔 줄 몰라 하다가 집으로 도망쳐 왔다.

사랑방에서 아들 셋을 불러 놓고 근심 걱정에 싸여 있을 때 대문을 요란하게 밀어 젖히고 들어오는 세 젊은이가 있었다.

죽은 뚱뚱보 영감의 아들들이다. 아버지의 원수를 갚으려고 살기가 등등해서 뜰 안으로 들어왔다.

세 젊은이는,

"살인자! 아버지의 원수! 빨리 나오라."

고 고함을 치며 야단이었다.

훈수꾼 영감은 입이 있어도 할 말이 없었다. 이때 훈수꾼 영감의 막내둥이 아들이 앞으로 나아갔다.

"어서들 오십시오. 대체 무슨 일들이오."

하고 점잖게 물었다.

"우리 아버지의 원수를 갚을 터이니 빨리 너의 애비를
내놓아라."

고 고함쳤다. 막내둥이는 조금도 동요됨이 없이 조용히 다시
말하기를,

"좋습니다. 원수를 갚으시오. 당신네 맏형이 원수를 갚
으면 우리 맏형이 다시 원수를 갚기 위해서 당신네 맏형
을 죽일 것이고, 그러면 당신네 둘째가 형의 원수를 갚기
위해서 우리 맏형을 죽일 것이오.

그러면 우리 둘째형이 형의 원수를 갚기 위해서 당신네
둘째를 죽일 것이고, 당신네 막내는 둘째형의 원수를 갚
기 위해서 우리 둘째형을 죽일 것입니다. 그러면 나는 마
지막으로 당신네 막내를 죽이게 될 것이오.

그렇게 되면 마지막 살아남는 것은 나밖에 없구려! 당
신 형제들 뜻대로 한번 해보십시오."

막내둥이의 태연스런 태도에는 날뛰던 저편의 3형제도 아
무 말 없이 물러갈 수밖에 없었다.

그래서 사람은 언제나 침착하고 재치가 있으면 어려운 고비
도 잘 넘기며 살 수가 있다고 한다.

(1956년 3월 13일, 국학대학 사학과 3년 채희석(蔡熙奭) 22세)

35 매미의 유래

옛날에 과거(科舉)를 보기 위해 열심히 공부하는 선비가 있었다. 가난하기 이를 데 없어 그의 아내가 매일 피(稗)를 뽑아다 말려서 찧어 먹곤 하였다.

그러던 어느 날, 피를 뽑아다 멍석에 말려 놓고 또다시 피를 뽑으러 나갔는데, 마침 소나기가 내려 피를 말려 놓은 멍석의 피가 씻겨 내려갔다.

그런데도 선비는 공부만 하고 있었다. 그의 아내가 그 꼴을 보고 화를 내면서 집을 나가고 말았다.

그 선비가 과거에 합격하여 금의환향하는 것을 우연히 어느 시골에서 본 아내는, 울며불며 애원을 했지만 선비는 듣지 않았다.

그리고 서속(黍粟)을 쏟아 놓은 후 그것을 주워 담으면 용서해 준다고 하기에 열심히 주워 담았지만 그동안 선비는 떠나고 없었다.

아내는 그 자리에서 기절해 넘어져 끝내는 죽고 말았는데, 그곳에서 아내는 매미로 변신(變身)되어 커다란 미루나무 위에 올라가 매암매암 울었더란다.

(1955년 7월 30일, 경북 영양군 영양읍 조씨 70세)

36 북두칠성의 유래

옛날 어느 곳에 한 과부가 살았으니 아들이 7형제나 되었다.

아들들은 매우 효심이 두터워서 어머니를 위하는 일이라면 무슨 일이고 몸을 아끼지 않았다.

어머니가 따뜻한 방에서 거처하도록 산에 가서 나무를 해다가 방에 불을 지폈다. 그러나 어머니는 늘 춥다고 입버릇처럼 말했다.

방바닥이 타도록 불을 지펴도 춥다고 말했다.

아들들은 그 까닭을 알 수가 없었다.

어느 날 밤에 큰아들이 잠에서 깨어나 본즉 어머니가 없었다.

새벽이 되어서야 아들들 몰래 어머니가 살짝 들어와 자리에 누웠다.

다음날 밤에 큰아들은 자는 척 지켰다가 어머니 뒤를 따라 나갔다.

어머니는 건넛마을 신발장사하는 홀아비 집으로 들어가는 것이었다.

아들은 어머니의 마음을 이해할 것 같았다.

건넛마을에 가려면 개울이 하나 있는데 어머니는 버선을 벗어 들고 겨울의 찬 물 속을 걸어 건너는 것이다.

큰아들은 집으로 돌아와 동생들을 데리고 가서 밤 사이에 다리를 놓았다.

이튿날 새벽 집으로 돌아오던 어머니는 저녁까지도 없었던 다리가 있어 신을 벗지 않고서 개울을 건널 수가 있었으니 매우 고마웠다.

어머니는 하늘을 향해서 빌었다.

"이곳에 다리를 놓은 사람은 마음씨가 착할 것이니 그 들은 북두칠성이나 남두칠성이 되게 해주십시오."

하늘도 그 뜻을 받아들여 7형제는 나중에 죽어서 북두칠성이 되었다고 한다.

37 바다와 육지의 유래

옛날 옛날 아주 옛날, 이 세상에는 아직 바다도 육지도 없던 때의 이야기이다.

하늘에 사는 하느님의 귀여운 무남독녀 외딸이 있었는데, 어느 날 실수를 해서 옥으로 만든 귀중한 반지를 잃었다.

하느님의 딸은 많은 시녀를 시켜 옥반지를 찾도록 했으나 아무리 찾아도 찾을 길이 전혀 없었다.

하늘에서 찾지 못한 옥반지는 분명히 지상에 떨어졌을 것으로 알았다. 그래서 하느님은 지혜가 많고 힘이 센 대장에게 명령하여, 지상에 내려가 옥반지를 찾아 오도록 했다.

하늘나라의 대장은 지상으로 내려왔다.

그때만 해도 지상은 마치 갯바닥처럼 흙가루를 물 반죽한 것 같아서, 여기를 디뎌도 푹 빠지고 저기를 가 디뎌 봐도 푹 빠지니 옥반지가 어디에 떨어져 있는지 알 수가 없었다.

하늘나라 대장은 생각 끝에 흙탕물 속을 손으로 뒤져 보았으나 찾을 수가 없었다. 그래도 하루 종일 뒤지고 다녔다.

온 지상을 모조리 뒤진 결과 저녁쯤 되어 끝내 옥반지를 찾아내고야 말았다.

이런 일이 있은 후로 지상의 모습은 변하고 말았다.

즉, 하늘나라 대장이 옥반지를 찾기 위해서 진흙을 긁어모은 곳이 산이 되고, 손으로 훑어 쓰다듬은 곳은 벌판이 되고, 물이 흘러가도록 도랑을 친 곳은 내[河川]가 되고, 깊이 파헤친 곳은 바다가 되었다.

이렇게 해서 이 세상에는 산과 강과 바다가 비로소 생겼다고 한다.

38 호수의 유래

바닷물은 하루에 두 번씩 밀려왔다 밀려간다.

그러나 원래의 바다는 그렇지가 않았다.

잔잔하기만 했었던 것이 도중에 바닷물이 밀려오고 밀려가는 일이 생겼다고 한다.

옛날 바다 속에 큰 이무기가 살았다.

이무기는 명주실꾸리가 3천 개나 들어가는 깊은 바다 속에 큰 구멍을 파고 그 속에 들어가 살고 있었다.

이 이무기가 제 구멍에서 밖으로 나오면 밀물이 되고 그와 반대로 이무기가 제 구멍으로 들어가면 썰물이 되었다.

그리고 바다를 헤엄치고 다니면 파도가 일어 물결이 거칠어지며 때로는 해일이 인다고 한다.

39 일식과 월식

이 세상에 여러 나라가 있는 것처럼 하늘나라에도 여러 나라가 있다고 한다.

그 가운데 언제나 어둠 속에 잠겨 있는 나라가 있었으니 '어둔 나라' 라고 불렀다.

'어둔 나라' 에는 햇빛도 달빛도 비치질 않아서 언제나 깜깜한 세상에서 살아야 했으니 불편하기가 이루 말할 수 없었다.

'어둔 나라' 에는 어두운 중에도 개를 많이 기르고 있었다. 개는 매우 사나운 개로서 불개[火犬]라고 불렀다.

'어둔 나라' 의 임금님은 백성들이 어둠 속에서만 살아야 하니 딱하기만 했다. 그래서 늘 어떻게 하든지 어둠을 면할 방법을 생각하고 있었다.

궁리 끝에 임금님은 불개 중에서 가장 힘이 세고 날쌘 개를 뽑아 해를 훔쳐 오도록 분부했다.

불개는 해를 찾아가서 틈을 보아 덥석 입으로 물었다. 그러나 해는 너무나 뜨거워서 견딜 수가 없어 도로 내뱉어 놓지 않으면 안 되었다.

불개는 입만 댔다 놓았다 하다가 하는 수 없이 되돌아가서 임금님께 사실대로 아뢰었다.

'어둔 나라' 임금님은 화가 머리끝까지 치밀었으나 어찌할 도리가 없었다. 그래서 이번에는 뜨겁지 않은 달을 훔쳐 오기로 했다. 달은 빛이 흐리므로 해처럼 뜨겁지 않을 것이니 훔치기 쉬울 것으로 믿었다.

임금님은 다시 불개를 시켜 달을 훔쳐 오도록 분부했다.

불개는 달을 찾아가서 덥석 물었다.

그러나 달은 어찌나 차던지 마치 얼음을 문 것 같아서 이빨이 시리어 견딜 수가 없었다. 그래서 토해 버렸다.

불개는 몇 번이고 달을 물어 보았으나 그때마다 차가워서 토하고 말았다.

이 소식을 듣고 '어둔 나라' 임금님은 화가 났다.

몇 번이고 해와 달을 훔쳐 오도록 명령했으나 그때마다 실패하고 말았다.

'어둔 나라'는 여전히 밝아질 수가 없어서 지금도 옛날대로 어둠 속에 잠겨 있다고 한다. 그리고 불개는 지금도 해와 달을 물었다 놓았다 하고…….

불개들이 해를 훔치려고 입에 물었을 때에 지상에서는 일식이 되고, 불개가 달을 물었을 때는 월식이 된다고 한다.

40 남매의 혼인

옛날 어느 해 석 달 열흘 동안 비가 내려 큰 장마가 들었다.

마치 하늘의 큰 물동이를 내리붓듯이 비가 쏟아지는 통에 이 세상은 온통 홍수가 져서 물바다가 되었다.

평야는 물론 높은 산들도 물속에 파묻혔으며 또한 인가도 하나 남김이 없이 떠내려가고 말았다.

사람도 다 죽고 단 남매가 살아남게 되었다.

두 남매는 다행히 홍수를 피하여 높은 산으로 일찍 피난하였기 때문에 겨우 살아남았다.

몇 달이 지난 뒤에 물이 모두 빠져서 남매는 마을로 내려왔으나 산야는 모두가 황폐해지고 살아남은 사람은 한 사람도 없으니 적막하기 짝이 없었다.

남매는 살 길을 찾기 위해서 열심히 일을 했다. 집도 새로 짓고, 농사도 시작했다.

그러나 남매는 난처한 문제에 봉착했다.

남매인 까닭에 결혼을 할 수도 없고 자식이 없으니 적적할 뿐 아니라 일손도 모자라며, 이렇게 살다가는 인종이 끊어질 염려가 겹쳤다.

남매는 맷돌을 가지고 높은 산으로 올라갔다. 산꼭대기에서 두 손을 모아 하느님께 빌었다.

"우리는 남매이니 서로 혼인할 수도 없고 그렇다고 인종
　을 끊어지게 할 수 없으니 어찌하면 좋습니까?"
하면서 오라버니는 수맷돌을 동쪽으로 굴리고, 누이동생은 암
맷돌을 서쪽으로 굴려 내려 보내고 두 사람은 산을 내려왔다.
　산을 내려와 보니 이상하게도 동서의 정반대쪽으로 굴렸던
맷돌이 공교롭게도 포개어 있었다.
　남매는 '이것은 분명 두 사람이 결혼을 해도 좋다는 하늘
의 뜻' 이라고 해석하고 혼인을 했다.
　두 사람의 혼인으로 인류는 멸종을 면했으며, 오늘날의 사
람들은 모두 그 남매의 후예들이라고 한다.

41 해님 달님

옛날 한 집안에 아버지, 어머니, 아들, 딸 그리고 어린애 다섯 식구가 살았다.

어느 날 어머니는 산 너머 마을로 길쌈을 하러 갔다.

날이 저물었는데도 어머니는 오시질 않아 아이들은 문을 걸어 닫고 엄마가 돌아오기를 기다리고 있었다.

어머니가 길쌈을 하러 간 마을은 열두 고개를 넘어가야 했다.

길쌈을 다하고 그 삯으로 떡을 받아서 머리에 이고 오는데 한 고개를 올라가니까 호랑이가 웅크리고 앉아서,

"할멈 할멈, 그 떡 하나 주면 안 잡아먹지."

그래서 떡을 한 개 집어 주고 또 한 고개를 올라가니까 또 호랑이가,

"할멈 할멈, 그 떡 하나 주면 안 잡아먹지."

그래서 또 한 개를 집어 주고 또 한 고개를 올라가니 또 호랑이가 나와서 같은 말을 되풀이했다.

그래서 이제 떡이 한 개밖에 남지 않았다. 다시 고개를 올라가니까 호랑이가 또 나와서 그것을 주고 다시 고개를 올라가니까 호랑이가,

"할멈, 팔 하나 떼어 주면 안 잡아먹지."

그래서 팔을 하나 떼어 주고 또 한 고개를 올라가니 호랑이

가 나와 팔 하나를 또 떼어 줬다.

  또 한 고개를 올라가니 호랑이가 나와서 다리 하나를 떼어 주고 또 한 고개를 넘어가니 호랑이가 나와 나머지 다리를 마저 떼어 주었다.

  그래서 다음의 고개에 있던 호랑이는 이 할머니를 잡아먹고 그 옷을 갈아입고, 그 할머니네 집으로 갔다.

  "애들아, 애들아, 문 열어 다오."

하니까 애들이 나와,

  "우리 엄마 목소리가 아닌데?"

  그러니까 호랑이는,

  "고개 너머 갔다가 감기가 들어서 그렇다."

고 했다. 애들이,

  "그럼 손을 내밀어 보세요."

해서 호랑이가 손을 내밀어 보였다. 애들이 그것을 보고 털이 있는 걸 보니,

  "우리 어머니 손이 아닌데."

  그런데도 이 호랑이는 길쌈을 해서 그러니 어서 문을 열라고 했다. 애들이 문을 열어 주었다.

  호랑이는 방에 들어와서 어린애를 안고 어린애 손을 오도독 오도독 깨물어 먹으니, 딴 애들이 그 소리를 듣고

"엄마 무엇 먹우?"

하고 물었다. 호랑이는,

"뒷집에서 콩볶음 준 것 먹는다."

고 했다. 이 애들은 그때야 자기 어머니가 아닌 줄 알고 무서웠다. 계집애가 꾀를 냈다.

"엄마 똥 마려."

"요강에 누렴."

"아버지가 들어오셔서 꾸중하시게."

"그럼 마루에 나가 누렴."

"아버지가 들어오시다 밟으시게."

"그럼 이 새끼줄 매고 마당에 나가 누렴."

그래서 결국 새끼줄을 몸에다 동여매고 한 끝을 호랑이한테 주어 아들과 딸은 마당에 나와 똥을 누는 것처럼 하다가 도망쳤다.

새끼줄을 절구통에 붙들어 매놓고 빠져 나가 우물가에 있는 버드나무 위로 올라갔다.

호랑이는 기다리다가 새끼줄을 잡아당겨 보니 끌리지가 않았다. 이상해서 나와 보니 어린애들은 간 곳 없고 새끼 끝은 절구통에 매어 있었다.

호랑이는 이곳저곳을 찾아다니다가 우물가까지 갔다.

우물 속을 들여다보니 그 속에 아이들이 있다.

이것을 보고 호랑이는 그 속으로 들어가려고 했다. 이것을 본 아이들이 깔깔대고 웃었다.

호랑이가 웃음소리에 나무 꼭대기를 쳐다보니 그 위에 애들이 올라가 있었다.

호랑이는 나무 위로 올라가려고 애를 썼으나 올라갈 수가 없었다. 그래서,

"애들아, 너희들 어떻게 올라갔니?"

애들은,

"뒷집에 가서 참기름을 얻어다 바르고 올라왔지."

하고 대답하니, 호랑이는 뒷집에 가서 참기름을 얻어다 바르고 올라가려 하니 미끄러워서 도무지 올라갈 수가 없었다.

그래 또 애들에게,

"어떻게 올라갔니?"

하고 물었다.

"뒷집에 가서 도끼를 얻어다 찍으면서 올라왔지."

했다. 그래 호랑이는 도끼를 얻어다 찍으면서 나무 위까지 거의 다 올라갔다.

아이들은 무서워서 하늘을 바라보고,

"하느님, 하느님, 저희들을 살려 주시려거든 새 동아줄

을 내려 주시고, 저희들을 죽이시려거든 썩은 동아줄을
내려 주십쇼."
했더니 새 동아줄이 내려와서 타고 하늘로 올라갔다.

호랑이도,

"하나님, 하나님, 나를 살려 주시려거든 새 동아줄을 내
려 주시고, 나를 죽이시려거든 썩은 동아줄을 내려 주십
쇼."
하니 새 동아줄 같은 것이 내려와서 좋다구나 하고 타고 올라
갔다. 그런데 이 동아줄은 썩은 헌 동아줄이기 때문에 반쯤 올
라가다가 동아줄이 끊어져서 수수밭에 떨어져 죽었다.

그래서 수숫대에 호랑이 피가 묻어 빨개졌다.

그런데 이 아이들은 하늘에 올라가서 처음엔 남자아이는
해가 되고 여자애는 달이 되었다.

그런데 여자애가 밖에 다니기 무섭다고 해서 서로 바꿔, 여
자는 해가 되고 남자는 달이 되었다고 한다.

(1954년 8월 4일, 경기도 파주군 천현면 법원리 조규징 53세)

42 벼룩과 이와 빈대

옛날 빈대의 아버지가 환갑이 되어 큰 잔치를 벌였는데 많은 벌레들이 초대를 받았다.

잔칫상을 잘 차렸다는 소문이 나서 집일을 젖혀 놓고 모두 모여들었다.

상다리가 휘도록 차린 진수성찬을 앞에 놓고 부어라 마셔라 밤이 새도록 마음껏 먹고 마셨다.

맨 먼저 벼룩의 얼굴이 빨개졌으며, 성미가 급해서 이와 시비가 벌어졌다.

이는 벼룩에게 조그만 놈이 주책없이 마시고 날뛴다고 나무랐으며, 벼룩은 벼룩대로 굼벵이같이 느린 놈이 왜 상관이냐고 대꾸해서 싸움이 벌어졌다.

빈대는 둔하지만 주인으로서 그냥 있을 수 없어 둘 사이에 들어가 싸움을 말리기에 힘을 다했다.

벼룩이 날뛰는 바람에 엎치락뒤치락 한바탕 소란을 떨었다.

싸움이 끝난 다음 모두의 모양은 변화가 생겼다.

빈대는 말리다 쓰러질 적에 밑에 깔려서 납작해졌으며, 이는 벼룩의 발에 가슴을 채여 멍이 들었고, 벼룩은 구석에 밀렸으므로 조그마해졌고, 술을 많이 마신 탓으로 온몸이 빨개졌다고 전한다.

43 메뚜기와 개미와 물새

옛날에 메뚜기와 개미와 물새가 잔치를 벌이기로 했다.

개미는 밥을 마련하고 메뚜기와 물새는 찬을 마련하기로 했다.

개미는 들로 나갔다. 마을의 아낙네가 밥을 머리에 이고 들로 가고 있었다.

개미는 그 아낙네의 속옷 속으로 들어가 여인의 넓적다리를 힘껏 물었다.

깜짝 놀란 여인은 머리에 이고 있던 밥 광주리를 땅에 떨어뜨렸다.

개미는 재빠르게 흘린 밥풀을 주워 가지고 달아났다.

메뚜기는 개울 옆 풀에 올라 있으니 물고기들이 메뚜기를 먹으려고 모여들었다.

지키고 있던 물새는 순간 날쌘 솜씨로 고기를 낚아챘다.

메뚜기와 물새는 서로 저 때문에 고기를 잡았다고 자랑을 하다가 드디어는 싸움이 벌어졌다.

서로 다투는 꼴이 얼마나 우습던지 너무 웃어서 개미의 허리는 잘숙해졌으며, 물새는 메뚜기 이마를 호되게 때렸으므로 뒤로 젖혀졌으며, 이때 메뚜기가 물새의 부리를 잡아당겼으므로 물새의 부리는 길어졌다고 전한다.

44 가재와 굼벵이

옛날 가재와 굼벵이가 우연히 만나게 되었다.

가재는 수염을 자랑하고 굼벵이는 눈을 자랑했다.

가재는 제 수염을 자랑하기는 했으나 굼벵이의 밝은 눈이 부러웠고, 또 굼벵이는 가재의 수염이 길어 위엄 있게 보여서 부러웠다. 그래서 둘은 서로 눈과 수염을 바꾸기로 했다.

먼저 굼벵이가 눈을 빼서 가재를 주었다.

가재는 굼벵이 눈을 달고 보니 더욱 어울리고 수염을 굼벵이에게 주고 싶은 생각이 없어졌다.

그래서 하는 말이,

'눈도 없는 놈이 수염은 달아서 무엇해?"

하고는 돌아섰다.

마침 옆에서 이 광경을 본 개미는 굼벵이가 당하는 꼴이 우스웠다. 그래서 너무 웃었더니 그만 허리가 끊어질 듯 가늘게 되어 버렸다고 한다.

(1953년 7월 15일, 충남 당진군 고대면 강원식(姜元植) 19세)

옛날 호랑이 담배 먹던 시절의 이야기이다.

한 임금님이 있었는데 신기한 방망이를 가지고 있었다.

이 방망이는 마치 도깨비 방망이 같아서 무엇이고 소원을 말하면 다 이루어지는 방망이었다.

임금님이 신기한 방망이를 가지고 있다는 소문은 국내뿐 아니라 여러 나라에 퍼졌다.

방망이를 앞에 놓고 "돈 나와라." 하면 돈이 나오고 "쌀 나와라." 하면 쌀이 나오는 신기한 조화를 부리니 누구든지 그 방망이를 가지고 싶어 했다.

그러나 임금님이 가지고 있으니 갖기는 고사하고 한 번도 구경조차 할 수 없었다.

이때에 욕심 많고 꾀 많은 도둑이 있어, 임금님이 가지고 계시는 방망이를 훔쳐내기로 했다. 오랫동안 온갖 꾀를 써서 그 신기한 방망이를 훔쳐내는 데 성공했다.

도둑은 신기한 방망이를 가지고 큰 부자가 되어 소원을 풀고자 했다. 그러나 왕이 방망이를 찾을 것이며 포리^(捕吏)들이 자기를 잡으러 올 것이 두려워 배에다 방망이를 싣고 바다로 도망갔다.

도둑은 세상에 하나밖에 없는 방망이가 제 손에 들어온 생각을 하니 신바람이 났다.

도둑의 배는 바다 한복판에 이르렀다.

도둑은 이쯤 왔으면 이제 포리의 손도 미치지 못할 것이니 안심이 되었다.

도둑은 빨리 방망이를 시험하고 싶었다. 그래서 방망이를 앞에 놓고 무엇을 먼저 말할 것인가 궁리했다.

이왕이면 단번에 돈을 많이 벌어 큰 부자가 되고 싶었다.

그때는 마침 소금이 귀해서 소금값은 금값과 같았다.

그러니 소금만 있으면 부자가 되겠다는 생각이 들었다.

도둑은 방망이에게 "소금 나와라." 하고 외쳤다.

방망이는 과연 신기하게 소금을 마구 쏟아내는 것이었다.

도둑은 신이 나서 춤을 추었다.

춤을 추는 사이에 소금은 한없이 나와서 배 안에 가득히 차고 넘쳐서 마침내 배는 뒤집히고 도둑은 바다에 빠져 죽었다.

도둑이 죽기 전에 "소금 그만 나와라." 는 말마저 못했기 때문에 바다 속에서는 방망이에서 소금이 끝없이 나왔다.

이런 일이 있은 후로 바닷물은 짜졌다고 한다.

바다 속에서는 지금도 방망이에서 소금이 쏟아져 나오고 있을 것이라고 한다.

어느 겨울날 노인이 맷돌을 지고 얼마를 걸어가다 보니 날이 저물었다.

그래 제일 가까운 집을 찾아가 하룻밤을 유하자고 했다. 그러나 그 집 뚝쇠 영감은 나가라고 두들겨 쫓았다.

이 노인은 추워서 그만 넘어진 채 얼어붙었다.

이 동리에서 제일 가난하게 살고 있는 만복이가 형님 집에서 쌀을 얻어 가지고 오는 길에, 노인이 쓰러진 것을 보고 불쌍히 생각하여 따뜻한 방에 누이고 간호를 하니 노인은 살아났다.

며칠 후 노인이 떠나면서,

"이 맷돌은 훌륭한 사람을 만나면 주려고 갖고 다녔는데, 당신 같은 훌륭한 분은 처음 보았소."

하며 맷돌의 사용방법을 가르쳐 주고 맷돌도 놓고 갔다.

그 맷돌을 돌리니 사람이 나와 큰 대궐집을 지었다.

또 "보석이 나와라." 하면 보석이 나왔다.

그리하여 쌀을 나오라 해서 그 쌀을 동네 사람들에게 나눠 주었다. 그래서 만복이는 부자가 되었고, 사람들에게도 칭찬을 받았다.

그것을 알게 된 뚝쇠 영감이 하루는 거지를 모두 모아 크게 잔치를 베풀었다.

이같이 하면 거지들이 맷돌이라도 주지 않을까 해서 그랬던 것이다. 거지들이 벌인 잔치를 다 먹고 가려고 하자, 뚝쇠 영감은 화가 나서 맷돌이라도 내놓고 가라고 고함을 쳤다. 거지들이 영문을 몰라 하니 마구 거지들을 두들겨 주었다.

어찌하면 만복이네 같은 맷돌을 구할 것인가를 곰곰이 생각하였다. 그러나 아무리 생각해도 맷돌을 구할 길이 없어 최후의 수단으로 만복이네 맷돌을 훔치기로 하였다.

그래서 맷돌을 훔친 뚝쇠 영감은 동네에서 쓰면 들킬까 봐 맷돌을 배에 싣고 멀리 바다를 건너가 살기로 하였다.

그리하여 배를 타고 동해 한복판에 이르렀을 때, 뚝쇠 영감은 빨리 맷돌을 돌려 보고 싶었다.

바다 복판이기도 해서 소금이 나오는 것이 가장 좋겠다고 생각한 뚝쇠 영감은 소금을 나오라고 했다. 소금이 마구 쏟아져 나왔다.

그러나 어떻게 하면 맷돌을 멎게 하는가를 몰랐다. 그래서 나중에는 소금이 너무 많이 나와 파묻히고, 배도 소금에 파묻혀 가라앉게 되었다.

지금도 바다 밑에서는 그 맷돌이 멈추지 않고 돌기 때문에 바닷물이 짜다고 한다.

(1956년 7월 28일, 부산시 안락동 백운호)

47 겨울에 딸기와 뱀을 구하라

이조$^{(李朝)}$ 때에 일어난 일이다.

어느 고을에 성질이 매우 고약하고 사나운 원님 한 분이 부임하였다.

그런데 그의 밑에서 시중을 들고 있는 이방이라는 사람은 그와는 반대로 마음씨 착하고 의리가 두터운 사람이었다.

억울한 일, 불의한 일은 그냥 보고만 넘기는 일이 없었다.

이방은 전임의 원님 때부터 시중을 들어 온 사람이었다. 이런 방법이 새로 부임한 원님은 못마땅했으나 부임 즉시 터무니없는 이유로 파면을 시킬 수도 없었다.

그래 부임 후 한 달쯤 지난 뒤 불가능에 가까운 주문을 시켜 이방을 곯려 주기로 했다.

"여보게 이방, 지금으로부터 한 달 이내에 뱀과 딸기를 구해 오도록 하게. 만일 구하지 못하면 큰 벌을 내릴 것이요, 구해 오면 큰 상을 내리리라."

때는 한창 추운 겨울이었다.

추운 겨울에 뱀과 딸기가 없을 줄을 뻔히 알면서도 마음씨 착한 이방일 뿐 아니라 감히 사또의 분부이기도 해서 다음날부터 산으로 들로 뱀과 딸기를 찾아 나서기로 했다.

산천은 흰 눈에 덮여 뱀과 딸기를 찾을 길이 없었다. 그래도 이방은 열심히 뱀과 딸기를 찾아 헤매다가 그만 병이 나서 드러눕게 되었다.

이방이 병석에 눕게 되니 그의 아들들이 모여 어디가 편찮으시냐고 물었다.

이방은 자초지종을 모조리 이야기했다.

큰아들이 아버지 말을 다 듣더니 아버지 걱정 마시라고 하면서 옷을 입고 나갔다.

큰아들은 동헌으로 나갔다. 원님께 면회를 요청했다.

원님은 이방의 아들이 왔다고 하니 뱀과 딸기를 가지고 왔나 싶어 들어오라고 했다.

큰아들은 원님 앞에 나아가,

"아버지는 지금 구렁이에 물려서 앓고 있사옵니다."

했다. 이 말을 들은 원님은 크게 노하면서,

"이놈, 이 추운 겨울에 어디에 구렁이가 있단 말이냐?"

고 호통을 쳤다.

이 말을 받아 큰아들은,

"그러면 이 겨울에 뱀은 어디 있으며 딸기는 어디 있사옵니까?"

하고 되물으니 원님은 아무 말도 못했다. 이렇게 하여 아들의 지혜 때문에 이방은 파면을 면할 수 있었다고 한다.

(1953년 7월 15일, 충남 당진군 고대면 강원식 19세)

48 모기의 혼

　옛날 홀어머니가 아들 하나를 데리고 매우 가난하게 살고
있었다. 매일 나무를 해서 팔아먹고 살았는데, 하루는 어머니
가 아들에게,
　"내가 예쁜 다홍 저고리를 해줄게 오늘도 가서 나무를
　많이 해와라."
고 내보냈다. 그런데 이 동네에는 '조매기'라는 것이 무척 많
았다고 한다.
　이 '조매기'는 항상 어머니가 아들의 밥을 해두면 몰래 훔
쳐 먹곤 하였다.
　오늘도 아들의 밥을 해서 솥 안에 넣어 놓았더니 또 '조매
기'가 와서 훔쳐 먹는 것을 본 어머니가 야단을 치며 때리려
했다.
　그러자 이 '조매기'는 오히려 어머니에게 달려들어 이 어머
니의 가죽을 벗겨서 울타리에 주욱 걸어 놓았다.
　저녁에 아들이 나무를 해서 한 짐 가득 지고 돌아오니 울타
리 가지에 다홍빛 나는 무엇인가가 주욱 걸린 것이 보였다.
　이것을 보고는 속으로 좋다구나 했다.
　어머니가 저고리 해주려고 그렇게 한 것인가 보다고 가서 자
세히 들여다보니 사람의 가죽이었다.
　아들은 혹 자기 어머니가 아닌가 싶어 옆집으로 가서 물어

보니 '조매기' 가 들어가는 것만 봤지 모르겠다고 했다. 또 그 옆집에 가도 그런 말만 했으며 셋째 집까지 가서 물어 봐도 또 그런 말만 되풀이했다. 그러자 그는 자기 어머니가 '조매기' 한 테 그렇게 당한 것이라고 생각했다.

어떻게 하면 원수를 갚을까, 하고 곰곰이 생각하다가 벼룩 을 한 말 잡아다가 온 집 안에 뿌려 놓았다.

밤중에 '조매기' 가 나타나서 잠을 자려고 마루에 누웠다.

온몸이 따끔따끔하여 놀란 '조매기' 는 "이 서방이 무나, 벼룩 서방이 무나?" 하며 잠을 이루지 못하고 이리저리 돌아다 녔다.

그러다가 할 수 없었던지 마침내 솥뚜껑을 열고 솥 속에 누 운 채 뚜껑을 덮고 잠을 청했다.

아들은 재빨리 부엌으로 돌아가 솥뚜껑을 뒤집어 놓고는 큰 돌멩이를 올려놓았다. 그러고는 불을 지폈다.

처음에는 "어 참, 따뜻하다. 어떤 착한 사람이 불을 때주는 구나." 하고 좋아했다. 그러더니 조금 후에 "이 서방이 무나, 벼 룩 서방이 무나?" 하며 버르적댔다.

그래도 한참 불을 지피니 빠지직하고 타죽어 버리었다. 그 래 그것을 가져다 강물에 띄웠더니 모기가 되어 앵 하고 날아 가 버렸다. 그래서 이것을 모기의 혼이라고 한다.

(1954년 8월 4일, 경기도 파주군 천현면 법원리 조규징 53세)

49 새의 보은

어느 두메에 외동아들을 데리고 사는 과부가 있었다.

그 어머니가 공부를 시켜야겠다고 결심한 후 산 너머 이 주사 집에 가서 사정 이야기를 하였더니 허락해 주었다.

이 주사에게 매일매일 글공부하러 아들은 산을 넘어 다녔다.

아들은 머리가 좋아서 다른 애보다 서너 배는 더 잘해서 이 주사의 귀염을 받았다.

몇 년이 지나자 더벅머리 총각이 된 아들은 그날도 글공부 하러 가는 도중 길가에서 큰 구렁이가 멧새 새끼를 잡아먹고 있는 것을 보았다.

이런 일이 벌어지고 있는 위에서 어미 멧새가 몸부림을 치며 돌아다녔다. 이걸 본 총각은 돌로 구렁이를 죽이고 이 주사 댁으로 갔다.

오다가 일어난 일을 이 주사에게 여쭈자 이 주사 하는 말이,

"다음부터는 어떤 일이 일어나면 자기에게 물어 행하라."

고 하였다.

그러면서 하는 말이 어떤 산짐승이라도 오래되면 둔갑을 하는데, 뱀은 둔갑을 해도 혀는 그대로여서 두 갈래라고 하였다.

그러던 며칠 후 집엘 가려는데 이 주사가 말하길,

"가는 길에 어떤 여인을 만날 것이니 아무 말도 하지 말아야 한다."

고 일렀다.

총각이 산을 넘고 내를 건너려는데 예쁜 처녀가 냇가에서 빨래를 하고 있었다.

총각은 선생님의 말씀이 생각나서 두 번 다시 보지도 않고 집으로 돌아왔다.

그러나 어쩐 일인지 그날 저녁부터 그 처녀 생각이 자꾸만 나게 되었고, 매일 냇가에 올 무렵이면 그곳에서 그 처녀를 만나게 되었다.

그리하여 하루는 글방 선생의 훈도도 잊은 채 무심코 처녀에게 말을 걸었다. 그래서 급기야 연정의 함정으로 빠져들었다.

다음날 글방에 갔더니 이 주사는 헛된 마음을 버려야 한다고 꾸짖었으나 말이 귀에 들어 올 리가 없었다.

그런 후 어느 날 처녀는 자꾸 자기 집으로 가자고 했다.

아담한 방에서 마주 앉아 얘기를 하다가 처녀의 권고에 못 이겨 그의 금침에 누워 잠을 잤다.

총각은 잠결에 숨이 답답함을 느끼고 눈을 떠보니 크나큰 구렁이가 자기의 머리를 단번에 집어 삼킬 듯이 입을 벌리고 있었다. 그리고 자기 몸은 뱀에게 똘똘 감겨 있었다.

총각은 어찌할 줄을 몰라 허덕이는데 뱀이 말을 하길,

"내가 바로 그날 그때 당신이 죽인 구렁이의 아내다. 나는 남편의 원수를 갚으려고 여기까지 너를 끌고 왔다. 나의 부부는 저 뒤에 달린 종소리만 3번 울리면 용이 되어 하늘로 올라갈 판이었는데 종소리가 나지 않아 이곳에 머무르고 있다가 네 손에 남편이 죽고 말았다. 지금이라도 뒤의 종소리만 나면 나는 용이 되어 하늘로 올라갈 것이다."

하는데 말이 떨어지기도 전에 뒤에 달린 종이, '꽝' 하며 한 번 울렸다.

그러자 뱀은 고개를 떨며 총각의 몸을 서서히 풀기 시작했다. 연거푸 종소리가 3번 울렸다.

뱀은 좋아라고 용이 되어 하늘로 올라가고 총각은 다시 살아나게 되었다.

총각이 정신을 차리고 보니 어느 참나무 밑이었다.

종소리가 난 곳으로 가보니 종이 달린 그 아래에는 작은 멧새 한 마리가 죽어 있었다.

자기를 살리기 위해 머리를 깨면서 종을 울리고 죽은 멧새를 산길 옆에 잘 묻어 주었다. 그리고는 집으로 와서 잘 살았다 한다.

(1956년 7월 29일, 충북 청원군 미원면 조씨 71세)

50 닭 귀신

옛날 어느 곳에 10년 묵은 닭 한 마리가 있었는데, 요술을 부려 밤중에는 주인에게 "문안드립니다." 하고 인사말까지 하곤 하였다.

이상하게 여긴 주인이 어느 날 밤에 몰래 지켜 보니까 이 닭은 재주를 몇 번 넘더니 예쁜 계집이 되는 것이었다.

주인은 둔갑을 한 여인을 쫓아냈더니 산으로 도망쳐 여우굴로 들어가는 것이었다.

둔갑을 한 닭이 여우에게 청을 하는 것이었다. 여우가 주인 집으로 가서 3번만 울어 주면 닭이 가서 주인에게 원수를 갚는다는 청이었다.

그러자 여우는,

"그 청은 어렵지 않지만, 내가 울 적에 적두 팥잎을 절구에 찧어 귀에다 넣으면 내가 죽는다. 그 점이 염려된다."
하는 것이었다. 그 소리를 엿들은 주인은 얼른 도망쳐 왔다.

집으로 와서 재빨리 적두 팥잎을 절구에 넣고 찧어 놓았다가 막 여우가 목을 빼고 울려고 할 순간 여우의 귀에다 넣었더니 여우는 죽고, 닭은 몸을 톡톡 털고 닭장 속으로 들어갔다.

주인은 닭을 얼른 잡아먹고 그 뒤로는 무사히 잘 살았다 한다.

(1955년 7월 30일, 경기도 양주군 박씨 70세)

119

51 비둘기의 보은

　옛날 한 아이가 서당엘 다니는데 하루는 비둘기 새끼 한 쌍이 어미를 잃고 헤매는 것을 보았다.

　불쌍히 여긴 이 아이는 매일같이 서당에 갈 때마다 조 이삭을 하나씩 갖다 먹였다. 그것을 먹으면서 크게 자란 비둘기들은 어디론지 날아가 버렸다.

　그 후 어느 날 냇가에서 빨래하는 예쁜 여자를 만났는데 그 후로는 매일 만나서 그녀와 같이 놀았다.

　공부도 하지 않고 매일매일 몸이 말라 가기만 했다.

　이상히 여긴 글방 선생이 무슨 일이냐고 물어도 시치미를 떼고 가르쳐 주지 않았다.

　그래서 하루는 글방 선생이 아이 뒤를 몰래 따라가 보니 웬 예쁜 여자와 놀고 있는데, 그 여자의 치마 밑으로 여우 꼬리가 보였다.

　깜짝 놀라 집으로 달려온 선생은 다음날 그를 불러 책망을 하며 다음에 만나면 그 여자가 구슬을 줄 터이니 그 구슬을 삼켜 버리라고 하였다. 그러겠다고 대답은 하였으나 구슬을 삼키지도 못하고 오히려 그 여자의 꾐에 빠져 깊은 산 속으로 들어갔다.

　거기에는 큰 기와집이 있었다.

　그 여자는 흰 쌀밥에 고깃국을 끓여 내오며 먹으라고 하였으나 으스스 무섭기만 하였다.

그래도 너무 배가 고파 다 먹은 후 도망갈 궁리를 하였다.

그러다 뒷간에 간다는 핑계를 대고 나가자 별안간 여자가 재주를 세 번 넘더니 꼬리가 아홉이나 달린 여우로 변했다. 여우가 그 아이를 잡아먹으려는 순간 난데없이 종소리가 들리었다.

그러자 여우는 이제 날이 밝았으니 그냥 간다면서 사라졌다.

아이는 이상히 여겨 종소리가 난 곳을 찾아가 보니, 비둘기 한 쌍이 몸이 다 부서져 죽어 있었다.

"날짐승도 은혜를 아는구나!"
하며 땅에 묻어 주고 집에 돌아와 잘 살았다.

(1955년 9월 1일, 경기도 파주군 문윤모)

52 소금장수

옛날 어느 곳에 소금장수가 살고 있었다.

하루는 소금을 한 짐 짊어지고 얼마쯤 가다 보니 무덤이 들썩들썩하였다. 너무도 이상해서 몸을 숨겨 살펴보았다.

무덤에서 꼬리가 하얗게 센 여우 한 마리가 나와 재주를 세 번 넘더니 호호백발 할머니로 변해 산 고개를 넘어갔다.

숨어서 그것을 보고 있던 소금장수가 슬금슬금 따라가 보니 여우가 다다른 집은 한창 잔치를 벌이고 있는 집이었다.

그 집에서는 여우인 줄도 모르고 할머니가 오셨다고 큰 상을 보아 대접하고 있을 때 소금장수가 뛰어 들어가 지게 작대기로 단번에 때려 죽였다.

그제야 모든 것을 알아차린 잔칫집에서는 소금장수를 잘 대접하였다.

이것을 보고 있던 동네의 한 욕심쟁이가 그 지게 작대기를 많은 돈을 주고 샀다.

그래 그것을 가지고 이웃 동네 잔칫집으로 가서는 손님으로 온 할머니를 때려죽였으나 여우가 아니라 정말 사람이었다.

그래서 그 욕심쟁이는 그곳에서 매를 맞아 죽었다 한다.

(1955년 8월 13일, 충남 아산군 음봉면 신휴리 장세형 24세)

53 여우 소녀

옛날에 한 부잣집이 있었는데 아들이 하나뿐이어서 두 부부는 매일 신령님께 딸자식도 좋고 여우라도 좋으니 하나만 더 낳게 해달라고 빌었다.

그러던 어느 날, 꿈에 신령님이 혈육을 하나 더 이어 줄 테니 고이 기르라고 하였다.

그날부터 태기가 있어 10달 만에 딸을 낳았다. 그런데 아이가 자랄수록 점점 아름다워져, 동리 사람들도 부러워하고 집안 식구도 기뻐했다.

그런데 집안에 큰 화근이 생겼다. 소를 사서 들여 놓으면 그때마다 며칠 못 가서 그 소가 죽는 것이었다.

그 집 아들인 오빠가 너무도 이상해서 하루는 외양간 뒤에 숨어 엿보고 있었다. 자정이 지나자 여동생이 사방을 두리번거리며 둘러본 다음 외양간으로 들어가더니 소의 똥구멍에 손을 넣어 간을 빼어 먹는 것이었다.

너무 뜻밖의 일이라 오빠가 기절을 했다. 깨어 보니 날이 훤하게 밝아 왔다.

그러나 아무에게도 그런 말을 하지 않고 혼자서만 고민을 하느라고 얼굴이 점점 여위어 갔다.

어머니가 왜 그러느냐고 자꾸만 캐물었다.

그때서야 누이동생 얘기를 했더니 그의 어머니는 당치 않는 소리를 한다고 아들을 쫓아냈다.

그후 1년이 지나서 집에 와보니 아버지, 어머니는 물론 하인들도 하나 없이 누이동생뿐이었다.

하도 어이가 없어 울지도 못하고 있는데, 누이동생이 눈물을 흘리며,

"모두 병으로 돌아가셔서 난 오빠가 돌아올 때만을 눈이 빠지게 기다렸다우."

하였다.

오빠는 이래서는 안 되겠다고 한 꾀를 내었다.

"얘야, 오늘 오다가 좋은 걸 보았는데 너를 꼭 보여 줄게 있다. 같이 가자."

고 당나귀에 동생을 태워 가지고 나갔다.

어디쯤 가다 사람이 많이 모인 곳에서,

"이 계집애는 여우다. 때려잡아라."

하니 사람들이 작대기를 들고 모여들어 때리기 시작했다.

그 여자는 여우로 변해 피를 흘리며 달아나다가 죽었는데, 꼬리가 9개나 달려 있었다고 한다.

(1955년 8월 11일, 충남 천안군 직산면 마정리 표호숙)

54 천년 묵은 여우

옛날에 어머니와 아들이 살았다.

아들은 나무를 하러 매일 산으로 갔는데, 그의 어머니는 밥은 많이 싸고 고추장은 조금씩만 싸줬다.

그래서 다음부터는 고추장을 좀 더 많이 싸달라고 하니 정말로 고추장을 많이 싸주었다.

점심때가 되어 밥을 다 먹고 보니 고추장이 많이 남아 있었다.

남은 고추장을 무엇에 쓰나 하고 사방을 두리번거리고 있는데 마침 옆에 해골이 하나 있었다.

남은 고추장을 해골에다 빨갛게 칠하고 가려는데 갑자기 해골이,

"이리 오너라."

했다. 하도 이상해 그 뒤를 따라갔더니 해골은 간 곳이 없고 큰 기와집이 한 채 있었다.

그때 별안간 비가 와 나무꾼은 할 수 없이 그 기와집 속으로 들어갔다. 그랬더니 그 속에서 백발이 성성한 노파가 나와 하는 말이,

"아, 지금 오나? 오래 기다렸네. 자네가 꼭 올 줄 알았네."

했다. 그리고 부엌에 가더니 밥과 고추장을 가져다주며 먹으라

고 하여 밥을 고추장에 비벼 먹었다.

　그랬더니 노인이 옛날 애기를 해달라고 졸라서 처음에는 없다고 하다가 오늘 당한 이야기를 해주었다.

　노파는,

　"응, 그래?"

하고는 별안간 재주를 3번 넘더니 여우로 변해 나무꾼을 잡아먹었다.

(1967년 8월 9일, 충남 천안군 성거면 송남리 김홍동)

55 오래 묵은 짐승

옛날 한 사람이 당나귀·개·닭 들을 키웠다. 그런데 이 짐승들은 10년 가까이 길러졌다.

어느 날 주인이 자고 나서 마구간으로 가보니 당나귀가 땀을 주르륵 흘리고 있었다. 그 이튿날에도 마찬가지였다.

그래서 이상히 여긴 주인 영감이 다음날 저녁에는 마구간 구석에서 거적을 쓰고 앉아 엿보고 있었다.

밤이 깊어지자 닭이 3번 울었다. 그러고 난 다음 3번 재주를 넘더니 훤칠한 선비가 되었다.

그 선비가 말을 끄는 시종을 나오라고 하자, 개가 나와 3번 재주를 넘더니 사람으로 변해 나귀를 끌고 나와 선비를 태우곤 어디론가 갔다.

그래서 주인이 따라가 보았더니 자꾸 산중으로만 들어갔다. 그러더니 큰 바위 옆으로 갔다.

그곳에는 커다란 지네의 굴이 하나 있었다.

선비가 지네 보고 하는 말이, 우리는 언제나 죽어 환생을 하느냐고 물었다.

지네가 말하길,

"내가 가서 그 집안을 몰살시켜야만 된다."

고 하였다.

그러면서 그 집에 10년 묵은 기름이 없느냐고 물었다. 그것이 지네의 몸에 닿기만 하면 죽는다고 하였다.

그러자 이 짐승들은 절대 그런 것은 없다고 완강히 부인하며 꼭 와달라고 했다. 그러자 지네는,

"그럼 사흘 후 밤이 깊어서 담을 넘어가겠다."
고 했다.

주인 영감이 밥도 안 먹고 근심에 싸인 것을 본 며느리가 그 연유를 물었다.

사실대로 이야기를 하자, 며느리는 10년 묵은 기름이 있다고 하였다.

며느리가 시집올 때 가져 온 머릿기름을 바르지 않고 놔두었다고 하여 그걸 담아서 골고루 뿌려 두었다.

지네가 온다는 날은 온 식구가 안방에 모여 떨고만 있는데 바람소리가 쏴 하더니 별안간 쿵하는 소리가 났다. 온 식구가 무서워 꼭 붙잡고 밤을 새웠다.

이튿날 나가 보니 커다란 지네가 죽어 있는데, 다리에 기름이 닿아서 오그라져 있었다. 그래서 그 길로 닭·개·당나귀를 죽이고 잘 살았다.

(1955년 8월 25일, 경기도 수원시 남창동 김창 74세)

56 두꺼비의 지혜

    옛날에 두꺼비란 아이와 차돌이라는 아이가 한 마을에서 형제처럼 다정스레 지내고 있었다.

    두꺼비네는 가난하였고, 차돌이네는 부자였다.

    하루는 차돌이가 두꺼비에게 하는 말이,

    "두껍아, 내가 우리 집의 은수저를 쌀독에 감춰 두면 부모님이 찾으실 게 아니냐? 그러면 내가 '두꺼비가 점을 잘 치니 불러서 찾도록 하자' 고 해서 너를 부를 테니, 그때 네가 와서 점치는 척해라. 그래서 쌀독 안의 은수저를 찾아 주면 우리 엄마가 상금도 줄 것이 아니냐."

고 했다.

    그래서 두 아이는 그들의 계획대로 하기로 했다. 일이 차돌이 말대로 잘되었다.

    그 후 두꺼비가 점치기를 잘한다는 소문이 나서 고을로, 지방으로, 상감이 계시는 궁궐에도 퍼졌다.

    그뿐 아니라 중국 땅에까지 그 명성을 떨치게 되었다.

    하루는 중국에서 옥새를 잃어버렸기 때문에 유명하다는 두꺼비를 초청하게 되었다.

    또 두꺼비와 차돌이는 한 방도를 꾸며냈다. 두꺼비가 중국에 가는 바로 그날 차돌이는 궁궐을 불태울 것을 약속했다.

    두꺼비는 초청을 받고 중국에 가는 도중 중국 땅에 들어서 자 궁궐이 불탄다고 울고 있었다.

중국 사람들이 이 광경을 보고 이상하다고 생각하며 살펴보니 정말 궁궐에 불이 났었다. 그래서는 옥새를 찾아 주려고 중국의 서울로 갔다.

이 소문이 중국에 퍼지자 유명한 점쟁이가 옥새를 찾으러 온다고 더욱 떠들썩했다.

중국 임금이 하루는 뒷간을 갔다 오려니까 두꺼비가 한 마리 튀어나왔다. 그것을 옆에 있는 차돌로 눌러 놓았다. 그리고는 방으로 들어와 두꺼비에게,

"오늘 내가 변소에 갔다 돌아오다 이상한 일을 보았다."
고 했지만 두꺼비는 아무리 생각해도 알 수가 없었다.

이젠 중국에 와서 정말 죽는가 보다 생각하며,

"차돌아, 두꺼비 죽는다."
라고 혼잣말을 했더니 임금은 자기가 두꺼비를 돌로 눌러 놓아 그런가 보다 하고 감동을 하였다.

이런 말이 중국 땅에 퍼지자 정말 유명한 두꺼비 점쟁이가 왔다고 야단들이었다.

그 이튿날 두꺼비가 자고 있는데 옥새를 훔쳐 간 도둑이 이런 소문을 듣고 찾아와 자기 죄를 고하며, 옥새 감춘 곳을 가르쳐 드릴 테니 제발 목숨만 살려 달라고 애걸했다. 그러면서

어느 연못에 옥새를 감추었다고 고백하였다.

다음날이 되자 두꺼비는 자신만만한 태도로 궁궐을 찾아가 임금을 만났다.

어느 연못에 옥새가 있으니 물을 퍼보라고 했다. 물을 퍼보니 과연 두꺼비 말대로 옥새가 나왔다.

임금은 두꺼비가 잘 알아맞히는 데 감동하여 자기 딸과 결혼시켜 임금님의 부마로서 잘 살게 되었다고 한다.

(충북 보은군 삼승면 월남리 유형식)

57 거북의 보은

옛날 옛날 아주 먼 옛날에 한량(閑良)이 한 명 있었다.

어느 날 바닷가의 모래밭을 거닐고 있는데 멀리서 마을의 소년들이 모여 무엇인가 떠들고 있었다.

한량이 무슨 일인가 하고 가까이 가보니 꼬리가 셋이나 달린 큰 거북이 한 마리를 잡아 놓고 일곱 명의 어린이들이 서로 다투고 있었다.

소년들은 그 거북이를 서로 자기가 가지려고 다투지만 일곱 사람이 함께 잡은 것이었기 때문에 서로 양보를 하지 않는 한 타협의 기색이 보이지 않았다.

그러다가 어느 아이가 일곱 사람이 잡은 것이니 일곱 등분으로 나누어 가질 수밖에 없다고 제의했기 때문에 칼을 들어 거북의 몸을 일곱 토막으로 자르려고 했다.

그러자 거북이는 꼼짝없이 죽게 되고 말았으니 슬픈 표정으로 그들을 바라보며 애원을 하는 눈치였다.

이 광경을 본 한량은 그 거북이의 신세가 너무나 딱해서 소년들에게 돈을 주고 거북이를 사서 바다 속에 풀어 놓아 주었다.

그랬더니 거북이는 고마워하면서,

"나는 바다의 용왕입니다. 오늘은 마침 육지를 구경하려
고 바닷가에 나왔다가 붙들려 하마터면 죽을 뻔했으나

당신의 덕으로 살게 되었습니다. 금후 당신의 생명에 위
험이 있을 때에는 이곳에 와서 나를 찾으시오. 그러면 내
가 반드시 당신을 도와 오늘의 은혜를 갚겠습니다."
하면서 바다 속으로 사라졌다.

그 후 한량은 오랜 여행을 하게 되었다.

어느 날 저녁 길을 가다가 해가 저물어 주막에서 하룻밤을
묵게 되었다. 주인 할머니는 한량을 반갑게 맞이했다.

저녁을 먹은 후에 이런 이야기 저런 이야기 끝에 한량은 방
랑길을 나섰으니 내일은 뒷산을 올라가 보겠다고 말했다.

뒷산에 올라간다는 이야기를 듣더니 주인 할머니는 한사코
말리면서 하는 소리가,

"나는 원래는 뒷산의 산신^(山神)이었는데 지금 산을 차지
하고 있는 악녀^(惡女) 때문에 산에서 쫓겨 내려와 이 꼴이
요. 만일 당신이 그 산에 올라가면 큰 화를 당할 거요.
이제까지 뒷산에 올라갔다가 살아서 돌아온 사람은 없
다오."
하는 것이었다.

그러나 한량은 대장부 사내 녀석이 그런 것을 두려워해서야
어찌 한량이냐고 큰소리를 쳤다. 그리고 다음날 아침에 악녀가
산신으로 있다는 뒷산으로 올라갔다.

산에 올라가니 날이 저물었다. 먼 곳 숲속에서 불이 빤짝빤짝 비쳤다. 한량이 불빛 있는 곳을 찾아가니 젊고 어여쁜 여인이 나와서 반갑게 맞이해 주었다.

한량이 하룻밤 잠자리를 청하니 여인은 반갑게 응해 주었다. 밥상에는 진수성찬이 올라왔다.

밤이 깊어 갔다. 한량이 자리에 들려고 하니 악녀는 동침을 청하면서,

"나는 이곳 산신이니 함께 살자."

고 말하였다.

한량은 미리 들은 바 있으므로 마음속으로 이제부터 수작을 하는구나 하면서 여자가 예의를 모르고 버릇없이 굴지 말라고 딱 잡아떼어 거절했다.

거절을 당한 악녀는 화가 머리끝까지 치솟아 올라와서 입가에는 흰 거품을 내면서,

"네가 나를 싫어한다면 어디 두고 보자."

하면서 요술을 부리기 시작했다.

악녀가 종이에 주문^(呪文)을 써서 소지^(燒紙)를 올리며 주언^(呪言)을 외우고 중얼거리자 갑자기 천지가 먹칠한 것처럼 암흑세계로 변하고 천둥소리와 함께 번갯불이 번쩍거리었다. 마치 칼을 휘두르는 것 같았다.

한량은 정신을 차릴 수가 없었으며 도저히 악녀와 대항할 수 없다는 것을 깨닫고 문득 살려 준 거북의 생각이 났다. 그래 며칠 동안만 생각할 여유를 달라고 청했다.

악녀는 한량이 굴복하는 것을 보고 비웃으면서 이레 동안의 여유를 주었다. 그러나 만일 자기를 속이고 달아나든지 하면 죽이겠다고 위협을 했다.

한량은 거북을 살려 준 바닷가에 와서 용왕을 불렀다. 그랬더니 바다 속에서 예쁜 동자(童子)가 나와 주문을 외우니까 바닷물이 양쪽으로 쫙 갈라졌다. 한량은 동자를 따라 그 바다 속으로 들어가 용왕을 만났다.

용왕은 한량의 어려운 사정을 듣고 세 사람의 장수를 딸려 보내면서 악녀를 치는 데 협력하도록 지시했다.

한량은 세 장수와 함께 육지로 나와 악녀를 치러 갔다.

장수들이 무슨 술수(術數)인가를 쓰니 천지가 암흑으로 변하고 비바람이 쳐서 걷잡을 수 없게 되었다.

이 광경을 본 악녀는 한량을 보고 네가 용왕의 힘을 빌려 왔으나 나의 술법에는 당하지 못할 것이라면서 다시 종이에 주문을 써서 소지를 올리니 웬일인지 장수들이 모두 무참히 죽고 말았다.

한량은 이제 꼼짝없이 악녀의 청을 들어 줄 수밖에 없게 되

었다. 그러나 다시 한 번만 더 시간을 달라고 간청을 했다. 악
녀는,

"네가 아무리 꾀를 내어도 별 수 없을 것이다."
하면서 한 달 동안의 여유를 주었다.

한량은 다시 용왕한테 달려갔다. 용왕은 크게 걱정을 하면
서 하늘에 있는 옥황상제^(玉皇上帝)의 힘을 빌려야겠다고 하늘로
올라갔다.

옥황상제가 세 장수를 내려 보내니, 세 장수는 술수를 써서
비바람과 벼락을 치게 했다.

악녀는 비웃으면서,

"네가 하늘의 힘을 받고 있구나. 이제 내 무궁무진한 술
    수를 보아라."
하면서 다시 종이에 주문을 써서 소지를 올렸다.

그러나 아무 변화도 없이 비바람과 벼락은 여전했고 마지막
에 큰 벼락이 악녀 위에 떨어져서 죽고 말았다.

악녀의 죽은 시체를 보니 한 마리의 커다란 늙은 여우로 변
해 있었다. 늙은 여우가 산신으로 변해서 사람을 괴롭혔던 것
이다.

한량은 하늘나라의 세 장수에게 고맙다는 인사를 드리고
주막집 할머니한테 들러 인사를 하고, 용궁으로 용왕도 찾아가
고맙다는 인사를 드리고 돌아왔다고 한다.

58 지네와 두꺼비

옛날 어느 마을에 가난한 모녀가 살고 있었다. 너무나 가난하고 먹을 것이 없어서 조석은 먹는 때보다 굶는 때가 더 많은 형편이었다.

그러던 어느 해에 오랜 장마가 계속되고 비가 심히 내리는 날이었다. 두꺼비 한 마리가 부엌에까지 찾아 들어왔다.

딸은 징그러운 생각이 들어 두꺼비를 집어낼까 생각했으나 미물이긴 했지만 딱한 생각이 들었다. 그래 밥찌꺼기를 주어 길렀다.

매우 가난한 살림이지만 인색하지 않고 밥을 주는 것이 고마워서 그런지 두꺼비는 통 나가려 하지도 않았다.

두꺼비도 나날이 잘 자랐다. 아침에 일어나 보면 저녁때보다 훨씬 커진 것이 눈에 띄었다. 조금만 더 크면 송아지만큼은 되리라 생각되었다.

두꺼비가 커서 먹이를 많이 먹을수록 모녀네 밥은 몫이 적어 갔으나 싫은 빛은 조금도 비치지 않고 날마다 빠뜨리지 않고 밥을 주었다.

그 마을 뒤에는 산이 있고 산에는 수천 년 묵은 큰 지네가 살고 있었다.

이 지네는 조화를 부리어 날이 가물게 할 수도 있고, 비를 내리게 할 수 있는 묘법을 가지고 있어서 마을 사람들은 산에

당을 짓고 지네에게 제사까지 지내고 있었다. 제사를 잘 지내야 풍년도 들고 산에 나무하러 가서 짐승의 피해를 모면할 수도 있다고 굳게 믿어 왔다.

1년에 한 번 있는 큰 제사 때에는 지네를 위로하기 위해서 마을의 처녀를 한 사람씩 당에 데려다 재워 지네에게 바치는 풍습이 있었다. 그러면 지네는 처녀를 아내로 삼고 그 처녀는 다시 딴 곳으로 시집을 가지 못하게 되는 것이었다.

그 해의 제사에는 두꺼비를 먹이고 있는 처녀가 지네의 아내로 뽑히게 되었다. 처녀는 매우 슬펐다.

앞일이 캄캄했고 지네의 아내가 되어 일생을 고독하게 살 것을 생각하니 기가 막혔다. 그렇게 해야만 마을 사람들이 편안하게 살 수 있다 하니 거절할 수도, 어쩔 수도 없는 노릇이었다.

처녀는 자기의 서러운 사정을 두꺼비에게 이야기했다. 두꺼비는 말을 못하는 미물이었으나 슬픈 듯이 눈물을 글썽거렸다.

제삿날이 되었다. 마을 사람들이 제상을 차리고 농악을 울리고 하는 가운데 처녀는 하는 수 없이 당 안으로 들어갔다.

처녀는 무심코 옆을 보았다. 어느 사이에 두꺼비가 자기의 옆에 따라와 있었다. 처녀는 다시 두꺼비에게 어찌하면 좋으냐고 하소연했으나 아무 말이 없었다.

마을 사람들이 돌아가고 밤은 깊어 갔다. 어둠과 두려움이 처녀를 휩싸며 불안과 공포 때문에 몸을 떨게 했다. 두꺼비가 옆에 있어 준 것만으로 마음을 달래며 앞으로 일어날 일을 생각하고 있었다.

자정이 되었다. 어둠 속에서 음산한 바람이 일더니 길이가 수십 발이나 되어 보이는 지네가 문 앞에 나타났다. 처녀를 찾아온 것이다. 처녀는 몸이 오싹해졌다. 지네의 눈에선 파란 빛이 번쩍했다.

지네는 두꺼비를 보더니 멈칫했다. 지네의 눈에 파란 빛이 나는 것을 본 두꺼비는 어슬렁어슬렁 나아가 지네와 서로 싸우기 시작했다.

지네도 독을 뿜고 두꺼비도 입에서 독기 있는 입김을 내뱉었다. 산이 울리고 바람이 부는 속에 지네와 두꺼비는 후당탕거리며 싸웠다. 처녀는 너무나 무서워 기절하고 말았다.

이튿날 마을 사람들은 당으로 모였다. 이상한 광경이 벌어져 있었다. 지네와 두꺼비는 서로 싸우다 독기를 마시고 둘 다죽어 있고 처녀는 기절을 해 있었다.

처녀에게 미음을 쑤어 먹였더니 깨어났다. 두꺼비가 처녀의 은혜를 갚기 위해 죽음을 무릅쓰고 지네와 싸우다가 죽었던 것이다.

마을 사람들은 두꺼비는 좋은 곳에 장사를 지내 주고 지네는 불에 태웠는데, 석 달 하고 열흘 동안 탔으며 그 냄새와 연기가 하늘 끝까지 뻗어 있었다고 한다.

오랫동안 마을 사람을 괴롭히던 지네도 죽었으니 이 일이 있은 뒤로 그 마을에서는 지네에게 제사를 지내는 일도 없어졌고, 처녀의 희생을 강요하는 풍습도 없어졌다고 한다.

59 말하는 염소

옛날에 형제가 살았는데 동생은 잘 살고 형은 가난하여 간고하기 이를 데 없었다.

형이 동생 집에 가서 겨라도 달라면 동생은 소를 먹일 것도 없는데 줄 게 어디 있느냐고 야단이었다.

하루는 형이 지게를 지고 나무를 하러 갔다. 눈이 쌓여 양지쪽에서 나무를 긁으며,

"설눈은 쌓이고 설밥은 없고 우리 부모 어떡하나?"

하고 소리를 쳤다.

그랬더니 건너편 골짜기에서 자기와 똑같은 흉내를 내었다.

또 한 번 같은 소리를 했더니 역시 똑같은 흉내를 내기에 그곳으로 가보았더니 염생이(염소)란 놈이 있었다.

흉내를 냈느냐고 물었더니 그렇다고 하여 어디 그럼 다시 한 번 말을 해보라고 했더니 곧잘 하였다.

그래 그 염소를 끌고 큰 동네로 가서,

"말 잘하는 염생이 보쇼. 말 잘하는 염생이 보쇼!"

했다. 그랬더니 동네 사람들이 모두 모여들었다.

그리고 염생이가 정말 말을 하는 것을 보더니 돈을 많이 던져 주었다. 그때부터 염생이를 끌고 이 동네, 저 동네 다니면서 돈을 잔뜩 모아 가지고 집으로 돌아왔다.

이를 본 동생이 형의 염생이를 빌려 가지고는,

"말 잘하는 염생이 보쇼."

하고 동네를 돌아다니니까 사람들이 역시 접때 왔던 염생이 왔다고 모두 모여들었다.

그러나 아무리 말을 시켜도 염생이는 말을 하지 않아 동네 사람들이 모두 집으로 돌아가 버렸다. 동생은 골이 잔뜩 나서 염생이를 끌고 산으로 가서 바위틈에다 놓고 짓쪄(짓이겨) 죽였다.

형이 동생보고 염생이 어찌하였느냐고 하니까 말도 못해서 바위에다 놓고 죽였다고 했다. 형은 울면서 그곳으로 가서 뼈다귀를 주워서 울안에 갖다 묻었다.

그랬더니 거기서 대나무가 나와 무럭무럭 자라 나중에는 하늘에 있는 돈보를 찔러 집 안에 돈이 가득 쏟아졌다.

이것을 안 동생은 또 뼈다귀를 주어다가 울안에 묻었다. 그랬더니 그곳에서도 대나무가 나서 하늘에 있는 똥보를 찔러 똥에 파묻혀 죽었다.

(1955년 8월 13일, 충남 아산군 음봉면 신체리 이씨)

60 사슴을 구해 준 총각

옛날 어느 마을에 가난하게 사는 총각이 있었다.

하루는 나무를 하러 깊은 산골로 갔는데 나무를 긁어 놓고 있으려니까 별안간 사슴 한 마리가 나타나 제발 살려 달라고 간곡히 사정을 하며 총각의 소원도 자기가 들어 주겠다고 했다.

그러자 총각은 긁어모은 나무 속에 숨겨 주었다.

조금 후 포수가 뛰어오더니 사슴을 못 봤느냐고 물었다.

이 총각이 시치미를 뚝 떼고 모른다고 하니 포수는 허둥지둥 건너편 산기슭으로 뛰어갔다.

한참 후 사슴을 나뭇단 속에서 꺼내 주자 총각에게 그의 소원을 물었다.

총각은 집이 너무 가난해 장가를 못 갔으니 장가를 보내 달라고 했다. 그러니까 사슴이 꼭 이것만은 실행하여야 한다면서 다음과 같이 이야기를 하였다.

"이 산 너머 연못가에는 저녁이면 선녀들이 내려와 목욕을 하니, 그곳에 숨어 있다가 그 중 하나만 옷을 감추면 한 선녀는 하늘에 올라가지 못할 것이다. 그때 당신이 나가서 '나와 함께 살면 옷을 찾아 주겠다.'고 하면 허락할 것이니 아이를 셋 낳기 전에는 그 옷을 절대 주지 말아야 한다."

고 말하고 어디론가 사라졌다.

과연 이튿날 저녁에 연못가에 숨어 있으니 선녀들이 내려와 목욕을 시작했다. 그러는 사이 몰래 한 선녀의 옷을 숨겼다.

한참 후에 다른 선녀들은 모두 하늘로 올라가는데 한 선녀만이 남아 울고 있었다.

그때 그가 나가서 왜 우느냐고 물었더니 옷을 잃었다고 하기에 자기가 옷을 찾아 줄 테니 함께 살자고 했다.

두 사람이 집에 와보니 오막살이는 간 곳이 없고 커다란 기와집이 우뚝 서 있었다.

수년이 흘러 아이를 둘이나 낳았다.

선녀는 "이제 아이가 둘이나 생겼으니 옷을 달라." 고 하도 조르기에 내주었더니 어린애를 양손에 안고 하늘나라로 올라가 버렸다.

그러자 집도 금방 초가집인 오막살이로 변해 버려서 하는 수 없이 다시 나무를 하러 산으로 갔다. 울면서 나무를 하고 있노라니 사슴이 나타났다.

사슴이 왜 우느냐고 묻더니 이번엔,

"그 연못엘 가면 선녀들이 물을 두레박으로 퍼 올릴 테니 그때 얼른 물을 쏟고 그 속에 들어앉으면 하늘나라에 간다."

고 가르쳐 주었다.

　그는 두레박을 타고 하늘에 올라가서 부인과 애들을 만나 잘 살았다 한다.

(1955년 9월 2일, 경기도 파주군 교하면　박삼용)

61 산돼지를 구해 준 머슴

어느 옛날 한 마을에 마음씨 착한 머슴과 악한 주인이 있었다.

정월 명절을 맞이했는데도 주인은 조반도 먹이지 않고 나무를 해오라고 했다.

산으로 가 나무를 한 짐쯤 했는데 별안간 산돼지가 와서 살려 달라고 해서 나무 속에 감춰 놓고 나무를 계속하고 있었다.

조금 후 포수가 오더니 산돼지를 못 봤느냐고 물었다. 그래 지금 막 저리로 갔다고 대답하였다.

산돼지는 조금 후에 나무 속에서 나와서 은혜에 보답을 할 테니 나무를 갖다 두고 오라고 했다.

머슴이 주인에게 이 집을 나가겠다고 인사를 해도 내다보지도 않았다.

산돼지에게 가니까 등에 타라고 하기에 머슴이 탔더니 얼마쯤 가다가 내려놓았다.

바위 앞에 서더니 산돼지가, "열려라 바위." 하니까 바위문이 열리고 그 안에는 대궐 같은 기와집이 한 채 있었다.

바위 안으로 들어서더니 "닫혀라, 바위." 하니 닫혔다.

산돼지는 자기의 말을 잘 들으면 장가도 보내 주고 잘 살게 해줄 것이라며 아랫동네 대감 집에 가서 머슴을 살라고 했다.

둘이 바위 속에서 나와 헤어지려 할 때 산돼지가 자주 와달라고 당부했다.

머슴은 아랫동네로 가서 대감에게 머슴을 두지 않겠느냐고 물으니 대감은 아주 친절히 대해 주며 허락해 주었다.

다음날 머슴은 나무를 하러 나가 산돼지한테 가니 산돼지가 나무를 한 짐 해주며 그 집 뒷광에 있는 소를 끌고 오라고 했다.

그는 산돼지 말대로 주인에게 소를 끌고 가서 나무를 해오겠다고 하니, 그 소는 천하장사도 못 끈다고 주인은 말했다.

머슴은 괜찮다고 했다. 그는 곧 뒷광에 가서 소를 끄니 아무렇지도 않게 끌려 나왔다. 주인은 소를 잘 몬다고 기뻐하였다.

머슴이 곧 산돼지한테로 소를 끌고 가니 칡을 한 짐 해 오라고 했다. 칡을 해가지고 가보니 산돼지는 벌써 집채만한 나뭇더미를 해놓았다.

머슴이 그것을 소에 싣고 내려가니 주인이 뛰어나오더니 크게 놀랐다. 나무를 부리고 나서 소를 갖다 매고 주인은 자기 딸과 결혼을 해달라고 했다. 머슴은 대답은 내일 하겠다고 하고는 산돼지에게로 갔다.

산돼지는 결혼을 곧 하라고 했다. 그러나 첫날밤에 지네가 와서 신부를 데리고 갈 것이니 자지 말고 내가 바깥에서 부르면 세 마디 전에 대답하고 곧 나와야 된다고 말했다.

머슴이 결혼을 언제 하느냐고 물으니 내일이나 모레 양일간에 하라고 했다.

주인집으로 다시 온 머슴이 결혼 승낙을 했더니 안주인과 함께 기뻐하며 내일 결혼식을 올리자고 하였다.

이튿날 아침 일찍 일어나 집 안을 깨끗이 치우는데 안주인이 나와 옷을 갈아입으라고 했다. 그는 옷을 갈아입고 결혼식을 마쳤다.

저녁이 되어 첫날밤의 잠자리에 들기 시작하였다.

밤이 깊어서 산돼지가 한 번, 두 번, 세 번을 불렀다. 그런데도 머슴은 깊이 잠이 들어 아무것도 몰랐다.

산돼지는 목이 쉬도록 울며 불렀으나 그는 여전히 잠만 자고 있었다.

산돼지가 마지막으로 한 번 불렀을 때야 머슴이 깨서 나가 보니 산돼지가,

"너의 부인은 이미 없어진 지 오래이니 얼른 등에 타라."

고 했다. 산돼지는 천리를 한숨에 뛰어갔다. 산돼지가 말하기를,

"저 집담을 올라가 지붕 위에서 앞마당으로 뛰어내려서

'너희들 무엇을 하느냐?' 할 것 같으면 지네가 '네, 하느님 내려오셨습니까?' 할 것이다. 그래도 잠자코 있으면 장기를 두자고 할 것이니 져주도록 하라.

지네는 기뻐하며 부채질을 할 것인데 그 밑에 빨강, 노랑, 파랑의 세 가지 주머니가 있을 것이다. 그때 지네의 왼뺨을 때리고 부채 밑의 세 주머니는 빼앗아 나한테로 오라.

그러면 지네는 파리가 되어 쫓아올 것이니 붙잡힐 것 같으면 주머니를 하나씩 던져라."
했다.

머슴이 지붕에서 뛰어내리며, "너희들 무엇을 하고 있느냐?" 하니까 정말 지네는, "네, 하느님 오셨습니까?" 하고는 안으로 모시고 들어가더니 장기를 두자고 했다.

몇 말을 놓기도 전에 지네가 이기자 지네는 기뻐서 산돼지 말대로 부채를 꺼내 부채질을 하는 것이었다.

그때 왼뺨을 갈기며 주머니 셋을 빼앗아 가지고 도망쳐 나왔다.

산돼지를 타고 얼마쯤 달리니 지네가 쫓아오며 뒤에 닿을락 말락한다.

머슴은 얼른 노랑 주머니를 먼저 던지니 뒤에는 가시덤불이 몇천 리가 생기는 것이었다. 그런데도 지네는 여전히 쫓아왔다.

다시 파란 주머니를 던지니 큰 바다가 생기자 지네는 파리로 변해 뒤를 바짝 따라왔다.

산돼지는 여전히 달리고 있었다.

이번에는 빨강 주머니를 던지니 지네는 타죽고 말았다.

산돼지에게 그 얘기를 하니 되돌아 뛰기 시작했다.

산돼지가 말하기를,

"그 집에는 광이 열둘이 있다. 첫째 광에는 죽은 사람을 살리는 빨간 열매와 흰 열매가 들어 있는데 빨간 것을 입에 물리고 '살아라' 하면 살고, 흰 것을 머리에 씌우고 '혼 살아라' 하면 혼이 산다.

그리고 여섯째 광에는 네 부인이 있는데 죽어 있으니 그렇게 해서 살리고, 열째, 열두째 광에는 산 사람이 있으니 살려 주고 오너라."

고 했다. 머슴은 많은 사람을 살리고 처와 둘이 산돼지 등을 타고 집으로 왔다.

얼마 후 산돼지가,

"나는 내일 하늘로 올라가니 내 가죽을 잘 묻고 행복하게 살아라."

하였다.

머슴은 산돼지가 하늘로 올라간 날을 잘 알아 두어 제를 지내며 행복하게 살았다.

　　그런데 먼저 주인 집안이 망했다는 소식을 듣고 가족을 데려다 한 살림을 하였다. 그래서 그런지 점점 부자가 되어 천하에 보기 드물게 잘 살았다 한다.

(1955년 9월 14일, 경기도 파주군 탄현면 오금리　박영수)

62 쥐의 사위 삼기

옛날 의좋은 쥐 내외가 살았다. 늙도록 자식을 두지 못하여 고독하게 지내며 늘 소원하기를, 아들이건 딸이건 좋으니 하나만이라도 두기를 바랐다.

쥐 내외의 간절한 소원을 삼신할머니가 알았던지 두 내외는 어여쁜 새앙쥐 딸을 낳게 되었다. 만득 딸을 둔 두 내외는 딸을 옥이야 금이야 세상에 없는 것처럼 길렀다.

새앙쥐는 자라서 시집갈 나이가 되었다.

두 내외는 큰 걱정이 생겼다. 저 어여쁜 딸을 시집 보내고 어떻게 살 것인가.

한편 기쁘면서도 시집 보낼 것을 생각하니 아깝기만 했다.

그러나 딸을 그대로 늙힐 수도 없는 노릇이니 시집 보낼 수밖에 없었다.

두 내외는 의논을 한 끝에 어여쁜 딸이니 이 세상에서 가장 뛰어나게 위대하며 씩씩하고 잘난 이를 골라 사위를 삼기로 했다.

두 내외는 누구를 사윗감으로 택할 것인가, 오래오래 생각 끝에 이 세상에서 제일 위대한, 온 세상을 비추는 해님을 사위로 삼기로 했다.

해는 하늘 높이 떠서 고루 세상을 비출 뿐 아니라 오직 하나밖에 없는 존재이니 무남독녀 새앙쥐의 사윗감으로 가장 적

당하다고 생각했다.

두 내외는 쇠 지팡이에 짚신 한 죽을 삼아 가지고 먼 길을 떠났다. 해님이 있는 곳까지의 길은 매우 멀었다. 아픈 다리를 달래며 3년이 걸려 해님 앞에 갈 수가 있었다.

쥐 내외는 해님에게 찾아온 뜻을 말하고 사위가 되어 줄 것을 간청했다.

이 세상에서 가장 위대한 당신을 사위삼기 위해서 찾아왔다는 말을 듣고 해님은 당황했으나 그렇다고 새앙쥐한테 장가갈 수도 없었다.

그래서 해는 말하기를,

"이 세상에서 나를 가장 위대하다고 말하고 있으나 나보다 더 위대하고 힘센 것이 있다. 그것은 구름이다. 내가 아무리 세상을 비추어 주려고 해도 구름이 와서 나를 막으면 나는 구름 속에 갇히어 아무 소용이 없는 존재가 된다. 그러니 구름은 나보다 더 위대하다."

고 했다.

해님보다 위대한 것이 있다는 말에 쥐는 깜짝 놀랐으나 이야기를 듣고 보니 그럴싸했다. 구름이 가로막으면 과연 태양은 볼 수가 없다.

쥐 내외는 다시 구름을 찾아갔다.

구름을 찾아온 뜻을 이야기하고 해님도 막을 수 있는 구름님이 사위가 되어 달라고 부탁했다.

그러나 구름은 이야기를 다 듣더니,

"이 세상에는 나보다 더 위대한 것이 있다. 내가 아무리 해님을 막으려고 해도 바람이 불어 구름을 날려 보내면 나는 어쩔 수 없이 밀려가고 만다. 그러니 나보다 더 센 것은 바람이다."

라고 말했다.

쥐 내외는 구름의 이야기도 일리가 있다고 생각되어 다시 바람을 찾아갔다. 바람을 만나 찾아온 뜻을 전하고 해님을 막는 구름을 쫓아 버릴 수 있다는 당신이 가장 위대하니 사위가 되어 달라고 청했다.

쥐 내외의 말을 듣고 바람은 말하기를,

"내가 구름을 쫓을 힘은 있으나 내가 아무리 세차게 불어대도 꼼짝도 않는 것이 있다. 그것은 바로 은진미륵이다."

바람이 아무리 불어도 까딱도 하지 않으니 은진미륵이야말로 가장 힘세다는 것이다.

그 말을 듣고 쥐 내외는 역시 일리가 있다고 생각하여, 지상에 내려와서 은진미륵을 찾아갔다.

은진미륵의 거구는 워낙 크고 단단해서 바람이 불어도 끄떡하지 않게 생겼다. 쥐 내외는 이만하면 사위를 삼아도 되겠다고 생각하여 찾아온 뜻을 은진미륵에게 말했다.

　은진미륵은 이야기를 다 듣고 쥐 내외를 내려다보고 껄껄 웃으면서 말했다.

　"물론 바람이 아무리 거세게 분다 해도 내가 까딱할 리가 없다. 내가 그만큼 힘이 센 것은 사실이다. 그러나 내가 아무리 세어도 나를 쓰러뜨릴 수 있는 것이 있다. 그것은 누군고 하니 바로 당신네들 쥐다. 쥐가 내 발밑에 구멍을 많이 파면 나는 쓰러지고 만다. 그러니 당신네 쥐는 나보다 위대한 힘을 가지고 있는 것이다."

　은진미륵의 말을 듣고 나니 또 일리가 있다. 아무리 센 은진미륵도 쥐가 구멍을 뚫으면 별 수 없을 것이다.

　그러고 보니 쥐가 이 세상에서 가장 세고 위대한 존재인데 그것도 모르고 공연히 해님, 구름, 바람, 은진미륵을 찾아다닌 셈이다. 쥐는 그때서야 부질없는 짓을 했다는 생각이 들었다.

　그래서 결국 쥐 내외는 건넛마을에 사는 총각 쥐를 사위로 삼기로 했다.

63 호랑이의 모성애

어느 깊은 산골짜기로 동네 아낙네들이 나물을 캐러 갔었다.

나물을 캐다 보니 귀엽게 생긴 고양이 같은 게 올망졸망 놀고 있었다.

노는 모양이 귀여워 한 아낙네가, "그놈 데려가 길렀으면 꼭 좋겠다."고 하니까 그 산꼭대기에 있던 어미 호랑이가, "흐흐음……."

하고 좋아하였다.

조금 있다 걸걸스럽게 생긴 아낙이,

"고놈, 몽둥이로 톡 때려 죽였으면 좋겠다."고 말하니까 호랑이가 "으흐응!" 하며 막 쫓아왔다.

나물 캐던 사람들은 걸음아 날 살려라 하며 칼이며 바구니를 다 내버리고 도망을 왔다.

그 이튿날 일어나 보니 데려다 길렀으면, 하던 아낙네 집에는 바구니와 앞치마가 그대로 놓여 있었다. 그리고 때려 죽였으면 좋겠다던 아낙네의 집엔 바구니와 앞치마를 갈기갈기 찢어다가 갖다 놓았다.

그래서 사람들은 짐승에게라도 함부로 말을 하지 말아야 한다며, 호랑이가 아니라 산신령님일 것이라고 누구나 말했다.

64 호랑이 털이 얼룩진 이유

옛날에는 호랑이가 담배를 피웠다고 한다.

어느 날 호랑이가 담배를 입에 문 채 낮잠이 들었다.

잠든 사이에 담뱃불이 번져 호랑이 털에 붙었다.

호랑이는 잠결에 몸이 뜨거워 잠을 깨어 보니 제 털이 불타고 있었다.

놀란 호랑이는 펄펄 뛰며 개울로 달려가서 몸에 물을 적셔 겨우 위기를 모면할 수가 있었다.

이때에 호랑이 털이 군데군데 불에 탔으며, 지금도 호랑이 털에 얼룩이 남아 있는 것은 그때에 담뱃불에 의해서 불탔던 흔적이라고 전한다.

(1959년 1월, 서울시 서대문구 냉천동 이성녀(李姓女) 64세)

65 호랑이와 곶감

산중에 사는 늙은 호랑이가 오랫동안 먹지 못하여 시장기를 면하려고 밤에 마을로 내려갔다.

그 마을에는 개를 기르는 집도 없었다. 그래서 어린아이를 잡아먹으려고 어느 집 안으로 들어갔다.

창문 아래 숨어서 방 안을 엿보고 있으려니 마침 방 안에서 어린아이가 심히 울고 있었다.

아이 어머니는,

"에비, 호랑이 온다."

하고 말했으나 아이는 여전히 울고 있었다.

호랑이는 이 말에 깜짝 놀랐다.

아이 어머니가 호랑이 온 것을 알고 말하는 것 같았다.

호랑이는 숨을 죽이고 창 밑에 쭈그리고 있었다.

아이 어머니는,

"엣다, 곶감이다."

하니 아이의 울음소리는 뚝 그쳤다.

호랑이는 아이가 호랑이 왔다고 해도 울음을 그치지 않더니 곶감이라고 하니 그치는 것으로 보아 아마 호랑이보다 더 무서운 것이 있나 보다 싶어서 방에 있는 아이를 잡아먹을 것을 단념했다.

호랑이는 외양간에 가서 소를 잡아먹기로 했다. 그때 외양간에는 마침 소도둑이 들어와 있었다.

그런데 어둠 속에서 호랑이가 움직이는 것을 발견하고 소인 줄 잘못 알아, 호랑이등에 올라타고 발로 엉덩이를 차면서 밖으로 나가기를 재촉했다.

호랑이는 어둠 속에서 갑자기 등에 무엇이 올라타고 엉덩이를 차는 것으로 보아, 사람이면 감히 이런 짓을 할 수 없으니 필경 곶감일 것이라 싶어 뛰어 달아났다.

등에 탄 소도둑은 호랑이가 뛰는 바람에 떨어질까 봐 호랑이의 두 귀를 꼭 잡고 그만 멈추라고 소리쳤으나 그럴수록 호랑이는 더 뛰었다.

얼마나 뛰었는지 동쪽 하늘이 환히 밝기 시작했다.

소도둑이 가만히 살펴보니 소가 아니라 호랑이므로 이거 안 되겠다고 뒤로 뛰어내렸다.

호랑이는 호랑이대로 이제 곶감도 떨어졌으니 살았다고 뒤도 돌아보지 않고 산 속으로 도망쳤다고 한다.

66 호랑이 꼬리

옛날 한 선비가 과거를 보기 위해서 서울로 떠났다. 며칠째 되는 날 깊은 산 속을 가게 되었다.

숲은 우거지고 길은 험했다. 선비는 발이 아파서 잠시 쉬어 가기로 했다.

선비는 잔디밭 큰 바위에 행전을 풀고 앉아 담배를 한 대 피웠다. 잠시 쉰 선비는 다시 길을 떠나려고 지팡이를 찾다가 손에 닿는 물컹한 것을 느꼈다.

자세히 보니 호랑이의 꼬리였다. 큰 바위 저쪽에 호랑이가 누워 있고 두 바위 사이로 호랑이 꼬리가 이쪽에까지 뻗어 있었다.

선비는 깜짝 놀랐다. 호랑이도 낮잠을 자다가 꼬리를 건드리는 바람에 잠을 깨어 하품을 했다.

선비는 순간적으로 호랑이 꼬리를 두 손으로 꼭 쥐었다.

호랑이는 놀라 덤비려고 하나 꼬리가 빠지지 않아 으르렁댈 뿐 덤비지를 못했다. 선비는 온갖 힘을 다해서 꼬리를 쥐었다. 놓치는 날이면 호랑이한테 죽는 날이다.

온몸에서 비지땀이 흘렀다. 선비는 구원을 청할래야 사람이라고는 아무도 없으니 어쩔 수가 없었다. 한참 시간이 흘렀다.

언덕 저편에서 송낙^(松蘿)을 쓴 중이 이쪽으로 왔다. 선비는 소리 질러 빨리 와서 사람 살리라고 애원했다.

옆에 있는 지팡이로 호랑이를 때려잡아 달라고 청하나 중은 살생은 할 수가 없다면서 호랑이를 잡으려고 하지 않았다. 선비는 몸이 달았다.

선비는 중에게 당신이 꼬리를 잡고 있으면 내가 지팡이로 호랑이를 잡겠다고 말했다.

중은 처음엔 그것도 거절하다가 살생을 면할 수가 있다고 생각했는지 선비와 교대로 호랑이 꼬리를 잡았다.

선비는 한시름 놓았다. 손에 먼지를 툭툭 털더니 행전을 찾아 길을 떠나려는 것이다. 몸이 단 것은 이젠 중이다.

선비가 빨리 지팡이로 호랑이를 때려잡기를 원했으나 선비는,

"소생도 살생은 원치 않습니다."

하며 중보고 꼬리를 꼭 잡고 있으라면서 길을 떠나려 했다.

중은 난처해졌다. 꼬리를 놓으면 이제는 억울하게 자신이 꼼짝없이 죽는 판이다. 그러니 꼬리를 놓을 수도 없다. 그래서 죽을 힘을 다해서 꼬리를 잡아야만 했다.

밤이 되고 또 날이 샜다. 그러나 험한 산길이라 아무도 지나가는 사람이 없었다.

중은 호랑이 꼬리만 죽을 힘을 다해 잡고 있었다. 아마 그 중은 지금도 거기서 호랑이 꼬리를 잡고 있을지도 모른다.

67 호랑이의 보은

옛날 한 촌양반이 산길을 가는데 먼 데서 짐승의 구슬픈 울음소리가 들려왔다.

촌양반은 가던 길을 멈추고 소리 나는 쪽으로 가보았다.

그랬더니 큰 바위 뒤에서 호랑이가 노루를 잡아다 놓고 뜯어먹다 말고 입을 벌려 소리를 지르고 있었다.

촌양반은 호랑이 우는 소리가 살려 달라고 애원하는 것 같아 두려움도 없이 호랑이 앞으로 다가섰다.

그랬더니 호랑이는 고개를 끄덕끄덕하면서 애원하듯이 목멘 소리를 했으므로, 떡 벌린 호랑이 입 안을 들여다보니 뼈다귀가 목구멍에 걸려 있었다.

그래서 촌양반은 팔을 걷어붙이고 호랑이 입 안에 손을 쑥 집어넣어서 그 뼈다귀를 빼냈다. 호랑이는 비명을 멈추고 반가운 듯이 꼬리를 흔들었다.

호랑이는 촌양반의 가랑이 사이로 들어갔다.

촌양반은 처음에는 잡아먹으려나 싶어 겁도 났으나, 제가 아무리 짐승이라도 살려 준 은인을 도와주지는 못할망정 잡아먹기야 할까 싶어 덥석 호랑이를 타고 앉아 두 손으로 호랑이 양쪽 귀를 꼭 쥐었다.

촌양반을 등에 실은 호랑이는 달리기 시작하는데, 개울을 건너뛰고 산을 넘고 들을 질러 그야말로 비호처럼 달려 순식간에 서울 남대문 앞에 내려다 놓고 저는 인왕산 쪽으로 사라지는 것이었다.

이렇게 해서 며칠을 걸려서 걸어야 할 서울을 촌양반은 힘 안 들이고 쉽게 올 수가 있었다고 한다.

산짐승일지라도 제 목숨 건져 준 은혜는 안다는 것이며 못된 사람보다 낫단다.

(1955년 8월 14일, 충남 연기군 서면 봉암리 이치조(李致朝) 72세)

68 함정에 빠진 호랑이

옛날에 어느 산골 마을 근처에 큰 고개가 있었다.

이 고개에 호랑이가 많이 있어 사람들이 마음 놓고 살 수가 없었다. 그래 하루는 마을 사람들이 모여 의논을 하였다.

고개 근처에 큰 함정을 여러 군데 파서 호랑이를 잡자고 했다.

그래서 고개에 함정들을 파놓았다.

어느 날 나그네가 지나다 보니 함정에서 이상한 소리가 나서 들여다보았다.

큰 호랑이가 함정에 빠져 밖으로 나오려고 애를 쓰며 살려만 주면 은혜는 잊지 않겠다고 애원을 하였다.

나그네는 호랑이를 살려 주기 위해 큰 나무토막을 함정에 넣어 나오게 하였다.

호랑이는 밖으로 나오자, 살려 줘서 고맙긴 하지만 사람들이 이렇게 했으니 너를 잡아먹겠다고 했다.

나그네는 억울하지 않게 옳고 그름의 판단이나 받아 보자고 하여 큰 황소 있는 곳으로 갔다.

황소는,

"아, 그야 사람 잘못이지. 왜냐하면 우리도 실컷 일을 시켜 먹고 또 잡아서 고기도 먹는 사람이 잘못이지."

했다. 그러면 소나무에게 물어 보자고 해서 호랑이를 데리고 소나무에게로 갔다.

　사실대로 애기를 했더니 소나무는,

　"사람 잘못이지요. 우리 나무를 베어서 쓰질 않나, 때지

　를 않나. 인정머리 없는 사람 잘못이지요."

하니까 호랑이는 신이 나서 잡아먹으려 했다.

　그런데 마침 저편에서 토끼가 왔다. 나그네가 간신히 용기를

내서 토끼에게 이야기를 한 후 판가름을 청하였다. 그러자 토

끼는,

　"그럼 호랑이가 그 함정에 가서 어떻게 빠져 있었나 시

　늉해 보시오."

하였다.

　호랑이는 신이 나서 함정에 뛰어 들어갔다. 그때 토끼가 나

그네보고,

　"그럼 당신은 어서 갈 길이나 가시오."

하여 죽지 않고 살아났다.

　　　(1956년 7월 28일, 전남 해남군 문래면 우수영 노씨 할머니 68세)

69 효성에 감동된 호랑이

　예전 어느 산골에 어려서 아버지를 여읜 아들과 홀어머니
가 살고 있었다.
　그전에는 그렇게 궁색하지가 않았으나 아버지가 돌아가신
후에는 아들이 나무장사를 하여 그날그날 끼니를 이으며 어렵
게 살아가고 있었다.
　그러나 아들은 없는 돈을 모아 늙은 어머니에게 끼니때마다
갖은 반찬을 대접하는 효성이 지극한 청년이었다.
　하루는 한 겨울철인데 어머니가 딸기를 먹고 싶다고 했다.
그래 눈보라가 치는 산등성이를 헤매 보았으나 찾을 길이 없어
지쳐 돌아오려는데, 어느 산중턱 마당만 한 곳에 온갖 꽃이 피
어 있는 곳이 있었다. 그 가운데 빨간 딸기도 열려 있었다. 그
래 그 딸기를 따다가 어머니에게 드렸다.
　그 후 어머니는 무거운 병에 걸려 눕게 되었는데, 산 호랑이
눈썹이라야 약이 된다고 하였다.
　그러나 산 호랑이의 눈썹을 구할 도리가 없어서 고심하였다.
　어머니의 병세는 점점 위독하여져 깊은 산으로 호랑이 눈썹
을 구하러 갈 수밖에 없었다.
　깊은 산에 이르니 호랑이가 잡아먹을 듯이 눈을 부릅뜨고
달려들었다. 그래 빌며빌며 사정 이야기를 하였다. 호랑이도 감
동되었던지 눈물을 흘리며 등에 업히라고 했다. 그러고는 집으

로 데려다 주었다.

　그런데 아들이 돌아오지 않자 걱정이 된 어머니가 아들을 찾아 밖에 나왔다가, 아들이 호랑이에게 붙들려 오는 줄 알고 깜짝 놀라 기절하여 돌아가시고 말았다.

　그래서 호랑이와 같이 3년상을 마치고 호랑이에게 업혀 무릉도원과 같은 곳으로 갔다.

　거기서 사는데 하루는 호랑이가 장가를 가라면서 대례(결혼식) 지내는 곳에서 신부를 업어 왔다.

　겨우 숨만 남은 색시를 살려내어 둘이는 아들 딸 3형제나 낳고 잘 살았다.

　그런데 호랑이가 이제는 친정에 가라고 하며 모두 등에 타도록 했다. 몇 백 리를 눈 깜빡할 새 달려 친정집으로 데려갔다.

　고래 등 같은 대감댁에서는 죽은 줄 알았던 딸과 새 사위를 보고는 기뻐서 어쩔 줄 몰랐다.

　그후 그는 부인에게 열심히 글을 배워 이조판서까지 지내게 되었다. 그리고 먼 곳을 다닐 때는 언제나 호랑이를 타고 다녔다.

　그런데 낮이나 밤이나 서울 장안에 호랑이가 다닌다고 백성들이 놀라 떨고 있어 나라에선 호랑이를 잡으라고 방문을 내렸다.

하루는 호랑이가 대감에게 말하길,

"죽을 때가 되어서 사람이 많은 곳에 오면 나를 잡아 죽일 줄 알았더니 오히려 잡지는 못하고 나를 보고 기절하여 죽는 사람이 많으니 이를 용서하시고 내일 대궐 앞에서 날 죽여 달라."

고 했다. 이튿날 대감은 애석한 마음을 감추고 호랑이를 잡아 치웠으며, 더불어 벼슬도 올라가 90세가 넘도록 잘 살았다.

(1955년 7월 23일, 충북 청주시 김씨 56세)

70 인왕산 호랑이

옛날 서울 장안에는 호랑이 때문에 해만 저물면 사람이 문
밖을 못 나갔다는데 그 호랑이는 인왕산에서 내려온 것이라고
한다.

나라에서는 고심을 하던 끝에 그 호랑이를 없앨 사람을 구
하기에 이르렀는데, 어떤 고을의 군수가 자진해서 그 호랑이를
없애겠다고 나섰대.

그 군수는 자기의 부하를 시켜서 하는 말이,

"저 인왕산 중간쯤을 오르면 반석(盤石) 위에 늙은 중놈이
자고 있을 터이니 그 중놈을 부르되, '중놈아' 하고 불
러 깨운 다음 이것을 보이며 '너를 불러 오라고 해서 왔
다.' 이렇게 말을 하라."고 하였대.

그러면서 무슨 글자를 쓴 종이쪽을 주더래. 명령을 거역할
수 없어 무섭긴 하면서도 군수의 부하는 길을 떠났는데, 웬일
인지 그날 밤엔 호랑이가 나타나지 않더라나.

그 부하가 인왕산에 가보니 중이 벌렁 누워 잠을 자더라지.
그래서 시키는 대로 하며 그 쪽지를 주었더니 벌벌 떨면서 따
라 오더라지.

군수 앞에 끌려 간 늙은 중을 보고 군수는 당장에 네 새끼
들을 이끌고 압록강 건너로 가지 않으면 몰살해 버리겠다고 호
령하자 중은,

"갓난 새끼들이 있으니 조금만 연기해 주십시오."

라고 사정했지만 군수는 당장 썩 데리고 가라고 호령을 쳤다지. 그랬더니 중놈은,

"예"

하고 대답을 하더래. 군중이 그 모습을 보고 호랑이로 변하게 해보라고 하자 군수가,

"네 본래 모습으로 변하게 해봐라."

하였지. 그러자 세 번 절을 넘더니 집채만 한 호랑이로 변하게 되었더래. 군중들이 벌벌 떨자 군수는,

"너 다시 사람으로 변하라."

하니 사람이 되어 그날 밤 압록강으로 호랑이 떼를 몰고 떠났더래.

그래서 지금 호랑이가 없는데, 조금 남아 있는 것은 그때의 갓난 새끼가 남아 있는 것이라나.

(1956년 7월 29일, 경북 안동군 하회면 권씨 68세)

71 구렁이가 된 시어머니

옛날 옛적에 시어머니와 며느리가 있었는데 며느리가 무얼 만들어 먹든지 적게만 해먹으라고 '작작작' 하였다.

그 시어머니는 죽으면서도 '작작작' 하면서 죽었다.

시어머니가 죽고 어느 날 광에 쌀을 가지러 들어가자 또 '작작작' 소리가 났다.

이상히 여긴 며느리가 소리가 나는 곳을 쳐다보니 구렁이가 '작작작' 거리고 있었다.

며느리는 살아서도 작작거리더니 죽어 구렁이가 되어서도 작작거린다고 끓는 물을 한 바가지 끼얹자 구렁이는 데어서 허물이 군데군데 벗겨졌다.

그러더니 구렁이는 앞뜰 배추밭을 다니면서 배추에다 슬슬 몸을 문지르고 있었다.

두 내외가 밥을 먹다 그걸 본 며느리는 남편더러 아까의 얘기를 했다.

그러면서 배추가 약인지 배추밭에서만 돌아다닌다고 했다. 그러자 남편은 아무 말 없이 지푸라기로 둥우리를 만들었다.

그러더니 구렁이에게로 가서 어머니의 혼령이거든 이 둥우리 안으로 들어가라고 하자 스르르 들어갔다.

아들은 그걸 짊어지고 절마다 찾아다니며 염불 소리를 들려주었다.

하루는 산 고개를 넘는데 구렁이가 하는 말이 자기를 이곳에다 내려놓으라고 하였다. 그리고 돌아갈 때 만일 벼락이 쳐도 절대로 뒤를 돌아보지 말라 했다.

그러면서 한 십 리쯤 가면 거기에 정말 연분이 있으니 거기서 그 여자와 살다 마루 밑을 파보면 생전 먹고 살 것이 나온다고 했다.

아들이 구렁이를 내려놓고 얼마를 가려니까 별안간 천둥 번개가 치고 벼락이 내렸다. 그래도 돌아보지 않고 가니 오막살이가 나타났다.

웬 색시가 나와 맞이하기에 그곳에서 그녀와 살다 구렁이의 말이 생각났다. 그래서 마루 밑을 파보니 금독이 나와 아들 딸 낳고 잘 살았다.

그러나 그전 집이 생각나서 그 집을 찾아가니 빈터만 남아 있었다.

동네 사람들이 말하길, 갑자기 벼락이 치더니 모두 죽고 집도 이 꼴이 되었다고 했다. 그래서 도로 그 집으로 돌아가서 잘 살다 죽었다.

(1955년 8월 30일, 서울시 종로구 원서동 30 송호 68세)

72 뱀의 보은

옛날에 한 소년이 서당에 다니고 있었다.

하루는 서당에 가는데 많은 아이들이 모여 뱀을 잡아 돌로 때리고 있었다.

돌에 맞아 꿈틀거리는 뱀을 보니 가엾은 생각이 들어 그 뱀을 빼앗아 물에 던져 살려 주었다.

몇 해 뒤 소년이 장가를 가게 되었다.

혼인 전날 밤에 꿈을 구니 뱀이 나타나 전에 살려 준 보답을 하겠다고 하면서, 내일 혼인날 밤에 머리에 기름이 묻는 일이 있더라도 닦지 말라고 당부하고는 사라졌다.

다음날 혼인식이 끝나고 하객들이 모두 물러간 다음 신방으로 들어갔다.

신랑은 옷을 벗다가 잘못하여 등잔불이 엎어지고 머리에 기름이 함빡 묻게 되었다.

신랑은 꿈속에서 뱀이 한 말이 생각나서 닦지 않고 그냥 두었다.

밤이 깊었다. 잠결에 어렴풋이 들으니 방문이 바시시 열리더니 키가 9척이나 되는 사람이 들어왔다.

먼저 신랑의 머리를 만져 보더니 기름이 묻어 있으니까 신부인 줄 알고 옆자리에 누운 신부에게,

"내 마누라를 누가 빼앗아 가느냐?"

고 외치면서 칼로 찌르고 튀어 달아났다.

신부의 갑작스런 죽음으로 신랑의 처지가 난처해졌다.

사람들은 신랑의 짓이라고 우겨댔으며 마침내 관가로 붙잡혀 갔다. 며칠 동안 갇혀 있다가 처형을 당하게 되었다.

사형을 집행하는 날 아침에 원님이 세수를 하는데, 바람에 날려 버드나무 잎이 하나 세숫대야 안으로 떨어졌다.

원님은 이상한 예감이 들었다. 그 버들잎은 가운데 구멍이 뚫려 있었다. 원님은 처형을 중지시켰다.

다음날 팔도의 이름 있는 점쟁이들을 모두 불러 구멍 뚫린 버들잎이 떨어진 점괘를 풀게 했다.

한 점쟁이가 나서서 하는 말이, "버들잎에 구멍이니 '유엽환^(柳葉丸)' 이며 따라서 성은 '유^(柳)' 요 이름은 '엽환^(葉丸)' 이니 이 자가 바로 범인입니다." 했다.

원님은 사람을 시켜 '유엽환' 이란 자를 찾게 하였더니 마침 뒷산에 있는 절의 승려 가운데 '유엽환' 이 있었고, 심하게 다루니 제가 오래도록 사모하다가 뜻을 이루지 못하게 되자 신랑을 죽인다는 것이 신부를 잘못 살해했다고 자백을 하기에 이르렀다.

사람이 아닌 뱀도 때에 따라서는 은혜를 잊지 않고 갚는다고 한다.

73 구렁이의 복수

　옛날 옛날 아주 옛날, 깊은 산중에 할아버지와 할머니가 살았는데 늙도록 자식이 없었다.

　하루는 할아버지가 산으로 나무를 하러 갔는데, 큰 구렁이가 꿩을 친친 감고 막 잡아먹으려는 것을 보았다.

　그래서 할아버지는 활로 구렁이를 쏘아 죽이고 꿩을 살려 주었다.

　얼마 후에 할머니에게 뜻밖의 태기가 있더니 아들을 낳았다. 그 아들이 자라 장가를 가는데 마침 방죽 옆을 지나게 되었다.

　방죽 물이 뱅뱅 돌더니 그 속에서 구렁이가 쑥 나와서 하는 말이,

　　"내 남편이 너의 아버지 손에 죽었으니 너는 내 손에 죽어 봐라."

고 외치면서 대어들었다.

　아들은,

　　"지금 내가 장가를 가는 길이니 내가 가지 않으면 신부 집에서 야단이 날 것이오. 또 나를 기다리는 신부가 딱하니 혼례를 올리고 올 때에 죽어도 좋다."

고 말했다.

　이 젊은이의 간곡한 사정을 들은 구렁이도 신랑의 사정을

딱하게 보아,

"그럼 그렇게 하자."

면서 약속을 했다.

첫날밤을 근심 속에 치르고 이튿날 새벽 신랑은 신부 몰래 처갓집을 빠져 나와 구렁이와 약속한 곳으로 갔다.

신부는 신랑의 거동이 수상해서 이상하게 여겨 얕은 잠결에 신랑이 나가는 것을 알고 신랑의 뒤를 쫓았다.

신부는 신랑을 붙잡고 도대체 어인 일이냐고 물었다. 신랑은 하는 수 없이 사실대로 모조리 이야기했다.

신부는 나에게 좋은 수가 있으니 염려 말라고 이르고는 방죽으로 갔다.

약속한 방죽에 이르니 구렁이가 나왔다.

신부가 구렁이에게 제발 살려 달라고 애원했으나 구렁이는 듣지를 않으면서,

"그러나 신부가 딱하니 내가 백 년 동안 먹고 살 수 있도록 마련해 주지. 다만 신랑만은 꼭 잡아먹어야겠다."

고 했다. 그러면서 둑에 있는 구멍 셋을 가리키며,

"첫째 구멍에서는 쌀이 나오고, 둘째 구멍에서는 옷이 나오고……."

했으나 셋째 구멍에 대해서는 아무 말이 없다.

신부는,

"도대체 세 번째 구멍은 무엇에 쓰느냐?"

고 물었으나 가르쳐 주지를 않았다. 신부는 수상하다고 여겼기 때문에 꼭 좀 가르쳐 달라고 졸라댔다.

하도 조르니 구렁이는 그 구멍은 죽음을 주는 구멍이라고 말했다.

그 말을 듣자 신부는 그 구멍으로 달려가 구멍에 입을 대고,

"구렁이를 죽여 달라."

고 외쳤다. 그랬더니 이제까지 싱싱하고 큰소리치던 구렁이가 힘없이 쓰러지더니 죽어 버렸다.

신부의 재치 있는 기지로 남편을 살리고 부부는 아들 딸 많이 낳고 오래도록 잘 살다 죽었다고 한다.

그런데 어제가 마침 그 부부의 대상인데 잔치를 잘 차려서 나도 가서 한턱을 잘 먹고 왔다.

가서 먹다 생각하니 마침 여러분 생각이 나서 밑 없는 병에 술 담고, 밑 없는 체 안에 떡을 담고 돌아와서 보니 아무것도 없네그려. 여러분에게는 미안하이.

(1954년 8월 10일, 경북 대구시 이영숙 25세)

74 까치와 구렁이

옛날에 선비가 과거를 보러 가는데 나무 위에서 까치 세 마리가 막 우짖고 있었다.

하도 이상해 올려다보니 커다란 구렁이가 나무를 휘감고선 까치 새끼를 잡아먹으려고 혀를 날름거리고 있었다.

괘씸하게 여긴 선비가 화살을 빼어 쏘니 구렁이는 등에 맞고 그 아래 못 속으로 빠져 버렸다.

과거에 장원급제를 하고 돌아오던 길에 마침 까치 새끼를 구해 준 마을에서 쉬게 되었는데, 동리 사람들이 이 선비를 대접하려고 고기를 잡으러 못에 갔다.

그러나 아무리 그물을 쳐도 고기가 안 잡혀 이상하게 여겼다. 그러나 마지막으로 한 번을 더 떠보니 이상하게 생긴 커다란 고기가 한 마리 잡혔다.

토막을 내어 맛있게 국을 끓였는데 선비가 높은 양반이라고 제일 먼저 큰 토막을 떠주었다.

선비가 그것을 먹으려고 하는데 느닷없이 까치가 한 떼 몰려와 그 사람의 머리 위를 빙글빙글 돌았다.

동리 사람들은 놀랍고 이상해서 어찌된 영문인 줄을 몰라 하고 있는데, 까치 한 마리가 고기토막을 탁 찍으며 떨어져 죽었다.

그래 그 고기토막을 쪼개 보니까 뱃속에 화살이 하나 부러

진 채 꽂혀 있었다.

그때부터 까치는 영물이라 은혜를 갚는 동물이고, 뱀은 언제든지 한 번은 원수를 갚는 동물이라고 전해 왔다.

(1955년 8월 11일, 충남 천안군 직산면 마정리 표호숙)

75 사람 잡아먹는 구렁이

옛날 어떤 마을에 아주 가난한 사람이 살고 있었다.

먹을 게 없어 친척집에 식량을 얻으러 갔다가 돌아오는 길인데 높은 산을 앞에 두고 날이 저물었다.

집에서는 처자가 굶어죽게 되고, 날은 저물고 어찌할 바를 몰랐다.

더욱이 그 산은 혼자 무사히 넘어간 사람이 없었다고 하니, 무섭긴 했으나 가족들 때문에 용기를 내어 넘을 결심을 하였다.

얼마만큼 산 속으로 들어가니까 넓은 바위가 있어 거기서 잠시 쉬려고 했다. 그랬더니 웬 여자가 웃으면서 다가왔다.

그 여자가 하는 말이,

"어떻게 이 산을 혼자 넘으시려 해요. 저 고개 하나 넘으면 우리 집이 있으니 그리로 가서 기다리면 사람들이 모일 테니 여럿이 함께 넘어가요."

했다. 시장기도 들던 판이라 여인을 따라갔다.

먼 곳에서 반짝이는 불빛만 보고 가느라고 그곳이 굴속인지도 모르고 얼마큼을 갔다.

그런데 거기에는 집 같은 것이 있고 방 안에 촛불이 반짝이었다. 그 여인은 어서 들어가 앉으라고 하였다.

얼마 후 밥상을 차려다 준 것을 보니 사람 손톱이 나왔다.

무서워서 벌벌 떨다가 용기를 내서 무슨 고기냐고 물었다. 그랬더니 그 여인은 갑자기 무서운 눈초리가 되어서,

"나는 본래 이 굴 속에 사는 구렁이인데 지금까지 아흔 아홉 명을 잡아먹었다. 너 하나만 잡아먹으면 난 하늘로 올라가니 순순히 네 몸을 바쳐라."

하였다.

그래 이 사람은 저 산 너머에는 처자가 굶어죽어 가고 있으니 제발 살려 달라고 빌었다. 그러나 여자는 여전히 고개만 흔들었다.

그는 그럼 몸을 바치겠으니 집안 식구나 한 번 보고 오게 해달라고 애원했다. 그랬더니 그 여인은 그것은 어렵지 않으나 만일 돌아오지 않으면 집안 식구까지 모두 잡아먹고 말겠다고 하였다.

그 사람은 그곳을 나오면서 그 여자에게 무얼 가장 싫어하느냐고 했더니 담뱃진이라고 말하며,

"그럼 사람은 무얼 가장 무서워하느냐?"

고 물었다. 그래서 사람은 돈을 가장 무서워한다고 대답했다.

집에 다녀서 다음날 오기로 하고 집으로 돌아가 동네 사람들의 담뱃진을 모조리 모았다.

다음날 여인이 있는 굴로 들어가며 담뱃진을 조금씩 뿌려

놓았다.

그 여자는 약속대로 와주었다고 좋아하면서 덤벼들려고 하였다.

그래 이 사람은 오줌이 마렵다고 하며 막 도망을 쳤다.

그랬더니 금세 그 여인은 구렁이가 되어 따라왔다.

조금 쫓아오더니 담뱃진 때문에 더 오질 못했다.

다음날 그는 집에 웅크리고 앉아 뱀의 원수 갚음을 두려워하고 있는데, 뱀은 돈을 한 보따리 갖다 놓고 쏜살같이 달아났다.

그 돈은 그 뱀이 사람을 잡아먹고 쌓아 둔 돈이었다.

그 사람은 그걸 갖고 아주 잘 살았다.

(1955년 8월 18일, 경기도 수원시 매향동 117 서영석)

76 청개구리

옛날 어느 곳에 청개구리가 살았다. 청개구리는 불효로 이름이 높았다.

부모가 동으로 가라면 서로 가고, 산으로 가라면 들로 가고, 들로 가라면 산으로 갔다.

하나에서 열까지 모두 말을 거역하고 시키는 것과는 정반대로만 행동을 했다.

그러던 어느 날 어머니가 병이 들어 죽게 되었다. 어머니는 아들 청개구리를 불러 놓고 유언하기를,

"내가 죽으면 산에다 묻지 말고 개천가에 묻어다오.

라고 신신당부했다.

청개구리는 늘 반대로 행동했으므로 산에다 묘지를 쓰라 하면 필경 개천에다 쓸 것이니, 개천에 묻으라고 해야 그 반대로 산에다 묻을 것이므로 그렇게 유언한 것이다.

어머니가 죽자 청개구리는 정신이 들었다. 일생을 불효로 고생을 시켰는데 마지막 남긴 유언까지 지키지 않아서야 쓰겠는가 하는 생각이 들어, 이번만은 말을 들어야 하겠다고 개천가에 무덤을 썼다.

이런 일이 있은 후로 날이 궂어 비가 내리는 날이면 청개구리는 어머님 무덤이 떠내려가지 않을까 걱정이 되었다.

그래서 비가 올 때면 청개구리들이 슬프게 운다는 것이다.

77 백일홍

옛날 옛날 어느 마을에 인순이와 옥순이가 살았다.

인순이는 양반의 딸이고 옥순이는 상놈의 딸이었다.

그래서 인순이 부모는 딸보고 상놈의 딸 옥순이와 함께 놀지 말라고 타일렀으나 인순이는 옥순이와 둘이서만 놀았다.

인순이는 부모님의 꾸지람을 들으면서도 옥순이와 놀지 않을 수 없었다.

둘이의 마음은 꼭 맞았고 소꿉놀이하고, 노래 부르고, 수수께끼를 하고, 옛날이야기를 하고 놀면 시간 가는 줄을 몰랐다. 그래서 늘 둘이 붙어 다니게 마련이었다.

그러던 어느 날 옥순네 일갓집에 잔치가 있어 옥순이 혼자 집을 지키고 부모들은 잔칫집에 갔다.

이날도 인순이가 옥순네 집에 놀러왔다. 어른들이 없으니 활개를 치고 뛰고 놀았다. 그러자 눈이 내리기 시작했다.

인순이는 집에 갈 일이 걱정되었다.

왜냐하면 옥순네서 인순네를 가려면 산 고개를 하나 넘어야 하기 때문이다.

옥순이는 곧 눈이 멎을 테니 더 놀다 가라고 인순이를 붙잡았다.

눈은 더 심하게 내렸다.

처음엔 가루눈이더니 차츰 함박눈으로 변해서 무릎에 닿을 만큼이나 내렸다. 게다가 날이 저물기 시작했다.

어두우면 더욱 갈 수가 없다. 그래서 인순이는 길을 나섰고 옥순이도 혼자 보낼 수가 없어서 둘이 손을 잡고 함께 나섰다.

무릎 위로 폭폭 빠지는 눈길을 갔다.

고갯길이 험해서 조심은 했으나 잘못 발을 디뎌 인순이와 옥순이는 벼랑으로 떨어져 죽었다.

인순네와 옥순네 집에서는 야단이 났다.

두 딸이 함께 없어졌으므로 서로 찾았으나 눈 속에서 어쩔 수가 없었다.

겨울이 가고 봄이 와서 산과 들에 눈이 녹기 시작했다.

산나물을 뜯으러 갔던 마을 아주머니들이 때 아닌 백일홍 두 송이가 벼랑 밑에 핀 것을 발견했다.

꽃이 너무나 고와서 꺾기는 아깝고 남은 눈을 헤치고 보니 두 소녀의 죽은 시체 위에 뿌리를 박고 피어 있었다.

인순이와 옥순이는 죽어서 백일홍이 되었던 것이다.

(1953년 7월 15일, 충남 당진군 고대면 강원석(姜元錫) 19세)

78 도깨비

옛날 어느 두메에 오막살이가 하나 있었다.

그런데 매일 키가 후리후리하고 체구가 거대한 도적이 와서 집에 있는 물건을 마구 가져갔다. 워낙 몸집이 크기 때문에 함부로 대들 수 없어 꼴만 보고 있었다.

하루는 큰아들이 참다못해 덤벼들었다. 한참 붙잡고 싸우다가 큰아들이 여지없이 쓰러지자 이번엔 또 쌀을 퍼가지고 도망했다.

온 식구들은 무서워서 잠도 못 자는데 그 모양을 보고 까무러친 어머니는 얼마 동안이나 잠이 들었던지 부시시 일어났다. 둘째 아들을 보고 꿈 얘기를 했다.

꿈에서도 하도 원통하기에 땅을 치며 통곡을 하니까 수염이 하얗고 손톱과 발톱은 호랑이 발톱 같은 사람이 나타났다는 것이었다.

그래서 왜 우느냐고 하기에 사정 얘기를 했더니, 저 건너 산에 가면 무 밭이 있으니 그걸 뽑아 먹고 그 도적이 오면 싸우라고 했다는 것이었다.

하도 이상하기에 둘째 아들이 가서 무를 뽑아 먹고 왔다.

그 도적놈이 또 왔기에 둘째 아들이 덤벼서 싸우니 그제야 그 도적이 쓰러졌다.

그 육중한 놈이 쓰러지자 곧 빗자루가 되었다.

가만히 보니까 빗자루 끝에 머리카락이 있어 그 머리카락을 따라 갔다.

그랬더니 조그만 구멍 속으로 들어갔다. 그래서 괭이로 파보니까 이제까지 잃어버린 물건이 거기에 다 있었다.

그 뒤로는 아무 탈이 없이 잘 살았다.

(1955년 8월 17일, 충남 예산군 대흥면 금곡리)

79 도깨비 등거리

옛날 어떤 사람이 먼 산으로 나무를 하러 갔었다.

나무를 하고 있는데 별안간 소나기가 쏟아져 허둥지둥 오다 보니 큰 기와집이 한 채 있었다.

비를 피할 양으로 그 집에 들어가 보니 빈 집이었다.

그래서 비가 그치길 기다리다 어느 새 밤이 되고 말았다.

한밤중이 되니까 왁자지껄하는 소리가 나서 얼른 다락에 숨어 문틈으로 내다보니 도깨비가 한 패 들어왔다.

그들 도깨비는 한참 놀다가 동이 틀 무렵 모두 가버렸다.

다락에서 내려와 보니 도깨비가 등거리를 잊고 갔다.

등거리를 가지고 집으로 와서 자기 아내에게 자랑을 하며 입었더니 이것을 입었을 때는 사람의 모습이 보이질 않았다.

자기 모습이 보이지 않으니 도적질이나 하러 간다고 큰 상점으로 가서 많은 돈을 훔쳤다.

하루는 도둑질을 해 가지고 돌아오다 장터를 지나는데 사람이 어찌나 많은지 등거리를 장꾼의 담뱃불에 약간 태워 버렸다.

그래 부랴부랴 집으로 와서 아내더러 기워 달라고 했다.

아내는 빨간 헝겊을 받쳐 기워 주었다.

그랬더니 헝겊으로 기워 놓은 곳은 빨갛게 보였다.

그걸 입고 수십 번 돈을 훔쳐 왔다.

그랬더니 이젠 도둑맞은 상점 주인들이 빨간 헝겊만 보면 붙잡으려고 벼르고 있었다.

　　그러던 중 그가 다시 갔다가 그 빨간 헝겊 때문에 붙잡혀 죽도록 매를 맞았다 한다.

(1955년 8월 12일, 충남 아산군 음봉면 신휴리　이용수 68세)

80 하느님과 도깨비

옛날도 그 옛날에 어떤 공부 많이 한 선비가 먹을 것과 쓸 돈을 가지고 과거를 보러 집을 떠났다.

얼마를 가니 해가 져서 어둑어둑하기에 유할 곳을 찾으려고 여기저기를 둘러보니 산 고개에 불이 하나 빤짝빤짝 빛났다.

그 집에 가서 주인을 찾으니 예쁜 처녀가 나왔다.

그래 하루만 쉬어 가게 해달라고 했더니 방은 깨끗하지 않지만 쉬어 가라고 말했다.

한참 자다가 깨어 보니 삭삭 칼 가는 소리가 나서 일어나 문구멍으로 내다보니 젊은 놈들이 서넛 앉아서 시퍼런 칼을 갈고 있었다. 자고 있는 놈을 잡으면 맛이 좋을 것이라면서 시시덕거렸다.

선비는 앞이 캄캄해서 하느님께 살려 달라 빌며 글을 줄줄 외었다. 그러니까 갑자기 천장이 쪼개지면서 동아줄 하나가 내려왔다.

그걸 타고 얼마쯤 올라가니 하늘나라에 닿았다. 하느님은 왜 하필 도깨비 집에서 자느냐고 사뭇 꾸짖었다. 그러나 행실이 착하고 어버이 섬김이 지극하기 때문이라면서 과거시험 문제를 가르쳐 주었다.

선비는 선녀의 몸을 타고 한양에 내려와 과거에 장원급제를 하였다. 그래 그 고을의 원님이 되어 백성을 잘 다스렸다.

81 청(靑)도깨비

옛날 아주 깊은 산골에 노파가 혼자 살고 있었다.

그런데 여기서 마을로 나가려면 백리 길을 걸어가야 했다. 그런데 노파는 볼일이 있어 마을에 나가게 되었다.

한참을 가니까 배도 고프고, 목이 말라 물을 먹고 싶은데 날이 저물었다.

어디만큼 가니 멀리서 불이 깜빡깜빡 비치는 것이었다.

그 집을 찾아갔다. 조그만 장난감 같은 사람이 있기에 물 좀 달라고 하니 장난감 같은 사람은,

"건방지게 나와 같은 선비 양반에게 말을 걸다니, 썩 물러가라."

고 호령을 했다.

할 수 없이 쫓겨나 한참 가니 집이 나타났는데 불빛이 비치기만 할 뿐 아주 고요해서 집 안을 휘 둘러보았다.

어디선가 찬바람이 휘 불어오더니 하얀 노파가 나타나,

"어떤 늙은이가 남의 집을 함부로 들어오느냐? 빨리 안 나가면 내 아들 청도깨비에게 잡아먹히게 할 테다."

그래서 노파는 또 쫓겨나 정처 없이 걸어갔다. 어디서 쿵하는 소리가 나더니 청도깨비가 나타났다.

청도깨비가 입을 딱 벌리자 노파는 까무러쳤다.

청도깨비는 노파를 아주 맛나게 먹었더란다.

(1955년 8월 2일, 충남 예산군 부양면 귀곡리 이창호)

82 귀신이 곡할 노릇

옛날 한 촌에 가난한 사람이 살았다.

두 부부가 슬하에 자식이 없어 항상 쓸쓸하게 지내면서 부부는 함께 열심히 정성을 들였다.

어느 날 삼신산(三神山)에서 그 부인이 빌고 있다가 잠깐 잠이 들었다.

그런데 한 노인이 나타나,

"너의 정성이 지극하니 애를 낳게 해주겠다. 네가 돌아가는 길에 산삼(山蔘)이 한 뿌리 있을 터이니 그것을 캐어 먹으면 자식을 갖게 될 것이다."

이렇게 이르고는 사라졌다.

부인이 깜짝 놀라 깨어 보니 꿈이었다.

그래 꿈에 가르쳐 준 곳으로 가보니 과연 삼(蔘)이 있었다. 그것을 캐어 가지고 집으로 와 남편한테 꿈 이야기를 한 후 삼을 달여 먹었다.

그랬더니 정말로 태기가 있어서 옥동자를 얻게 되었다. 두 부부는 웃음 속에서 세월 가는 줄도 모르고 살아갔다.

이 애가 자라 칠팔 세가 되었기에 공부를 시키려고 서당으로 보냈다. 그런데 하라는 공부는 하지 않고 활을 만들어 사냥만 다녀 항상 부모에게나 선생에게 종아리를 맞기가 일쑤였으나 여전히 공부는 안했다.

나이가 십칠팔 세가 되어도 제 이름자 하나 똑똑히 쓰지 못했다.

그러던 어느 날 아버지 앞에 와서 무릎을 꿇더니 과거(科擧)를 보러 가겠으니 허락해 달라고 하는 것이었다.

하도 조르는 바람에 가산(家産)을 털어 활을 사주었다.

이 애가 과거를 보러 가는 도중에 날이 저물어 어떤 집에서 자게 되었는데 그 집엔 예쁜 처녀가 있었다.

주인 영감이 아이를 보니 매우 똑똑하게 생긴지라 일부러 딸에게 접대를 시켰으나, 아이는 처녀가 들어만 오면 호통을 쳐 내보냈다.

그 다음날 길을 떠나려고 문을 여니 처녀가 문턱에서 목을 매어 죽어 있었다.

하는 수 없이 과거장에 가긴 갔다.

활은 과녁에다 다섯을 정중(正中)으로 맞혀야 하는 것이었다.

자신이 만만한 아이는 자기 차례가 되어 활을 쏘니 조금도 빈틈없이 셋은 명중이 되었다. 그리고 네 번째 화살을 쏘는데 난데없는 회오리바람이 일어 화살이 중간에서 꺾어지고 말았다.

그래 결국 과거에 떨어지고 말았는데, 이 과거는 3년 만에 한 번씩 보는 것이었다.

그러나 과거를 볼 적마다 셋은 정중(正中)에 맞고, 네 번째 살에 가서는 꺾어지고 말았다.

하도 이상해서 점쟁이에게 물으니 처녀의 죽은 귀신이 악마가 되어 쏠 때마다 방해를 놓는다고 하였다.

나이 서른이 넘어 가지고 또 과거시험을 보러 갔다.

셋은 여전히 맞히고 네 번째 화살을 쏘려고 하다가 울음이 나와서 서 있었더니 원님이 이상히 여겨 우는 곡절을 물었다.

이제까지의 일을 자세히 이야기하니 원님은 정중으로 맞힌 것을 거두고 다시 쏘라고 하여 다시 두 번을 쏘니 백발백중이었다.

먼저 거둔 살과 합해 과거에 급제하였는데 갑자기 공중에서 악귀(惡鬼)가 울면서 원님 꾀에 넘어갔다고 원통해 하며 도망쳐 버렸다.

이때부터 신기한 꾀를 내면 귀신이 곡할 노릇이란 말이 생겨났다고 한다.

(1955년 8월 12일, 경기도 파주군 교하면 다표리 이후진)

83 친구의 원한

옛날에 쌍둥이라는 별명이 붙을 정도로 절친한 친구 둘이 있었다.

둘이는 생사$^{(生死)}$를 같이하자고 굳게 맹세한 적이 있는데 둘이 똑같이 이름 모를 병에 걸리게 되었다.

한 친구는 앓다 그냥 죽어 버렸고, 남은 친구는 더 오래 앓다가 병이 나았다.

남은 친구는 죽은 친구의 장례도 못 본 게 슬퍼서 친구의 집을 찾아가는 도중에, 죽었다는 친구를 만났다.

너무 반갑고 좋아서 죽었다는 친구를 따라서 그의 집에 가기로 했다.

어느 산골로 깊이 들어가 그의 집에 이르렀는데 어찌나 훌륭한지 말을 못할 지경이었다.

음식을 한상 잘 차려와 맛있게 먹던 도중 죽은 친구가 변소엘 간다고 나가더니 영 오지를 않았다.

그래서 그냥 기다리기가 무료해 고추장이 하도 맛있게 보여 그것을 찍어 맛보았더니, 그 고추장 종지가 갑자기 자기 볼때기에 붙어 영 떨어지질 않았다.

잡아떼다가 지쳐 잠이 들었던 모양인데 깨어 보니 친구의 묘 앞이었다.

볼때기를 만져 보니 그대로 종지가 붙어 있었다.

집으로 돌아와 밥을 먹으려고 밥숟가락을 떠서 입에 넣기만
하면 종지가 빼앗아 먹고 또 넣으면 빼앗아 먹고 해서 그 친구
는 굶어죽고 말았다.

(1955년 8월 23일, 충남 예산군 부양면 귀곡리 김동운)

84 도깨비의 방망이

　옛날 어느 마을에 한 가족이 단란하게 살고 있었는데, 하루는 아버지가 아들더러 나무를 해오라고 하였다.

　산으로 가서 갈퀴로 나무를 하는데 어디선가 개암이 하나 굴러왔다.

　아들은 얼른 주워,

　"우리 할아버지 갖다 드려야지."

하고 다시 갈퀴로 긁는데 개암이 또 나왔다.

　"이건 할머니께 드려야지."

하고 계속 긁으니 개암이 또 나와,

　"요건 아버지 거야."

말하고 다시 긁으니 또 개암이 굴러 나와서,

　"어머니를 갖다 드리자."

하며, 주머니에 넣고 나무를 하다 보니 어느덧 해가 저물었다.

　집에 가려고 저쪽을 보니 멀리 불빛이 보여 그곳을 향해 갔더니 불이 환하게 켜졌는데도 빈 집이었다.

　그래 들어가서 방을 휘 둘러보는데 도깨비들이 쾅쾅거리며 오는 소리가 들렸다. 얼른 다락 속에 숨었다.

　도깨비들은 금방망이와 은방망이를 두들기며,

　"맛있는 음식과 술아 나오너라."

하니 그가 한 번도 보지 못한 맛난 음식이 한상 가득 차려져 나왔다.

도깨비들이 먹고 노는 걸 보니 하도 배가 고파 개암을 먹어야겠다 하고 한 개를 깨뜨렸더니 탁, 하며 큰 소리가 났다.

도깨비들은 대들보가 부러지는 줄 알고 금방망이와 은방망이를 두고 도망을 갔다.

나무꾼은 집으로 와 도깨비 덕으로 부자가 되어 사는데 그 동네 욕심쟁이가 자꾸 그 사연을 물어서 사실대로 이야기해 주었다.

욕심쟁이는 나무를 하러 가서 개암이 나올 적마다 저것도 내 것, 이것도 내 것, 하며 자기만 먹겠다고 주머니에 넣으며 나무를 하다 보니 날이 저물어 그 빈 집으로 갔다.

다락에 앉아 있으니 도깨비들이 와서 또 술을 마시고 노는 도중에 개암을 딱 하고 깨뜨렸더니, 도깨비들이 전에 우리가 속았던 놈이라고 하며 다락에서 끌어내어 두들겨 죽였다.

(1955년 9월 22일, 경기도 파주군 교하면 야당리 이경성)

85 게으름뱅이

옛날 어느 마을에 한 게으름뱅이가 살고 있었다.

그는 얼마나 게으르던지 일을 하지 않는 것은 물론이요, 마당을 쓸거나 이웃간에 마실을 다닐 줄도 모르고 심지어는 귀찮아서 세수도 하지 않았다.

그래서 그 아내가 옷을 입혀 주고 밥도 먹여 주어야 했었다.

때로는 입에 든 밥을 씹고 삼키기조차 싫어하는 정도였다.

그러니까 게으름뱅이는 오직 그 아내에게만 의지해서 살고 있었다.

그러던 어느 날 장모가 죽었다는 부고가 왔다.

사위인 게으름뱅이는 게으른 탓으로 못 가지만 아내는 친정 어머니 장사에 가지 않을 수 없었다.

아내는 걱정이 되었다.

내가 친정에 다녀올 동안 저이를 어떻게 할 것인가.

아내는 궁리 끝에 떡을 많이 해서 그릇에 담아 방에다 들여 놓고 찰떡은 구멍을 뚫어 끈에 꿰어서 남편의 목에 걸어 주면서 내가 친정에 다녀올 동안 떡을 먹고 지내 달라고 타일렀다.

게으른 남편이니 밥을 지어 먹지도 않을 것이라는 생각에서였다.

그러나 게으름뱅이 남편은 말하기조차 싫은지 떠나는 아내를 멀거니 보고만 있었다.

아내는 친정에 가서 장례를 지내고, 모처럼 친정에 오기도 했고 동기간의 만류도 있고 해서 닷새를 묵고 부랴부랴 집으로 돌아왔다.

사립문을 들어섰으나 인기척이 없었다.

방문을 열어 보니 남편은 떡을 목에다 건 채 굶어죽어 있었다.

목에 걸어 준 떡은 하나도 줄지 않고 그대로 남아 있었다.

86 가난뱅이 모자 (母子)

옛날 어느 마을에 아랫목에서 먹고 윗목에서 싸고 낮잠만 자는 게으름뱅이가 살고 있었는데, 이를 보다 못한 어머니가 나가서 빌어라도 먹으라고 했더니 하루 종일 돌아다니다가 끼니 때만 되면 들어와 먹고 자곤 했다.

하루는 나가서 어디까지 가는 줄도 모르고 가다가 졸려서 길가에서 낮잠이 들었다. 꿈에 한 중이 나타나서 커다란 수탉 한 마리를 주면서,

"너는 생전 빌어먹을 팔자니까 이거나 가지고 가서 1푼 나오라 2푼 나오라, 해서 먹고 살아라."
하곤 사라졌다.

꿈에서 깨고 보니 정말 커다란 수탉이 있었다.

너무 좋아서 얼른 집으로 가지고 가서 꿈속에서 중이 시킨 대로 해보니 정말 돈이 쏟아져서 몹시 좋아했다.

그러다 닭이 입에서 돈을 게워내는 것이 재미있어 나중에는 "3푼 나오라." "4푼 나오라." 하며 자꾸만 나오라고 했다.

마침내 그 닭은 한꺼번에 너무 많이씩 돈을 내다가 그만 목이 막혀서 죽고 말았다.

그 모자(母子)는 다시 그전처럼 가난을 면치 못했다고 한다.

(1956년 7월 29일, 경기도 안성군 안성읍 최동주 외조모)

87 미련한 사람

옛날에 한 사람이 있었는데 어찌나 미련한지 어느 날 자기 부모가 새끼를 꼬라고 하였더니 하루 종일 새끼를 꼰다고 꼰 것이 세 발밖에 되지 않았다고 한다.

그래서 자기 부모가,

"이놈아, 하루 종일 새끼 세 발밖에 못 꼴 바에야 나가
거라."

고 쫓아냈다. 할 수 없이 자기가 그 새끼를 둘러메고 어디만큼 가니까 옹기장수가 옹기그릇을 한 짐 잔뜩 졌는데 새끼가 모자라서 애를 쓰고 있었다.

마침 새끼를 메고 가는 것을 본 옹기장수는 그 사람을 불러서 청하기를,

"당신이 갖고 있는 새끼를 이 물동이와 바꿉시다."

했다.

그래 이 사람은 좋다구나 하며 새끼와 물동이를 바꾸어 가지고 어디만큼 가니, 어여쁜 색시가 물동이를 깨뜨리고 쫓겨나서 울고 있었다.

그것을 보고 달려가서,

"이 물동이를 갖다 주시오. 그리고 당신은 나하고 가십
시다."

하고 물동이를 주고 색시를 얻었다.

좋아라 하며 색시를 궤짝에 담아 짊어지고 가면서 어느 주막에 이르자 기쁨에 넘쳐 이 사람은 술을 마음껏 마시고 있었다.

그런데 술집 사람들이 밖에 있는 궤짝을 보고 그 속에 무엇이 있나 하고 열어 보니 어여쁜 색시가 들어 있는 것이었다.

술집 영감은 색시를 꺼내 가고 대신 술지게미를 한 궤짝 담아 놓았다. 미련한 놈은 정신없이 술만 마시고 있다가 정신을 차려 술집을 나왔다.

궤짝을 메고 가는데 궤짝에서는 술지게미에서 술이 줄줄 새고 있었다.

그러나 이 미련한 사람은 색시가 오줌을 싸는 줄 알고,

"오줌싸지 말아라, 똥싸지 말아라."

하면서 메고 가다가 또 돌아다 보고,

"오줌싸지 말아라, 똥싸지 말아라.

하면서 자기 집에까지 메고 왔다.

부모한테 색시를 얻어 왔으니 빨리 잔치를 벌이라고 야단을 치니, 부모들은 자기 아들이 미련한 줄만 알았더니 어디서 색시를 다 얻어 왔다고 동네 사람을 다 불러다가 잔치 차리기에 분주했다.

이렇게 하여 잔치할 준비를 다해 놓고 맞절을 시키려고 궤

짝으로 가서 문을 여니 뜻밖에 술지게미가 한 궤짝 들어 있었다.

이것을 보고 노발대발하여 이놈이 색시는커녕 술지게미만 한 궤짝 짊어지고 와서 색시 얻어 왔다고 야단법석 한다며 아들을 또 내쫓았다.

88 미련한 놈

옛날 옛적에 미련하기 짝이 없는 한 놈이 있었다.

하루는 혼자 방 안에 우두커니 앉아 있는데 난데없는 벌레가 날아와 옷에 붙었다. 그러나 뗄 줄을 몰라 이리저리 서성대고 다니다 마침 아버지를 만나자 울면서 호소하니 탁 쳐서 죽이라고 했다.

그제야 시키는 대로 벌레를 죽이고 한숨을 돌려 쉬었다.

며칠이 지난 뒤 주무시는 할아버지의 등을 보니 파리가 앉아 손을 마주 비비는 것을 보고 딱 소리가 나게 쳤다.

그 바람에 낮잠이 깨신 할아버지가 버릇없는 놈이라고 나무라니까 아버지가 그렇게 가르쳐 주었다고 했다.

할아버지는,

"그럴 때는 부채로 슬슬 날리는 것이니라."

하였다.

또 몇 날이 지나 동네에 불이 나서 야단인데 난데없는 바람을 일으키는 놈이 있었다.

보니까 이놈이 큰 부채로 힘 있는 대로 타오르는 불을 부채질하고 있었다. 아버지는 깜짝 놀라 물을 부어야 한다고 가르쳐 주었다.

이놈이 집에 와보니 저녁을 짓느라고 불을 지피고 있었다.

이걸 본 그는 물을 떠다 부어 부엌이 한강물이 되었다.

이렇게 하여 저녁도 굶고 매를 얻어 맞고서야 정신이 났는지, 그때부터 열심히 공부를 하더니 과거에 급제를 하여 훌륭한 인물이 되었더란다.

(1955년 8월 28일, 전남 무안군 압해면 홍재옥)

89 미련한 소금장수

옛날 어느 마을에 어리보기 같은 놈이 있었다.

어떤 일을 시켜도 못할 뿐만 아니라, 집을 지키라 해도 낮잠만 자는 딱한 놈이었다.

자기 아버지가 하루는 이놈을 불러 놓고 하는 말이,

"아 이놈아, 다른 사람은 열일곱이 넘으면 나라에 벼슬을 하고 허리에 호패를 차는데 너는 무엇에 쓰겠냐?"

하며 한탄을 하니까,

"아부님, 소금 사줏쇼. 소금장사 할랍니다."

했다.

아버지는,

"미련한 곰 같은 놈 자식, 어떻게 네가 소금을 팔아. 괜히 소금장사시키려다 없는 살림 다 망하겠다."

하고 곧이듣지 않았다. 그러니까 이놈은 막 대들었다.

"아부지, 나도 장사를 할 수 있소. 사람 많이 모인데 가서 소금 삽쇼, 하고 외쳐 사람들이 모이면 되로 되어서 주면 될 게 아니오."

하며 지게와 소금을 사달라고 졸랐다.

아버지는 믿지 못하면서도 자식을 가르치기 위해 소금과 지게를 준비하여 주었더니 금방 소금 지게를 지고 나갔다.

어떤 금을 파는 금광(金鑛)으로 들어가,

"소금 삽쇼, 소금 삽쇼."

하고 외치면서 일꾼들을 이리저리 쫓아다녔다.

귀찮은 광부들은 소금 지게를 저쪽으로 밀어 버리면서,

"미련한 녀석, 이런 데 와서 소금을 사라고 하는 놈이
어디 있어."

하였다.

집에 돌아와 아버지에게 이 사실을 말하니,

"그런 땅 파는 데 가선 땅을 파주고 소금을 사라면 잘
산다."

고 가르쳐 주었다.

이 미련한 놈이 이번에는 사람들이 많이 모여 혼인 구경을
하고 있는 틈에 끼어서 안으로 쑥 들어갔다.

소금 지게를 부려 두고 꼬챙이를 찾아가지고 들어가 사람들
이 모여 있는 곳을 막 파헤치며 소금 사라고 외쳤다. 그랬더니
혼인집 주인이,

"대사를 치르는데 재수 없이 땅을 파는 놈이 어디 있
어."

하며 야단치자 사람들이 몰려들어 소금장수를 막 후려갈겨 쫓
아냈다.

실컷 얻어맞은 후 소금 지게를 지고 집으로 돌아간 이놈은

자기 아버지에게 잘못 가르쳐 주었다고 화를 냈다.

　이야기를 듣고 난 아버지는,

　"그런 대사 치르는 데서는 장구를 구해 가지고 좋다, 좋
다, 하면서 장구를 치고 춤을 춰 주고 난 후에 소금을 팔
아야 한다."

고 하였다.

　이번에는 꼭 그렇게 하리라 생각하며 잊지 않으려고 입 속
으로 외워 가며 소금 지게를 지고 산을 넘어 한 마을로 가니
사람들이 많이 모여 있었다.

　"옳다구나, 장구 먼저 구해야지."

하고 소금 지게를 한 사람에게 맡기고 장구를 빌려 왔다.

　사실 이곳에서는 불이 나서 야단이었다. 이 미련한 놈은 이
틈에서 장구를 치며 춤을 덩실덩실 추면서 소금 삽쇼를 외쳤
다.

　이 꼴을 본 마을 사람들은 괘씸히 생각하고 이놈을 마구
때려 갈겼다.

　이번에도 아버지가 가르쳐 준 것이 틀린 것으로만 알고 집
으로 돌아와 노발대발하며 이 사실을 말했다.

　그랬더니 아버지는,

　"이 미련한 놈의 자식아, 물을 떠다 불을 꺼주고 소금을

사라고 해야지, 빨리 나가 소금이나 팔아라."

했다.

또 소금 지게를 지고 가는데 어떤 집에서 부부싸움을 하느라고 야단이었다.

때를 만난 듯이 급히 지게를 내려놓은 소금장수는 물을 떠다가 싸우는 사람에게 쫙 끼얹었다.

그리고 소금을 사라고 소리를 지르니 싸움하던 사람들이 싸움을 멈추고,

"이놈의 자식이 어떤 놈이냐."

하고 작대기를 드니까, 미련한 소금장수는 집으로 또 도망쳐왔다.

또 혼이 났던 말을 하니까 아버지는 웃으면서,

"그렇게 싸울 때는 틈을 타서 가운데로 들어가서 양팔
을 벌려 싸움을 떼놓고 사화를 시킨 다음에 소금을 파는
것이다."

하였더니 그 말이 끝나자마자 소금 지게를 지고 또 나섰다.

어디만큼 가서 들을 건너가는데 큰 뿌사리(뿔소)들이 막싸우고 있었다.

이놈은,

"옳다구나, 이럴 때 사화를 시키는 것이로구나."

하고 소금 지게를 내려놓고 뿌사리들이 싸우는 데로 달려가 뿌사리들이 잠깐 물러나간 틈에 가운데로 끼어들어 탁 가로막아섰다.

그리고 활개를 벌리고 양쪽을 번갈아 가며,

"사화합쇼. 사화합쇼."

하다가 갑자기 달려드는 뿌사리들을 보고 겁이 나서 급한 소리로

"사화합쇼."

하였으나, 뿌사리들은 사정없이 달려들어 양쪽에서 받아 넘기는 바람에 허리에 구멍이 나서 이 미련한 놈은 결국 객사하고 말았다.

(1955년 8월 28일, 전남 무안군 압해면 상리　김복동)

90 바보 이야기

옛날 옛적 간 날 갔적에 한 바보가 있었는데 그 아버지는 이웃 마을에 문상(問喪)을 가야 할 텐데 바빠서 갈 여가가 없었다.

그래서 바보 아들을 대신 보내려는데 실수할까 봐 옆집 김 서방이 하는 대로 따라만 하라고 일렀다.

바보가 김 서방을 따라서 가는데 김 서방이 잘못해서 물을 건너다 발이 빠져 옷을 좀 버렸다. 그러니까 이 바보는 일부러 풍덩 빠졌다.

한참 가다 잠자는 개의 꼬리를 김 서방이 밟자 개가 깨갱대며 도망가니까 바보도 밟으려고 죽자사자 쫓아가 붙들곤 꼬리를 꼭꼭 밟았다.

상가(喪家)에 와가지곤 방에 들어서다 김 서방이 잘못해서 문지방에 박치기를 하니까 뒤따라 가던 이 바보도 일부러 탁 받아 갓을 쭈글하게 만들었다.

그리고 상주하고 인사하다 김 서방이 실수를 해서 방귀를 뀌었더니 바보는 얼굴이 새빨개지도록 힘을 주다 그만 똥을 확 싸고 말았다.

그러고는 집에 와서 김 서방보다 더 잘했다고 자랑을 하였단다.

(1967년 8월, 경북 금릉군 구성면 상원리)

91 어리석은 사람들

옛날에 어느 부부가 살다가 남편이 병정을 나갔다.

그 이듬해 남편한테서 편지가 왔는데 안식구가 글을 몰라 그 편지를 가지고 네거리로 나갔다.

얼마 후 말 탄 선비가 오기에 편지 좀 읽어 달라고 하였다.

그 선비는 편지를 받아 보더니 울었다.

그래서 아내는 선비를 보고 느낀 것이 자기 남편이 죽어서 우나 보다 하고는 선비를 따라 울었다.

그런데 어떤 남자가 또 지나가다 그것을 보고 울었다.

세 사람은 한참 울다가 여자가 선비보고 왜 그렇게 울었느냐고 물었다.

그 선비는 편지를 못 읽는 게 분해 운다고 했다.

그랬더니 이 여자는 남편이 죽었나 해서 울었다며 나중에 온 남자에게 왜 울었느냐고 물었다.

이 남자는 모두 울기에 이 모퉁이가 우는 모퉁이인 줄 알고 울었다고 하였다.

92 바보 삼형제

옛날 옛적에 3형제가 살고 있었다.

첫째는 먹는 것이라면 배가 터져도 동겨(동여)매고 나와 먹고, 둘째는 걸력(기력)이 황우라 하고, 셋째는 무엇이든지 잘 잊어 먹고, 언제 무슨 말을 하고 무슨 일이 있었는지를 도무지 모르는 놈들이었다.

하루는 3형제가 밥을 싸가지고 장 구경을 갔다.

첫째는 밥이 먹고 싶어도 기운이 센 둘째가 좀 더 가서 먹자고 하기 때문에 더 말도 못하고 갔다.

한참 가다 보니 첫째는 조금 뒤에 처지게 되었다.

첫째가 떨어져 가다 보니 벌집이 있는데 가만히 들여다보니 벌집에선 꿀이 뚝뚝 떨어지고 있었다.

급한 김에 바위에 의지하고 벌집 속에 머리를 쑤셔 박고는 정신없이 꿀을 먹었다.

벌들이 들입다 얼굴을 쏴도 아랑곳이 없었다. 그놈은 대가리가 깨져도 먹는 놈이었다.

너희들은 쏴라, 나는 먹겠다면서 배가 불룩하도록 먹고 나니, 머리통이 부어서 빠지지 않았다.

그러던 차에 동생들이 뒤를 돌아보니 형이 안 와서 형을 부르며 되돌아오니까 형이 벌집에서 머리를 빼내느라고 낑낑대고 있었다.

그래 힘이 장사인 둘째가 잡아당기면 빠질까 하여 쭉 잡아
당겼다. 그러니까 머리는 바위 속에 박힌 채 몸뚱어리만 빠져
나왔다.

　　이걸 보고 있던 셋째 놈이,

　　"형님이 옛날에 머리가 있었던가? 없었던가?"

하더란다.

(1955년 8월 18일, 전남 담양읍 최수향)

93 삼 형제와 유물

옛날에 아버지와 아들 3형제가 살았다. 그러다 아버지가 죽게 되었는데 유언을 하기를 어디에다 궤짝을 두었으니 그 속의 것을 맨 먼저 둘째 아들이 골라잡고, 그 다음엔 셋째 아들이, 큰아들은 나머지를 가지라고 하였다.

그래 장사를 지내고 유언대로 그곳으로 가보니 궤짝이 있었다. 그걸 열어 보니 총 한 자루와 피리 하나, 그리고 바가지와 지팡이가 있었다.

그래서 둘째가 맨 먼저 총을 갖고, 셋째는 피리를 갖자, 큰형은 바가지와 지팡이를 마지막으로 가졌다.

그걸 가지고 3형제가 길을 가다 보니 세 갈래 길이 있어 3년 뒤에 이곳에서 다시 만나기로 하고 헤어졌다.

큰아들은 길을 가는데 날이 저물어 무덤 옆에서 자기로 했다. 한밤중이 되니까 저쪽 묘에서,

"아, 오늘 저녁이 내 제산데 같이 먹으러 가세."

하니 이쪽에서,

"난 손님이 왔으니 자네나 먹고 오게."

했다.

또 얼마쯤 있으니까 저쪽 묘에서,

"구렁이가 제상(祭床)에 있길래 화가 나서 딸년을 죽여 놓고 왔네. 아무 데에 특효약이 있는데 그것들이 알아야

지."

하는 소리를 들었다. 그래 날이 새자 첫째 형이 그곳에 가보니 정말 약이 있었다. 그것을 바가지에 담아 가지고 아래 동네에 와보니 초상집이 있었다.

그 초상집엘 가서 주인을 찾아 죽은 사람을 살려 보겠다고 말하곤, 시체방에 아무도 없게 한 다음 약을 바르고 사랑에 나와 아침을 먹었다.

아침을 다 먹고 나니 살아났다.

그 집에서는 좋아서 사위를 삼아 주어 잘 살게 되었다.

둘째 아들은 어디쯤 가다 해가 저물어 헤매고 있는데 먼 데서 불이 반짝거렸다.

찾아가 보니 대궐 같은 집이 있는데 아무리 불러도 대답이 없었다.

그래 열두 대문을 다 지나니까 안에서 색시가 나오며 누구냐고 했다.

그래서,

"날이 저물어 하룻밤 유하게 해주시오."

하니,

"잘못 왔으니 돌아가세요."

라고 했다.

그 까닭을 묻자,

"30명이나 이 집에서 살았는데 큰 지네가 다 잡아가고 오늘이 내 차례랍니다."

라고 색시가 말했다. 이 말을 듣고,

"아무런 상관없으니 쉬어 가겠소."

라고 했다.

광문을 여니 숯이 많았다. 그래서 그 여자를 가마니에 싸서 안방 대들보에 매달아 놓고 방, 뜰, 안마당 할 것 없이 숯불을 지폈다.

둘째 아들은 건넌방에서 총만 내놓고 가만히 기다리니 큰 지네가 안방으로 들어가는 걸 연거푸 쐈더니 죽었다. 급히 색시에게 달려가 구해 주었다.

날이 새자 광문을 열어 보이는데 금이 굉장히 많이 있어 그 금덩이 하나를 가지고 큰 동네로 가서 둘이 부부가 되어 잘 살았다.

셋째 아들은 산으로 자꾸 가다 날이 저물어 바위틈에서 잤다. 자다가 이상해서 눈을 떠보니 호랑이가 수십 마리 모여 눈에 불을 켜고 있었다.

무서워서 얼른 옆의 나무를 타고 올라갔다. 그러니까 호랑이들도 무등을 타고 점점 따라 올라와 마지막으로 한 마리만 올라오면 잡아먹히게 되었다.

그래 이왕 죽을 바엔 피리나 불어보고 죽겠다고 피리를 부니 밑에서 있던 호랑이가 흥에 겨워 춤을 추었다. 그 바람에 위에 있는 놈들은 모두 떨어져 죽고, 밑의 것은 치어 죽었다.

그러다 날이 새어 호랑이 가죽을 벗겨 팔아다 그 마을에서 제일 부잣집 딸과 성대히 결혼을 했다.

이렇게들 지내다 헤어진 지 3년이 되어 헤어지던 곳에서 만나 3형제가 행복스럽게 살았단다.

(1955년 8월 12일, 충남 아산군 음봉면 신체리 김운영)

94 딸 삼 형제

옛날에 가난한 집안에 딸만 3형제가 있었다.

딸들이 과년해지자 아버지가 묻기를 어느 곳으로 시집들을 가겠느냐고 하니 첫째 딸과 둘째 딸은 돈 많은 집으로 가겠다고 했다.

그러나 셋째 딸은,

"우리가 이렇게 가난한 가정에 태어나 이렇게까지 오래
도록 살았는데 우리에게 무슨 복이 있다고 부잣집으로
시집갈 수 있겠습니까?"

하였다.

셋째 딸은 매사에 영글고 칼로 베인 듯 맵고 하여 부모들은 애가 어딜 가도 먹고 살 것이라고 했다.

소원대로 첫딸과 둘째 딸은 부잣집으로 시집보내고 셋째 딸만은 일부러 숯 굽는 산 속의 가난한 집으로 시집을 보냈다.

친정의 늙으신 아버지가 고생하는 정경이 눈에 선하나 셋째 딸은 가보고 싶어도 워낙 찢어지게 가난해 가질 못하고, 언니들은 저희들 사는 재미에 가볼 생각도 안 했다.

그러나 막내 동생은 언니들 원망을 조금도 하지 않았다.

그러다 하루는 친정 생각을 골몰히 하고 있는데 조그만 옹달샘에서 서광이 비쳤다.

그래 가보았더니 물속이 환히 보이는데, 그 속에는 금덩이

들이 가득 쌓여 있었다.

셋째 딸은 당황하지 않고 한 알씩 떼어 장에 갖다 팔아 부자가 되어 친정 부모님을 모셔다가 잘 봉양을 했다.

그래서 언니들은 질투가 나서 숯장수에게 시집 못 간 것을 후회했다.

(1955년 8월 11일, 충남 천안군 직산면 마정리 표호숙)

95 바보 딸 삼 형제

옛날 어느 집에서 딸 3형제를 두었다.

모두 나이가 차는 대로 시집을 가게 되었다.

첫째가 혼인을 하게 되었다. 성대한 잔치 끝에 첫날밤을 치르게 되었다.

신랑은 불을 끄고 신부의 옷을 벗기려 했다.

그러나 신부는 부끄러워 영 옷을 벗으려 하지 않았다.

아무리 해도 응하지 않는 신부를 보고 신랑은, '아마 나를 싫어하는 모양이다.' 생각하고 자존심이 상해서 이튿날 아침에 돌아가 버렸다.

둘째 딸을 여의게 되었다.

첫째 언니의 실패를 거울삼아 첫날밤에 신부는 옷을 모두 벗어 머리에 이고 벌거숭이로 신방에 들어갔다.

이 꼴을 본 신랑은 정나미가 떨어져 달아나고 말았다.

셋째 딸을 여의게 되었다.

두 언니의 경험을 거울삼아 셋째 딸은 조심하기로 했다.

첫날밤이 되었다. 신부는 방문 앞에 다가서서 신랑에게, "옷을 벗고 들어갈까요, 그렇지 않으면 입고 들어갈까요?" 하고 물었다.

이 말을 들은 신랑은 어찌나 기가 막히든지 옆문으로 슬그머니 빠져 나가더니 다시는 오지 않았다고 한다.

96 바보 신랑

옛날 중에서도 옛날, 바보 신랑이 있었다. 장가는 갔으나 한 번 갔던 처가집이 어느 마을인지조차 모르는 바보였다.

하루는 처갓집에 가려고 짐을 지고 나섰는데 처갓집 마을 이름을 잊어버렸다. 아무리 기억을 더듬어 보아도 무슨 이름의 마을이던가 영 생각이 나지를 않았다.

마을 이름을 모르니 찾아갈 수가 없다. 그래서 길가에 혼자 멍하니 서 있었다.

이때에 한 늙은이가 소를 몰고 지나갔다. 늙은이는 젊은이가 멍청하니 서 있어서 바보인 줄 알고 물었다.

"이 소 안에 무엇이 들어 있소?"

"창자가 들었지요."

늙은이는 재차,

"그밖에 또 무엇이 들어 있소?"

"지레(지라), 콩팥, 담 같은 것이 있지요."

"또 없는가?"

"없어요."

"아니 이 사람아, 염통이 있네."

이 말을 듣더니 신랑은,

"참 염통골이다."

하고 소리쳤다.

처갓집 마을이 염통골이었던 것이다.

가는 길에 몇 번이고 길을 물어 겨우 염통골 처갓집으로 갔다.

사위가 한 짐을 잔뜩 짊어지고 들어오니 장모는 반가워서 짚신을 거꾸로 신고 마당으로 뛰어 내려왔다.

바보 신랑은 가져온 짐을 장모 앞에 하나씩 내려놓았다.

장모가 이게 다 무엇이냐고 물으니 바보는 인절미를 가리켜 '느리오고지래기', 술을 가리켜 '올랑졸랑', 꿩을 가리켜 '껑 꺼득새', 말을 가리켜, '뿔뿔이' 라고 대답했다.

장모는 사위가 하는 소리가 무슨 소리인지 알 수가 없었다. 그래서 사랑에 나가 남편보고 물어 보았으나 그도 역시 몰랐다.

그러자 장인이 나와 사위보고 물으니 사위는 이제는 아무 말이 없이 멍청히 서 있기만 했다.

장인은 답답해서 아내보고 꾸지람을 했더니 아내는 꽁무니를 뺐다.

그러니 장인은 더욱 화가 나서,

"그 지랄년이 어디 갔어?"

하니 사위가 멍하니 있다가 하는 소리가,

"그 지랄년 뒤뜰로 갔습니다."

하더란다.

(1955년 7월 29일, 강원도 삼척군 원덕면 일천리 이춘녀(李春女) 45세)

97 미련한 신랑 (1)

옛날 어느 부잣집에서 딸을 여의게 되었다.

살기는 넉넉했으나 지체가 좋지 않아서 가난한 양반네 아들을 사위를 삼기로 했다.

혼인날이 되었다. 힘 있는 데까지 진수성찬을 차려 크게 잔치를 벌였다.

가문이 부끄럽지는 않다고 하지만 가난하게 자란 신랑에게는 처음 보는 음식들이 많았고 맛도 혀에 척척 감겨 기가 막힐 지경이었다. 그 중에서도 동치미가 가장 맛이 있었다.

밤이 되었다. 신랑 신부는 같은 이불 속에 누웠다.

신랑은 아리따운 신부보다 저녁에 먹은 동치밋국 생각이 나서 못 견디었다. 신랑은 신부가 잠들기를 기다려 몰래 부엌으로 기어 나갔다.

어두운 가운데 동치밋국이 담겨 있는 그릇을 찾으려 했으나 좀처럼 찾을 수가 없었다. 이윽고 큰 옹기 항아리 안에 동치미가 있는 것을 알아냈다.

신랑은 손을 넣어 동치미를 건져 먹었으나 국물이 더욱 먹고 싶었다. 그러나 그릇이 커서 들고 마실 수가 없었다. 그렇다고 어둠 속에서 떠먹을 그릇을 찾을 수도 없었다.

생각 끝에 머리를 항아리 속에 처박고 실컷 마셨다.

다 마신 다음 머리를 빼려고 했으나 어렵쇼, 턱이 걸려서 빠지지가 않았다. 아무리 힘을 주어도 소용이 없었다.

　궁리 끝에 신랑은 그대로 방으로 들어와 아내보고 빼달라고 청하기로 했다.

　신랑은 항아리를 쓴 채 더듬더듬 기어오다가 기둥에 부딪쳤다. 그 순간 요란한 소리가 났다.

　방에서 자다가 요란한 소리에 잠을 깬 가족들은 도적이 들었나 보다고 등불을 밝히고 부엌으로 나왔다.

　도적이 벌거벗은 채 항아리를 쓰고 있었다.

　장인이,

　"도적 잡아라."

고 외치며 몽둥이로 항아리를 치니 깨졌다.

　신랑은 망신을 당하고 방으로 들어갔고, 장모는 바보 사위를 얻었다고 통곡을 했다.

98 미련한 신랑 (2)

　옛날에 어떤 총각이 장가를 갔는데 처갓집 김칫국 맛이 어떻게나 좋은지 홀딱 반했단다.

　그래 첫날밤에 마누라한테 김치 단지가 있는 곳을 물어 발가벗은 채로 나갔다. 신부가 가르쳐 준 대로 조그만 단지가 있어 두 손을 넣어 한 주먹 꽉 쥐고서 손을 빼려고 하니 빠져야지. 이 미련한 신랑은 한 손씩 뺄 줄은 모르고 단지를 껴안고 발버둥을 치다가 그만 단지를 깨고 말았다.

　잠자던 장모는 쥐가 그릇을 깬 줄로만 알고 쫓아 나왔다. 그 소리를 듣고 사위는 엉겁결에 뒤뜰 감나무 위에 올라갔다.

　그런데 방에서 나온 장모는 부엌으로 가보았으나 아무도 없었다. 그래 사위가 시장할까 봐 홍시라도 몇 개 따줘야겠다고 작대기를 갖고 감나무 밭으로 갔었다.

　감나무 밑으로 가보니 으스름한 달빛 아래 축 늘어진 홍시가 있었다. 그것을 따려고 암만 때려도 따지질 않았다.

　그 질긴 가죽이 따질 리가 있어야지.

　그런데 신랑은 어찌나 아프던지 그만 생똥을 확 싸고 말았다.

　장모는 그런 것도 모르고,

　"이쿠! 그만 터지고 말았구나."

하곤 그냥 방으로 들어갔단다.

(1957년 8월, 경북 금릉군 구성면 상원리)

옛날 어느 두메산골에 천치 모자가 살고 있었다.

그런데 너무 가난해서 아무도 딸을 주지 않아 아들은 늦도록 장가를 못 갔다.

그러다가 할 수 없이 이웃 마을 가난한 집 데릴사위로 그 집 무남독녀에게 장가를 갔다.

어느 무더운 날 들일을 나갔다가 별안간 소나기를 만났다.

등거리 잠방이에서 물이 줄줄 흘렀다.

그러나 이 바보는 옷이 젖은 것에는 개의치 않고 적삼자락을 뒤적거리며 뜯어 먹을 밥풀을 찾았다. 그러고는,

"에이, 우리 장모는 인색하기도 해. 그전에 우리 어머니는 이런 때 뜯어먹으라고 옷에 풀을 먹일 때 밥풀 찌꺼기도 많이 붙여 줬었는데."

하며 투덜거렸다.

(경기도 안성군 안성읍 최동주 조모)

100 바보 이야기 (1)

　　옛날 어느 마을에 한 바보가 살고 있었다. 장가를 들어 하루는 처가엘 가게 되었다.

　　그의 어머니는 술 한 병과 닭 한 마리를 쪄서 보자기에 싸주면서,

　　"이 병에 것은 술이고, 이것은 닭이니 장인께 구경이나
시키고 오너라." 했다.

　　원래 변변치 못한 바보인지라 얼마쯤 가다가 그 이름을 잊어버렸다.

　　그러던 중 개천이 있어 뛰어 건너니까 술병이 출렁거렸다.

　　"옳지, 올랑쫄랑이구나. 이것은 푸드득 꼬꼬닭이고."

하며 이 바보는 그것을 외우면서 처가 마을에 이르렀다.

　　마침 장인은 지붕에서 지붕을 이고 있었는데 사위는,

　　"장인, 장인!"

　　큰소리로 불러 놓고는 들고 간 것을 마당에 쫙 펴놓았다.

　　그러고는,

　　"이것은 올랑쫄랑이요. 이건 푸드득 꼬꼬닭이요."

했다.

　　그러고는 다시 그것을 보자기에 차곡차곡 쌌다.

　　한편 장인은 사위가 왔으므로 지붕에서 뛰어내리려고 하는데, 이 바보는 저를 잡으러 오는 줄 알고 뒤도 돌아보지 않고

허둥지둥 뛰어 도망쳤다.

　얼마를 뛰다가 콩밭이 있어 그곳에 숨으려고 뛰어 들어갔다. 납작 엎드려 헐떡거렸다.

　이때 청개구리 한 마리가 팔딱팔딱 앞으로 뛰어와서 할딱거리고 있으니까 이 바보 하는 소리가,

　"너도 장인한테 쫓겨 왔니? 나도 장인한테 쫓겨 왔다."
하며 더욱 할딱거렸다.

(경기도 안성군 안성읍　최동주 조모)

101 바보 이야기 (2)

옛날 어느 두메에 바보가 살고 있었는데, 이웃 마을로 장가를 갔다.

어느 해 가을 처가엘 갔는데 콩을 깍지째 쪄 내왔다. 주는 대로 콩깍지도 까지 않고 씹어 먹었다.

목이 따가웠지만 안 먹을 수가 없어서 억지로 다 먹었다.

집에 돌아오니까 어머니가 처가에서 무엇을 해주더냐고 물어서 그대로 이야기를 했다. 그랬더니 어머니는 질색을 하며,

"이 바보야, 콩을 깍지째 먹는 놈이 어디 있느냐?"

나무라고 다음엔 또 그런 것을 주거든 껍질을 다 벗겨 버리고 알맹이만 먹는 거라고 가르쳐 주었다.

다음해 가을, 팔월 추석에 처가엘 또 갔다. 그랬더니 이번엔 송편을 내왔다.

이 바보는,

"옳지, 껍데기는 벗겨 버리고 알맹이만 먹으라고 그랬지.
어디 잘 먹어 보자."

그러고는 송편 살을 모두 벗겨내고 송편 속만 먹었다.

(경기도 안성군 안성읍 최동주 조모)

옛날에 아랫목에서 밥 먹고 윗목에서 똥을 싸는 바보 천치가 있었다.

하루는 그의 어머니가 보다 못해,

"남들은 화전도 하고 모두 밭에 나가 곡식의 씨를 뿌리는데 왜 그렇게 빈들거리고 놀기만 하느냐?"

야단치며 서숙(조) 한 되를 얻어다 주었다.

그랬더니 이 바보는 구덩이를 깊숙이 파고 거름을 한 바가지 퍼다 붓더니 서숙 한 되를 모두 구덩이에다 부어 버렸다.

싹이 난 후 그의 어머니가 보니 콩나물시루처럼 소복이 순들이 돋아나 있어 모두 뽑아 버리고 한 이삭만 남겨 두었다.

그런데 이상하게도 가을이 되니 그 대는 팔뚝만큼 굵게 자라고 이삭은 기둥만 하였다.

이삭을 지고 들어온 아들을 보고 어머니는,

"차라리 나가서 빌어먹으라."

고 야단을 쳤더니 바보는 그것을 나라님께 진상하겠다고 한양을 향해 떠났다.

가다가 날이 저물어 어느 주막에서 자게 되어 그것을 주인에게 맡겼다.

아침에 일어나 맡긴 것을 달라고 하니까 쥐가 모두 먹어 버렸다고 했다. 그래 그럼 쥐라도 내놓으라고 떼를 써서 주인은 쥐 한 마리를 잡아 주었다.

바보는 쥐를 가지고 또 길을 떠났다.

가다가 날이 저물어서 쥐를 주막 주인에게 맡겼는데 아침에 보니 고양이가 잡아먹었다.

하는 수 없어 고양이를 잡아 달라고 하여 고양이를 가지고 가다 또 날이 저물어 어느 주막에서 자게 되었다.

아침에 일어나 맡겼던 고양이를 달라고 하니까 개가 물어 죽였다고 하여 개를 빼앗아 가지고 길을 떠났다.

또 가다가 날이 저물어 개를 주인에게 맡겼다.

아침에 일어나니까 이번엔 주인집 딸이 머리 감은 물을 먹고 개가 죽어 있지 않은가. 그래 그 색시를 내놓으라고 떼를 썼다.

그래 결국 색시를 얻은 이 바보는 어떻게 가지고 갈까 생각던 끝에 뒤주에 넣어서 지고 가기로 했다.

이젠 진상길을 버리고 얼른 집에 가서 장가를 들어야겠다고 생각했다. 흥에 겨워 뒤주를 지고 자기 집을 향해 길을 떠났다.

얼마쯤 가다가 똥이 마려워서 똥을 누러 간 사이에, 몰래 뒤를 따라오던 색시의 어머니가 색시를 내놓고 대신에 비지를 가득 담아 놓고 도망갔다.

이런 것도 모르고 바보는 다시 그것을 지고 떠났는데 뒤주

에서 물이 뚝뚝 떨어지니까 하는 말이,

"오줌은 싸도 똥일랑 싸지 마라. 남이 보면 뒤주 지고 간
다지, 색시 지고 간달까?"

어느덧 집에 다다른 이 바보는 집 뒤로 가서 큰 소리로 어머
니를 부르며,

"뒷집에 가서 차일을 얻고, 제상도 얻고, 물 떠다 놓고
잔치 지내자."

고 소리쳤다.

이 소리에 그 어머니는 좋아라 모든 준비를 다 갖추고 색시
를 꺼내려고 뒤주를 열어 보니 색시는커녕 비지만 가득 들어
있었다.

화가 잔뜩 난 어머니가,

"색시가 어디 있냐?"

고 소리 지르니까,

"뒷집에 가서 장을 얻어다 비지 지져 먹자고 그랬지, 내
가 뭐랬어."

하며 퉁바리를 떨었다고 한다.

(경기도 안성군 안성읍 최동주 조모)

103 바보 이야기 (4)

옛날에 한 사나이가 있었다. 눈치코치가 없기로 유명해서 '바보'란 별명이 붙어 있었다.

그 인근에서는 '바보'라고 하면 모르는 사람이 없었다.

어느 날 사랑방에서 일꾼들과 함께 잠을 자게 되었다.

밤에 자다가 다리가 가려워 몇 번이고 긁었다. 그래도 시원치가 않고 가려웠다. 그래서 더욱 박박 긁어 보았으나 가려운 것은 마찬가지였다. 이상하다고 생각했다.

바보는 생각 끝에 가려운 곳을 꼬집어보기로 했다.

그래서 엄지손가락에 힘을 주어 힘껏 꼬집어보았다.

그랬더니 옆에서 자던 영감이 벌떡 일어나면서 누가 내 다리를 송곳으로 찌르느냐고 고함을 쳤다.

바보는 그제야 이제까지 가려워서 긁은 것은 제 다리가 아니라 옆에서 자던 영감의 다리였다는 것을 알았다.

다시 모두 잠이 들었다. 한참 자다가 바보는 오줌이 마려웠다.

문을 열고 밖으로 나갔다. 마침 비가 내리고 있었다.

지붕 추녀에서 낙숫물이 줄줄 소리를 내며 떨어지고 있었다.

뒷간은 멀리 떨어져 있었다.

우장도 없거니와 불을 밝힐 수도 없어 소변보러 가기가 거북스럽다. 그래서 바보는 마루에 선 채 뜰에다 오줌을 누기로 했다.

바보가 용변을 보는데 웬일인지 오줌이 한없이 나왔다.

암만 서 있어도 줄줄 소리를 내며 나오는 것이다. 그래서 오줌 소리가 그칠 때까지 서 있었다.

날이 훤히 밝기 시작했다.

마을 아낙네가 아침 일찍 우물에 물을 길러 이고 가다가 이 꼴을 보고,

"아이고, 망측해라."

외치면서 되돌아갔다. 바보는 무슨 영문인지 몰랐다. 방에서 자던 일꾼이 일어나 나왔다.

바보는 그때까지도 소중한 것을 내놓은 채 마루 끝에 서 있었다. 일꾼은 기가 막혀서 너 왜 그러고 서 있느냐고 물었다.

바보는 오줌을 누는데 좀처럼 그치지 않고 밤새도록 떨어지는 소리가 나서 그런다고 대답했다.

일꾼은 기가 막혔다. 그래서 바보의 등을 탁 치면서,

"그건 네 오줌 소리가 아니라 추녀에서 빗물 떨어지는 소리야."

라고 말했다.

바보는 그제야 꽤 긴 오줌을 누었다고 생각하면서 방으로 들어갔다.

(1930년경 필자의 기억)

104 꼭지 서방

　　옛날 어느 마을에 얼간이가 살고 있었는데, 하루는 처가엘 가라고 하니까 처가의 성을 모른다고 했다.

　　그래서 '배 서방'이라고 가르쳐 주었는데도 금방 잊어버려서 꼭지가 달린 배를 끈에 매어 채워 주었다.

　　이 바보는 그 배를 내려다보며, "배 서방, 배 서방." 외며 갔다.

　　그런데 얼마쯤 가노라니까 널찍한 도랑이 있어서 무심코 펄떡 뛰어 건넜다.

　　그때 그만 배가 떨어져 꼭지만 달랑달랑 달고 걸어갔다.

　　처가 마을에 이르러서 처가 찾느라고 허리께를 내려다보니 꼭지만 달려 있었다.

　　그래서 지나가는 사람을 붙잡고, '꼭지 서방'을 아느냐고 물었다. 그 사람이 어처구니가 없어 그게 도대체 무슨 꼭지냐고 살펴보더니,

　　"배 꼭지구려."

하면서 배 서방은 많다고 했다. 그제야 생각이 난 바보는,

　　"옳지, 배 서방이었구나."

하더라고 한다.

(경기도 안성군 안성읍　최동주 외조모)

105 어리석은 원님

예전 어느 고을에 원님이 부임하였는데 그는 양반의 자손으로 태어나 세상 물정을 몰랐다. 조상 덕분에 감투를 쓰게 된 것이다.

부임 첫날부터 백성이 와서 사건을 처리해 달라고 하면 으레 그의 부인에게 물어서 처리하는 숙맥이었다.

하루는 한 농부가 와서 마른 콩을 먹고 소가 죽었는데 어떻게 하면 좋겠느냐고 물었더니 안에 들어가 부인의 의견을 들었다.

병들어 죽은 소가 아니니 가죽은 벗겨 팔고 고기도 팔아 그 돈으로 송아지를 사서 죽은 소를 대신하라고 했다. 이래서 가까스로 난처한 질문을 모면하였다.

그 뒤 어떤 날 어느 효자가 찾아와 어머니가 별세하였는데 어떻게 해야 좋으냐고 물었다.

부인에게 물어 볼 양으로 안에 들어가 보니 어디 나가고 없었다. 그래서 원님은 머리를 짜서 생각한 끝에 전번의 농부와 비슷한 죽음의 사건이니 다행이라 했다.

그래서 가죽은 벗겨 팔고 또 고기도 팔아 그 돈으로 조그만 계집을 사라고 했다.

그래서 잘 길러 어머니를 대신하라 하니 그곳에 모였던 사람들은 꽁지가 빠져라 도망을 쳤다. 이걸 본 원님은,

"내 의견이 어떠냐" 하며 의기양양 여러 관리를 쓸어보았
다.

(1955년 7월 23일, 충북 청주시 여복례 69세)

106 못난 사위

옛날에 어떤 시골 양반이 딸을 하나 두었다.

외톨박이 딸이니 시집이나 잘 보내 주어야겠다고 봇짐을 싸 갖고 사윗감을 고르러 다녔다. 그러다 어느 날 서당에 들어가 하룻밤을 쉬게 되었다.

그런데 글방의 아이들 중에서 퍽 잘생긴 아이를 하나 발견하고 마음에 들어 글방 선생에게 자기 심중을 털어 놓았다.

그 선생은 쾌히 허락하며 그 애는 바로 자기 아들이라고 하였다.

그래 택일까지 해놓고 돌아와 그날을 기다렸다.

그날이 닥쳐 와 장가 오는 신랑을 보니 웬걸, 그때 본 아이가 아니라 지지리도 못생긴 다른 아이였다.

당황을 했으나 할 수 없이 딸을 보내며, 에라 모르겠다, 제 팔자가 좋으면 잘 살겠지 했다.

그런데 그 사위는 글방 선생의 아들이 아니라 사동이었다.

조실 부모를 해서 맡아 기르는데 지지리도 못난 애라 나무꾼 노릇을 시켰는데, 장가도 못 들고 해서 아들 대신 보냈던 것이다.

그래도 딸자식이라 5년 후쯤 아버지가 찾아가 보니 생각보다 잘 살고 있었다.

그러나 딸에게 시집 잘못 보내 주어 후회하고 있다고 했더니, 딸은 별말씀을 다한다며 장을 열어 보이니 돈이 꽉 차 있었다.

까닭을 물으니 나무장사를 해서 모았다고 말했다.

한참 있는데 쿵 하고 나뭇짐을 내려놓는 소리가 나더니 사위가 들어오는데 더없이 미더워 보였다.

그 후 10년이 되던 해 갑부가 되더니 아내를 돌보지 않고 산 속으로 들어가, 3년간 공부한 후 과거에 장원급제를 하여 둘이는 잘 살았다.

그러나 글방 선생의 아들은 끝내 가난한 선비로서만 지냈다고 한다.

(1952년 7월, 충남 당진군 교대면 이씨 58세)

옛날 가난한 선비가 외아들을 두었는데 머리가 총명하고 지혜가 있어 어려서부터 신동이라 일러 왔다.

예의범절이 바를 뿐 아니라 4살에 천자문(千字文)을 떼고 7살에는 벌써 서전(書傳)과 시전(詩傳)을 다 읽어 문장이 대단했다.

이 서재 도령은 과거를 보기 위해서 서당에 나가 공부를 했다.

신동인만큼 한 번 가르쳐 주면 잊어버리는 일이 없었다.

그러나 과거에 장원급제하기 위해서는 좋은 선생을 찾아 더 많은 글공부를 해야 했기 때문이다.

서당으로 가는 길가에는 수천 년을 묵었다는 큰 괴목이 있었는데, 그 그늘이 논 석 섬지기쯤을 덮고 있었다.

낮에는 마을 노인들이 나와서 더위를 식히기도 하지만 밤에는 귀신이 나온다고 해서 사람들이 나오질 않았다.

어느 날 서재 도령은 서당에서 늦게 돌아오다 괴목나무 아래에서 어여쁜 소녀 하나를 만났다.

소녀는 도령에게 수줍음과 교태를 부렸으나 도령은 모르는 척 지나갔다.

이런 일이 있은 후로 그 괴목나무 밑을 지나갈 때면 늘 아름다운 소녀가 나타나 도령을 꾀어 유혹했다. 처음엔 도령은 무관심했으나 날이 가고 자주 볼수록 마음이 흔들리기 시작했다.

어느 날 도령은 드디어 소녀의 유혹에 빠져 깊은 산 속으로 끌려 들어가 늘늘이 선 기와집 속으로 들어갔다.

달콤하고 꿈같은 시간을 보냈다.

깊은 산 속인데도 어떻게 마련했는지 진수성찬이 들어오고 금침 가구가 으리으리했다.

도령은 그녀가 붙잡는 대로 며칠이 지나도록 집에 돌아갈 줄 모르고 거기서 지냈다.

그런데 이상한 것은, 미녀는 몸은 허락하면서도 입을 대는 것은 굳이 거절하는 것이었다.

도령은 그 까닭을 알 수가 없었다.

도령은 미녀의 정체를 몰라 이상하게 여기기 시작했다.

"어째서 몸은 허락하면서 입은 얼씬도 못하게 하는 것일까?"

도령의 의문은 풀리지 않았다.

미녀는 사람이 아니라 짐승인지 모르는 일이다.

인기척이 없는 깊은 산 속에서 혼자 사는 것이며 맛있는 성찬과 좋은 금침으로 미루어 사람이 아니라 여우인지도 모르는 일이었다. 더욱이 입을 벌리지 않는 것이 그렇다.

천년을 묵은 구미호(九尾狐)는 입안 혀에 여의주(如意珠)를 달고 다닌다고 들었다.

사람이 여의주를 입에 물고 먼저 하늘을 보면 하늘 일을 다 알 수가 있고 땅을 먼저 보면 땅 위에서 이루어지는 모든 일을 미리 알 수 있다고 전한다.

그래서 구미호는 여의주를 빼앗기지 않으려고 입을 허락하지 않는 것으로 판단되었다.

도령은 집을 나온 지도 오래될 뿐 아니라 입을 대는 것을 허락지 않으니 사랑도 의심이 된다고 말했다.

미녀는 당황하면서 도령을 어떻게 해서든지 잡아 두려는 욕심에서 소원대로 입을 대주겠다고 나섰다.

도령은 여의주를 빼앗기로 마음을 작정했다.

도령은 미녀에게 입 맞추기를 요구했다.

미녀는 하는 수 없이 응했다. 도령은 날쌔게 미녀의 혀에 붙어 있는 여의주를 따서 입에 물고 밖으로 달음질쳤다.

그러나 불행히도 문턱에 걸려 넘어지는 바람에 하늘을 보기 전에 땅을 먼저 보고 말았다.

그래서 도령은 하늘 일은 알지 못하고 지상에서 일어나는 일밖에 알지 못하게 되었으며, 사람들도 다 그렇다는 것이다.

108 우렁 미인

옛날 어느 마을에 매우 가난한 총각이 살고 있었다.

나이가 30이 넘었으나 너무 가난한 탓으로 아무도 딸을 주지 않아 장가도 못 갔으며, 날마다 얼마 되지 않는 밭을 일궈 일에만 쪼들리며 살고 있었다.

먹을 것이 없이 가난하고 장가도 들지 못한 채 일만 해야 하는 팔자라 신세타령으로 세월을 보냈다.

늘,

"이 농사를 지어 누구하고 먹고 살꼬?"

하며 한탄했다.

그러던 어느 날도 들에서 일을 하다 이 말을 되풀이했다.

그러자 어디에선가,

"나랑 먹고 살지."

하고 여자의 목소리로 대답하는 것이었다.

이상하게 여긴 총각이 사방을 둘러보았으나 사람의 모습이라곤 보이지가 않았다.

총각은 사람은 없는데 말소리만 들리므로 너무나 신기해서 말이 들리는 쪽의 땅을 파보았다.

그랬더니 땅 속에서 큰 우렁이 하나가 나왔다. 총각은 그 우렁을 가지고 집으로 와서 물독에 넣어 두었다.

이튿날 아침에 총각이 일어나 보니 이상하게도 김이 무럭무럭 나는 흰 쌀밥에 맛있는 찬으로 밥상이 차려져 놓여 있었다.

이상하게 여기면서 밥을 먹고 들에 나가 일을 하고 돌아와 보니, 역시 맛있는 찬으로 저녁상이 준비되어 있었다.

총각은 너무나 신기한 일에 놀랐으나 알 수 없는 일이었다.

이러한 날이 계속되다가 어느 날 들에 나가는 척하고 집을 나갔다가, 몰래 되돌아 와서 짚단 뒤에 숨어서 집 안을 엿보기로 했다.

한참 후에 물독 안에서 어여쁜 처녀가 나오더니 밥을 짓고 찬을 만드는 것이었다.

그 처녀는 아름답기가 한이 없었다. 처녀는 밥상을 다 보고 다시 물독 속으로 들어갔다.

총각은 물독을 들여다보았으나 우렁 밖에 아무것도 없었다.

그 처녀는 우렁이 변한 것이라 생각할 수밖에 없었다.

이튿날 총각은 다시 짚단 뒤에 숨어서 처녀가 나타나기를 기다렸다. 이윽고 처녀가 물독 속에서 나타났다.

총각은 뛰어나가 처녀를 꼭 붙잡고 자기와 함께 살자고 청했다.

그러자 처녀는,

"나는 원래 하늘에 살던 선녀인데 옥황상제께 죄를 짓고 인간 세상에 내려와 당신과 인연이 있어 이렇게 만나게 되었습니다. 그러나 지금은 아직 그 시기가 아니니 두 달 동안만 참아 주세요. 그러면 우리들은 일생을 함께 지낼 수 있으며 그렇지 않으면 우리는 이별을 하게 됩니다.”

라고 말하였다.

이렇게 예쁜 미인을 두고 두 달을 기다리기에는 너무나 마음이 급해서 두 달 동안을 참을 수가 없다고 간청했다.

결혼한 후 두 사람은 매우 행복했다.

어느 날 남편은 몸이 아파서 들일을 나가지 못하고 아내가 대신 들일을 나갔다.

들에서 일하고 있을 때에 마침 원님의 행차가 있기에 우렁 여인은 숲속으로 몸을 숨겼다.

원님은 그 숲 앞을 지나가게 되었다.

원님은 숲속에서 무엇인가 번쩍이는 것을 발견하고 하인을 시켜 살펴보고 오라고 하였다.

하인이 숲속을 살펴본 즉 뜻밖에도 어여쁜 미인이 숨어 있어 광채를 내고 있었다.

하인의 보고를 받은 원님은 무슨 곡절이 있을 것으로 생각하여 곧 그 여인을 데리고 오도록 명령했다.

하인은 여인에게 원님의 명령을 전달하고 빨리 가기를 재촉

했으나 여인은 끝내 응하지 않고 비녀를 빼주면서 몸만은 용서해 달라고 청했다. 그러나 원님은 승낙하지 않았다.

다음 저고리를 벗어 주고, 그래도 안 되니 치마를 벗어 주고 나중에는 속바지까지 벗어 주었으나 원님은 만족치 않았으므로, 여인은 속곳 하나만 입고 울면서 원님 앞으로 끌려갔다.

이 소식을 들은 남편은 미칠 듯이 날뛰며 아내를 돌려 달라고 관가에 애원했으나 소용이 없었다.

분에 견디지 못한 남편은 관가의 기둥에 부딪쳐 자살하고 말았다.

그의 원망은 하늘에 솟고 원혼(寃魂)은 새가 되어 조석으로 관가의 주변을 날며 슬프게 울었다.

여인도 역시 정조를 지키느라 며칠을 먹지 않고 굶어죽고 말았다. 여인의 원혼은 참나무가 되었다고 전한다.

처음 총각이 여인의 말대로 두 달만 참았으면 이러한 일은 없었을 것인데, 참지 못해서 여인의 말대로 서로 불행하게 이별을 하게 된 것이다.

옛날에 총각도 머리를 땋아 내린 때라 떠꺼머리총각이 하나 살고 있었다.

이 총각은 글방엘 다니는데, 가는 길가에 다리가 있어 그 밑에는 개울물이 흘러 빨래하는 사람이 많았다.

이 총각이 날마다 일찍 글방엘 가는데 한 처녀가 언제나 혼자서 무엇을 빨고 있었다. 총각은 늘 그 고운 모습을 잊을 수가 없었다.

생각 끝에 편지를 써서 잘 뭉친 다음 거기다 조그만 돌을 매달아 다리 위에서 떨어뜨리니 다행히 처녀가 있는 곳으로 떨어졌다.

그리고 그 이튿날 이 총각이 글을 배우러 가는 길에 그 다리 앞을 지날 때였다.

처녀가 빨래대야를 세 번 울리고 가는 것이었다.

총각은 아무리 생각해도 그 뜻을 알 수 없었다.

깊은 궁리에 빠져 공부도 안 하고 있으니까 서당 선생이 그 까닭을 물었다.

총각이 사실대로 이야기를 하자 아무 날 밤중에 자기 방으로 오라고 하였다. 그래서 총각은 그날을 기다려 가보니까 고요하기만 했다.

방문을 열고 들어가니 피비린내가 확 끼쳤다. 그래 불을 켜

보니 처녀가 칼에 찔려 죽어 있었다. 총각은 놀라 급히 나왔다.

그런데 며칠이 지난 후 그 집 개가 피 묻은 버선을 뜯고 있는 것을 포졸이 발견하고 버선의 임자를 조사하니 그만 총각이 붙잡혀 갔었다.

총각이 그 방에 들어갔다가 버선에 피가 묻어서 급한 김에 자기네 마루 밑에 벗어 둔 것이었다.

원님이 총각을 문초하니 제가 죽였다고 대답했다.

그러나 총각에게는 죄가 없는 것 같아 그냥 하옥만 시킨 채 진범을 잡으려고 애를 썼다.

그러던 어느 날 원님이 자다가 꿈을 꾸는데 버들가지에서 잎이 주르르 떨어지는 것이었다.

해몽꾼을 불러 물으니 그 꿈이 이번 사건의 진범이라고 말했다.

원님이 다시 꿈을 풀어 보니 '유엽락(柳葉落)'이 되기에, 근처 이런 사람을 잡아들이라고 하니 그는 총각의 선생이었다. 그래 총각은 풀려 나와 그 처녀의 장례를 치렀다.

(1955년 8월 21일, 경기도 파주군 교하면 다표리 유임록)

110 턱 없이 먼 신랑감

옛날 어느 곳에 시집갈 만큼 나이가 찬 처녀가 있었다.

그래 그 처녀의 어머니는 사위를 구하는데 통 마땅한 자리가 없었다. 그런데 하루는 그의 외삼촌이 오더니,

"사윗감이 있으니 그리 정하는 게 어떻소?"

라고 했다.

그래서 어머니는 사윗감을 구해도 마땅한 곳이 없던 차라 마음이 혹했다.

그런데 외삼촌의 말이,

"한 가지 흠은 턱 없이 먼 것이오."

라고 했다.

그러나 어머니는 턱 없이 멀어도 괜찮으니 그곳으로 정하자고 해서 사주가 왔고 날을 받았다.

마침내 혼인날이 닥쳐왔다. 떡을 한다, 돼지를 잡는다, 야단법석을 떨면서 사위가 얼마나 잘났는가가 궁금했다.

그래서 초례상에 사위가 나오기만 기다리던 중 신랑이 가마에서 내리는데 모두 깜짝 놀라 뒤로 나자빠졌다.

왜 그런고 하니, 신랑이 앞 못 보는 봉사에다 턱 없는 병신이었기 때문이다.

그래 어머니는 외삼촌을 붙들고 어이된 일이냐고 물으니까,

"내가 중신할 때부터 미리 말하지 않았나요? 턱 없이 먼
　것이 흠이라고."
하며 뺑소니를 쳤다.

(1956년 8월, 경북 금릉군 구성면 상원리)

111 미인 아내 얻기

옛날에 판서의 아들과 정승의 아들이 있었는데 판서의 아들은 심한 곰보였고, 정승의 아들은 잘생겼다.

그런데 또 다른 이 정승에게는 딸이 하나 있었는데 아주 아름다웠다.

이 정승의 딸을 두고 두 사람이 서로 자기 아들과 결혼하도록 하려고 애를 썼다.

판서가 하루는 두 정승을 불러 서로 이럴 게 아니라 내기를 하자고 했다.

판서는 세 가지 질문을 하고 완전히 맞힌 사람이 이 정승의 딸을 차지하는 게 어떠냐 했다.

판서는 첫 문제 내기를,

"소나무는 왜 사시장춘 푸르냐?"

고 했다. 판서 아들은,

"속이 꽉 차 있기 때문이요."

라고 대답했으나 정승 아들은 아무 말도 안 했다.

둘째는,

"산(山)은 왜 산이라 하느냐?"

고 했다. 그러자 판서 아들은,

"돌과 흙이 쌓이고 쌓여 이루어졌기 때문이요."

라 했다. 또 정승의 아들은 가만히 있었다.

마지막으로,

"겨울의 기러기는 왜 끽끽 하고 울며 다니느냐?"

고 하니 판서 아들은,

"목이 길어서 그렇지요."

라고 하였다. 판서는 고개를 끄덕였다.

그때 정승의 아들이,

"미안한 말씀이지만 세 가지만 물을 게 있소."

하였다.

"첫째, 소나무가 속이 차 있어 푸르면 속이 텅 빈 대나무는 왜 푸르오?"

했다. 그러니 판서는 아무 말도 못하였다.

"둘째, 돌과 흙이 쌓여 산이 이루어졌으면 산보다 더 높은 하늘은 왜 산이라 아니하고 하늘이라 했으며, 그리고 끝 문제에 있어 목이 길어 기러기가 끽끽거리면 목이 짧은 개구리는 왜 끽끽거리며 다니지요?"

라고 물었다.

그러자 판서는 네 말이 옳다고 하며 이 정승의 딸과 혼인하라고 하였다.

112 사 돈

옛날 옛날 아주 옛날, 태고적의 이야기이다.

어름에 한 번 비가 내리기 시작하더니 낮에도 밤에도 쉬지 않고 석 달 열흘 동안 비가 마구 퍼부었다.

마치 하늘에 구멍이라도 뚫린 것처럼, 물동이를 쏟는 것처럼 비가 내렸다.

사람들은 곡식도 심지 못하고, 심은 곡식은 모두 떠내려갔으며, 땔나무를 마련할 수도 없었다.

그래서 식량이 떨어지고 젖은 옷을 말릴 수도 없었으며 하늘을 쳐다보고 긴 한숨을 쉬고 원망할 수밖에 없었다.

도무지 해님을 구경조차 할 수도 없었다.

사람들은 정말 하늘이 이제는 밑이 빠져서 하늘에 있는 모든 물이 쏟아지나 보다고 생각을 했다.

석 달 열흘 후에 하늘은 겨우 개었다.

구름 속에서 얼굴을 내어놓은 해님은 옛날이나 지금이나 다름이 없었다. 그러나 지상에는 큰 난리가 났다.

세상은 온통 물난리가 났다.

큰 물이 내려가고 홍수가 나서 집과 전답이 떠내려갔으며, 작은 산은 모두 물속에 파묻히고 높은 산들도 중턱까지 물에 잠겨 버렸다.

이 통에 사람들은 거의 죽고 짐승도 죽고 재수 좋은 사람들만 높은 산에 올라가 겨우 목숨을 부지하게 되었다.

그러나 먹을 것이 없고, 입을 것이 없어서 모두가 알거지가 되었다.

높은 산마루턱에서 두 노인이 만났다. 초면에 서로 인사를 나누고 세상 이야기며 홍수 이야기를 나누었다.

서로 이야기 끝에 가족 이야기를 했다. 남쪽 마을 노인이 하는 말이, 수년 전 단옷날 밤에 이웃 마을 청년들이 와서 딸을 업어 가서 아내를 삼았다는데 이 홍수로 생사를 모른다는 것이었다.

북쪽 마을 노인이 가만히 날짜를 따져 보니 바로 그날이 자기 아들이 장가를 들지 못하고 있다가 친구들과 함께 밤에 이웃 마을 처녀를 업어다가 혼인한 날이 아닌가.

그러고 보니 두 사람은 서로 사돈이 되는 처지이었다.

두 노인은 사돈임을 깨닫고 너무나 반가워 서로 얼싸안고 등을 두드리면서 기뻐했다.

이때에 마침 두 노인은 삼베 등거리를 입고 있었다. 그래서 그 후로 사돈이라고 쓸 때에는 삼베 등을 두드렸다고 해서 삼베 사(査)자와 두드릴 돈(頓)자를 쓰게 되었다고 한다.

113 김 진사의 딸과 이 진사의 아들

　옛날에 이 진사^(進士)와 김 진사가 한 동네에서 친하게 살았는데 김 진사는 딸을 낳고 이 진사는 아들을 낳았다.

　항상 두 진사가 술을 마시며 즐겼는데 어느 날 김 진사가 술이 얼큰해서 하는 말이,

　"내 딸과 이 진사 아들과 약혼을 시킵시다."

고 하자, 좋다고 이 진사도 응낙했다.

　서로 자기 부인에게도 알리고 더욱 친하게 지냈다.

　몇 년이 흐른 후 이 진사가 갑자기 앓기 시작하더니 온갖 약도 효험을 보지 못한 채 세상을 떠나고 말았다.

　그래 가산^(家産)은 탕진되고 아들도 너무 어려 살림이 빈곤해지자 하인들도 나가 버리고 이 진사의 삼년상^(喪)이 나기도 전에 이 진사댁마저 세상을 하직하였다.

　이 진사댁이 죽으면서 아들에게,

　"너의 아버지가 김 진사댁 딸과 약혼을 정했으니 내가
　죽은 후라도 혼인을 해서 아버지의 대^(代)를 이어라."

는 말을 하였다.

　이 진사 아들은 거지가 되어 김 진사를 찾아갔으나 구박이 막심하고 집 안에 발도 들여놓지 못하게 하였다.

　그러나 그 딸은 자기 모친과 함께 아버지가 말씀하신 것이 항상 잊히지 않아 이 진사의 아들이 아니면 결혼하지 않을 결

심으로 공부에만 힘을 쓰고 있었다.

어느 날 또 이 진사의 아들이 찾아왔는데 김 진사가 야단을 치는 것을 본 딸은 몰래 모아 두었던 돈을 편지와 함께 주었다.

이 진사 아들은 비로소 자기 아내가 될 사람의 마음을 알고는 그 돈으로 금강산에 있는 절에 들어가 공부에만 전념하였다.

그러나 김 진사는 딸을 불러 놓고 다른 곳으로 시집가도록 권유하였다.

그러나 딸은 죽기를 맹세하고,

"어찌 한 여자가 두 남자를 섬기겠습니까?"

울면서 거절하였으나, 이미 최 진사 아들과 혼약을 했으니 서둘러 출가를 시키겠다고 야단만 하였다.

이렇게 지난 것이 어느덧 3년이 되어 그 딸의 나이 15세가 되었다. 잔칫날이 내일로 박두하자 그녀는 하녀를 데리고 그날 밤 몰래 길을 떠났다.

그래서 얼마를 가니 꽤 아담한 집이 있어 하룻밤 자기를 청하니 쾌히 승낙하였다.

보통집 규수가 아님을 안 주인은 후하게 대접하며 얼마 동안이라도 좋으니 묵고 있으라고 했다. 김 진사 딸은 돈을 주며 감사하다고 했다.

허나 김 진사댁에서는 야단이 났다. 신부가 도망갔으니 혼례를 올릴 수도 없고, 신랑은 오지도 못한 채 혼인을 포기해 버렸다.

한편 이 진사 아들은 그 동안 과거에 급제하여 암행어사가 되었다. 그러나 일부러 거지꼴을 하고 고향으로 갔었다.

김 진사는 이 진사 아들꼴을 보더니 더욱 야단을 쳤다.

김 진사 딸을 보러 간 이 진사 아들은 동리 사람들에게서 결혼식을 앞두고 도망했다는 말을 듣고 팔방으로 찾아 나섰다.

어느 마을로 가니까 웬 예쁜 색시가 물을 이고 가다가 거지차림의 이 진사 아들을 유심히 쳐다보며 들어갔다.

암행어사가 이상히 생각하면서 다른 곳으로 떠나가려 할 때 웬 처녀가 와서 아씨가 잠깐 오라 한다기에 따라가 보니 김 진사의 딸이었다.

거지꼴을 보고 이렇게 고생해서 어떻게 하느냐고 하며 옷을 한 벌 마련해 주었다.

이 진사 아들은 가장한 암행어사란 것을 알리고 함께 서울로 올라가 혼인하여 잘 살았다는 이야기이다.

(1955년 8월 21일, 경기도 파주군 교하면 다표리 정종락)

114 효부와 호랑이

어느 산골에 장님 시아버지를 모신 젊은 홀며느리가 있었다.

어느 날 친정에서 다녀가라는 기별을 받고 친정엘 갔더니 그의 친아버지가 재가하기를 권하므로,

"앞 못 보는 시아버지를 두고 가면 그 죄를 다 어찌하겠습니까?"

고 뿌리치고 그 밤으로 시집엘 가려고 나섰다.

산모퉁이를 돌아서는데 커다란 호랑이가 길을 막아서서 입을 딱 벌리고 있는 것이 아닌가.

한편 놀라면서도 침착하게,

"나를 잡아먹으려면 어서 잡아먹어라. 그렇잖으면 나는 빨리 돌아가서 홀로 계신 아버님께 진지를 지어 드려야겠다."

고 말했다.

그랬더니 고갯짓을 하면서 등에 업히라는 시늉을 했다.

무서움을 참고 호랑이 등에 업혔더니 쏜살같이 집까지 업어다 주었다.

그래 하도 고마워서 강아지 한 마리를 주어 보냈다.

그런데 이상하게도 그날 밤에 그 호랑이가 함정에 빠져서 허덕이는 꿈을 꾸었다.

자리를 걷어차고 나와 부랴사랴 동리 사람들이 파놓은 함정엘 가보니까 정말 그 속에 호랑이가 들어 있었다.

산으로 돌아가다가 그곳에 빠진 것이었는데, 그 여인은 곧 집으로 가서 장대를 갖다 놓아 꺼내 주었다.

날이 밝고 이 일을 안 마을 사람들은, 여인이 일을 그르쳤다고 관가에 고발했다.

이에 격분한 원님은 그 여인을 곧 불러들여 왜 그런 무모한 짓을 했느냐고 다그쳤다.

그 여인은 서슴지 않고 호랑이의 이야기를 했더니 반신반의하면서, 그렇다면 그 호랑이를 타고 오라는 명령을 했다.

할 수 없이 관가를 나온 여인은 다시 산을 찾아가게 되었다.

그랬더니 마침 기다렸다는 듯이 호랑이가 지키고 있었다.

그래서 사정을 이야기했더니 또 등에 업히라고 해서 다시 호랑이 등에 업혀 관가에 들어가 원님 앞에 나타나니, 그 광경을 본 원님과 마을 사람들은 감탄하여 많은 상금으로 효성을 칭찬했다고 한다.

(경기도 안성군 안성읍 최동주 외조모)

115 효자와 딸기

과천이란 고을에 황 서방이란 매우 부지런한 사람이 살았다.

어느 해 겨울, 마음 좋은 원님은 다른 고을로 가버리고 마음씨 악한 원님이 부임해 왔다.

이 새 원님은 나쁜 짓이라면 맡아 놓고 하는 고약한 성질이었다.

농부들은 딴 계절과 달라 겨울에는 가마니를 치고 새끼를 꼬는 것 외에는 별로 바쁜 일이 없어 동네의 사랑방에 모여 이야기꽃을 피우곤 하였다.

그런데 이 부지런한 황 서방은 원래 빈주먹이었으나 열심히 일해 지금은 마을에서도 손꼽히는 부자가 되었다.

이를 안 원님은 황 서방의 재산을 어떻게든 빼앗을 궁리를 하였다.

그러던 어느 날 고약한 원님은 황 서방을 불렀다. 그러고는 이틀 안에 빨간 딸기를 따오지 않으면 재산을 모조리 몰수할 것을 선고하였다.

눈 내리는 겨울철이라 구하려고 해도 딸기는 없고, 구하지 못하면 분골쇄신하여 번 재산이 없어질 판이었다.

그래서 황 서방은 끙끙거리며 앓고 있는데 그의 아들이 왜 그러느냐고 물었다. 황 서방이 아들에게 사실대로 얘기하자 걱정 말라며 원님에게로 갔다.

원님이 딸기를 구해 왔느냐고 물으니 아들은 아버지가 딸기를 구하다가 뱀에게 물렸다고 했다.

그러자 원님은 이 겨울에 뱀이 어디 있느냐고 호령을 하였다.

황 서방 아들은 그러면 이 겨울에 빨간 딸기가 어디 있느냐고 했더니 원님은 아무 소리도 못하였다.

(1955년 7월 28일, 강원도 평창군 월정사 한씨 67세)

116 머리 깎은 효부

옛날 어느 마을에 늙은 홀아비와 아들, 며느리 모두 세 식구가 살고 있었다.

조석의 끼니를 대기가 어려운 형편인데 아버지의 환갑날이 닥쳐왔다.

아들과 며느리는 아무리 궁리를 해도 아버지 환갑잔치를 할 도리가 없었다. 그러나 홀로 계신 아버지의 환갑날에 아무 것도 없으면 얼마나 섭섭할 것이며 아들, 며느리로서도 죄송스러운 일이 아닐 수 없었다.

며느리는 생각 끝에 소담한 자기의 머리를 잘라 팔아서 그 돈으로 쌀을 사고 반찬을 마련하여 정성껏 상을 마련했다.

저녁이 되었다. 저녁상을 올리고 홀아버지를 위로하기 위해서 아들은 화로를 두드리며 장단을 치고 며느리는 장단에 맞춰 춤을 추자 아버지는 기가 막혀 울고 있었다.

밤에 원님이 민정을 살피고자 순찰을 도는데, 어느 집엘 가니 봉창문에 그림자가 비치는데 춤추는 모습이 보이고 장단 소리, 울음소리가 나므로 수상히 여겨 문을 열고 그 까닭을 물었다.

노인은 사정 이야기를 했다.

가난해서 며느리가 제 머리를 잘라 팔아서 환갑상을 차려주고 나를 위로하기 위해서 장단치고 춤을 춘다는 것이었다.

원님은 가족의 딱한 사정과 아들, 며느리의 효성에 감동되어 쌀과 옷감을 상으로 후하게 주어 위로했다고 한다.

(1958년 8월 13일, 경기도 여주군 당양리 노성진(盧成進) 65세)

옛날 엉덩판이 찢어질 정도로 가난한 가정이 있었다.

먹을 것이 없어서 끼니를 제대로 잇지를 못하였는데 늙은 어머니를 모신 아들 내외와 갓난아기가 하나 있었다.

노모는 이가 다 빠져서 밥을 제대로 먹을 수가 없어서 손자가 먹는 며느리의 젖을 함께 먹고 있었다.

그러나 애기 어머니가 끼니랍시고 먹는 것도 시원찮았으니 젖이 제대로 나올 리가 없었다. 그런데다 갓난애와 할머니가 함께 빠니 젖이 모자라서 아이도 할머니도 배를 곯았다.

두 내외는 아이도 아이려니와 늙은 어머니에게 배불리 먹이지 못하는 것이 죄스럽고 불효인 것 같아서 항상 마음에 걸렸다. 그래서 두 내외는 의논했다.

아직 나이가 젊으니 자기네는 아이를 또 낳을 수 있으나 어머니는 한 번 죽으면 그만이니, 불쌍하기는 하나 아들을 죽이고 어머니에게 젖을 먹이자는 것이었다.

두 내외는 아이를 업고 산으로 들어갔다. 깊은 산 속으로 가서 아이를 죽여 묻자는 것이다.

산 속 양지 바른 곳에 이르러 두 내외는 서로 쳐다보았다. 거기가 아이를 묻기에 알맞은 곳이라는 생각이 들었기 때문이다.

내외는 서로 붙잡고 울었다. 배불리 먹이지도 못하고 죽여야 할 것을 생각하니 가슴이 메는 듯했다.

남편은 울면서 땅을 팠다. 아내도 쪼그리고 앉아서 울었다.

한참 땅을 파던 남편이 기쁜 소리로 아내를 불렀다. 아내는 웬일인가 싶어 가보았다.

남편이 파는 땅 속에 금빛 나는 궤짝이 있었다.

두 내외가 금궤짝을 들어 내고 속을 열어 보니 금화가 가득히 들어 있었다.

내외는 좋아라고 춤을 추며 기뻐했다.

효성이 지극한 내외를 위해서 하늘이 주신 것이 틀림없었다.

내외는 아이를 묻는 것을 그만두고 금궤를 가지고 집으로 돌아왔다.

그 돈으로 쌀을 사서 죽을 쑤어 어머니를 봉양하고, 유모를 따로 두어 어머니와 아들이 따로 젖 먹게 마련하고, 이제는 다시 궁색한 일 없이 잘 살았다고 한다.

(1959년 8월 5일, 강원도 강릉시 최씨 74세)

118 효자 이야기 (2)

옛날 어느 산골에 홀어머니를 모시고 사는 다섯 형제가 있었다. 어찌나 가난했던지 가랑이가 빌빌 꼬일 정도여서 겨우 나무팔이로 연명해 가며 살아갔다.

그런데 어머니가 병이 났다. 고쳐 드려야 하겠는데 약을 살 돈은커녕 양식도 없는 판이었다.

신세를 한탄하다가 5형제가 김 부자네 집으로 찾아가, 나무해 팔아 가지고 드릴 테니 돈 몇 냥만 꾸어 달라고 사정을 하였다.

그러나 김 부자는 갚을 길이 없다고 생각한 나머지 딱 잡아떼었다.

그래서 하는 수 없이 돌아와 그날부터 나무를 석 짐씩 하기로 하였다. 나무를 해갖고 올 때마다 돌멩이를 하나씩 뒤꼍에 모아 두었다.

며칠이 지나니 돌이 소쿠리로 하나, 또 얼마 지나니 돌이 한 짐, 또 얼마 안 있어 성황당 돌무덤만 하여졌다.

그러나 이렇게 나무를 해서 팔아 약을 써도 낫지를 않으니, 어머니는 자기는 죽을 병이니 차라리 그 돈을 모아 장가갈 준비를 하라고 말하였다.

죽기 전에 며느리 얼굴이나 보고 죽겠다고 했다.

그래도 아들들은 여전히 어머니의 병구완에만 전념을 다했다.

어느 날 큰아들이 나무를 하는데 이상한 풀뿌리가 긁혀 나와 그걸 갖다 방구석에다 놓아두었다. 그런데 그의 어머니가 누워서 그걸 질근질근 씹더니 몸이 확 풀리며 생기가 났다.

아들은 하도 신기해서 그걸 장에 갖고 가서 물으니 산삼이라고 했다.

큰아들은 산삼을 달여서 어머니를 드렸더니 병환이 완전히 나았다.

아들들은 산에 가서 얻은 풀뿌리가 병을 고쳤다고 돌무덤에다 절을 몇 번이나 하였다.

하루는 김 부자가 저녁에 동리를 거닐다 5형제가 사는 집을 보니 금빛이 번쩍번쩍했다.

이상하게 여긴 김 부자가 가까이 가보니 그 돌무덤에서 금빛이 난 것이다.

잠을 못 이룬 김 부자는 다음날 5형제를 불렀다.

그러고는 효성이 지극하여 병을 고쳤으니 그 상으로 벼 백 섬을 줄 테니 그 돌무덤을 달라고 했다.

그러니까 오형제는 돌이 무슨 값이 나가랴 하며 그냥 주겠다고 하였다.

김 부자가 하도 볏섬을 주겠다고 우겨 볏섬을 손수 날라 주고 돌을 가져갔다.

큰아들도 김 부자네로 옮기는 돌 하나를 가지고 안방으로 들어갔다.

김 부자는 돌을 쌓아 놓고 밤을 기다려서 살펴보니 금빛은 나지도 않고 컴컴하기만 하였다.

김 부자가 생각하길 그 집 안방으로 가지고 간 돌이 금덩이 구나 하며 분해하였다.

그러나 나중엔 나쁜 맘보를 먹어서 그런 것이라고 뉘우치며 5형제 집으로 가서 사실 이야기를 하며 용서를 빌었다.

그 형제들은 그러면 볏섬을 도로 가져가시라고 하니 김 부자는 어려운 살림이니 당신네를 도와주겠다고 했다.

그러면서 자기 큰딸을 5형제 중의 큰아들과 혼인시켜 자기 사위를 삼아 아주 잘 살았다고 한다.

(1959년, 경기도 김포군 김포면 이씨(女) 59세)

119 도적 잡고 장가들다

　옛날에 한 한량이 있었는데, 글도 배웠고 활도 잘 쏘며 칼싸움도 잘했다.

　이 고을에서 사는 것이 답답해서 서울에 나아가 과거^(科擧)를 보아 출세를 하고자 집을 나섰다. 한양을 향해서 며칠째 길을 걷다가 어느 날 주막 앞을 지나려니 많은 사람들이 모여 관원^(官員)이 붙인 방문^(榜文)을 읽고 있었다.

　한량도 그 속에 끼어 그것을 읽어 보니 재상^(宰相)집 무남독녀가 도적에 의해서 납치되었으니 찾아 주는 사람에게는 재산의 반을 나누어 주고 사위를 삼겠다는 것이었다.

　한량이 가만히 생각해 보니, 과거시험에 장원을 하는 것보다는 차라리 재상집 딸을 구해서 장가도 들고 부자가 되어 호의호식^(好衣好食)하는 편이 낫겠다는 생각이 들어서 서울 가는 것을 포기하고 재상집 딸을 찾기로 결심했다.

　한량은 도적을 찾아 산길로 들어섰다. 솔밭이 우거지고 비탈길은 험했다.

　햇볕은 쨍쨍 쬐이는데 이상하게도 갑자기 개울가에 흙탕물이 넘치며 마치 큰 비가 내린 장마 때처럼 큰 물이 져 내려왔다.

　한량은 이상해서 개울을 따라 산 위로 올라가 보았다. 그랬더니 한 더벅머리 사나이가 오줌을 싸고 있었다.

비가 와서 흙탕물이 넘쳐흐른 것이 아니고 더벅머리의 오줌이 개울을 넘쳐흐른 것이다.

한량은 그만한 오줌을 싸는 놈이면 대단한 놈이라고 생각하여 의형제를 맺고 동생을 삼았다.

한량은 더벅머리를 데리고 다시 길을 떠났다. 얼마를 가다 멀리 바라보니 좌우의 산이 서로 번갈아 하늘로 치솟았다가 내려왔다가 하는 것이었다.

한량은 이상히 여기고 하늘로 오르내리는 산 쪽으로 가보았다. 그랬더니 한 장사^(壯士)가 앉아서 산을 손등에 올려놓고 공기놀이를 하고 있었다.

두 산이 서로 번갈아 하늘 높이 오르내린 까닭을 알았다. 한량은 그의 힘이 센 것을 알고 의형제를 맺고 둘째 동생을 삼았다.

한량은 두 의동생을 데리고 다시 길을 떠났다. 세 사람이 한참 가는데 길가에 수백 년 묵은 큰 고목나무가 하늘로 높이 솟아 있는데, 웬일인지 이 나무가 쓰러졌다 일어섰다 하고 있었다.

세 사람이 너무 이상해서 가까이 가서 보니 나무 밑에 한 청년이 낮잠을 자고 있는데, 그가 숨을 내어 쉬면 나무가 쓰러지고 숨을 들이쉬면 나무가 곧장 일어서는 것이었다.

한량은 이 청년하고도 의형제를 맺었다.

이렇게 해서 한량은 세 사람과 의형제를 맺고 형이 되어, 네 사람은 도적을 잡아 재상의 딸을 구출하기 위하여 다시 길을 떠났다.

네 사람은 여기저기 찾아 헤매었으나 도적은 어디에 있는지 좀처럼 찾기가 어려웠다.

그러던 어느 날 발이 아프고 피곤해서 길가 잔디밭에서 잠시 낮잠이 들었다.

꿈에 백발노인 한 분이 나타나서 하는 말이,

"나는 산신령인데 도적을 잡으려면 이곳에서 산을 셋을 넘어라. 거기 큰 바위가 있고 그 바위 아래에 사금파리가 있을 것이다. 그 사금파리를 떠들면 개미새끼 한 마리 들어갈 만한 구멍이 있을 것인 즉 그 속으로 들어가라."

고 하였다.

네 사람은 꿈에 현몽한 대로 험한 산을 셋이나 넘으니 큰 바위가 있었다. 과연 그 바위 아래에는 사금파리가 있고, 사금파리를 떠들고 보니 개미새끼 하나 들어갈 만한 구멍이 있었다.

구멍은 파는 대로 차차 커졌다. 자꾸 파니 구멍은 크고 깊어서 들어갈 수가 없게 되었다.

한량은 산에 가서 칡넝쿨을 끊어다가 길게 동아줄을 만들고 동아줄 끝에 삼태기를 만들어 매고 방울을 달아 두었다.

　삼태기를 타고 땅 속으로 들어가면서 방울을 울려 신호를 할 예정이었다. 맨 먼저 청년이 들어갔다.

　위에서 세 사람이 줄을 주는 대로 삼태기를 타고 땅 속으로 들어갔다.

　열 길쯤 들어가니 무섭고 추워 견디기가 어려워 방울을 흔들어 신호하고 되돌아오고 말았다.

　두 번째로 장사가 들어갔으나 백 길을 들어가다가 장사도 방울을 흔들었다.

　세 번째는 더벅머리가 천 길쯤 들어가더니 더 이상 못 가고 방울을 울렸다.

　마지막으로 한량이 들어갔다. 들어 가도 들어 가도 한없이 땅 속으로만 들어갔다.

　약 삼천 길쯤 들어가니 갑자기 구멍 속이 밝아지며 개가 짖고 닭이 우는 소리가 들려왔다. 내려다보니 아름다운 무릉도원(武陵桃源)이 전개되고 있었다.

　한량은 다 왔다고 방울로 신호를 하고 지하국(地下國)으로 내려갔다. 그러나 어디에 가야 도적을 잡고 재상의 딸을 찾을 것인지 막연했다.

한참 가려니까 대궐 같은 큰 기와집이 나타났다. 한량이 대문 안을 기웃거리려 할 무렵에 안에서 젊은 여인이 물동이를 이고 나왔다.

한량은 재빨리 우물 옆에 있는 버드나무 위로 올라가 숨어 버렸다.

젊은 여인이 한량이 숨은 줄도 모르고 버드나무 밑 우물에 와서 동이에 물을 가득히 뜨더니 머리에 이려고 하는 순간, 한량은 한 줌의 버들잎을 훑어 물동이에 떨어뜨렸다.

물동이에 버들잎이 들어가자 여인은 물을 버리고 다시 동이에 물을 떴다.

한량은 또다시 버들잎을 물동이에 떨어뜨렸다.

여인은 또 물을 버리고 다시 새 물을 떴다.

한량은 또 세 번째로 버들잎을 물동이에 넣으니 그때에는 여인이 무슨 생각이 들었는지 나무 위를 쳐다보고 깜짝 놀라면서,

"사람이면 내려오고 귀신이면 사라지시오."
라고 말했다.

한량은 나무에서 내려가 자기가 여기까지 온 내력을 이야기하고 도적이 어디에 사는지 아느냐고 물으니, 젊은 여인은 깜짝 놀라며 자기가 바로 재상의 딸이며, 도적한테 납치되어 와서

지금 도적네 집에서 살고 있다고 했다. 그러면서 바로 저기 있는 기와집이 도적의 집이라는 것이었다.

한량은 매우 기뻤으며 어떻게 해서라도 도적을 죽이고 재상의 딸을 구출할 것을 단단히 약속했다.

재상 딸의 어여쁜 자태를 보니 그렇게 맹세하지 않을 수가 없었다. 재상의 딸도 이제야 살 길이 생겼으니 하늘이 무심치 않음을 깨달았다.

한량은 여인의 치마 속에 숨어 기와집 안으로 들어가 비밀의 방에 안내되었다. 여인은 한량에게 여러 가지 이야기를 해주었다.

여기는 땅 속 삼천 길에 있는 도적의 나라이며 지금은 도적들이 모두 지상에 도적질하러 나가고 없으며 머지않아 돌아올 것이라는 것과, 이 큰 집에는 노략질해 온 물건들이 광마다 가득히 쌓여 있다는 것이다.

한량은 여인의 안내로 한 광문을 열고 보니 쌀이 가득하고, 둘째 광을 열어 보니 비단이 가득하고, 셋째 광문을 열고 보니 사람의 백골이 가득했다.

도적들이 사람을 잡아다 먹고 뼈만 여기에 두었다는 것이며, 한량도 들키기만 하면 잡혀서 저렇게 된다는 이야기다.

또 한 광에는 산 사람이 가득했다.

장차 잡아먹으려고 가두어 두었다는 것이다.

방 안에는 백 자가 넘는 큰 칼이 있었다.

여인은 한량에게 그 칼을 들어 보라고 했다.

한량이 아무리 죽을 힘을 다해도 칼은 까닥도 하지 않았다.

여인의 말에 의하면 도적 대장은 한 손으로 그 칼을 휘 내둘러 칼춤을 춘다는 것이다.

여인은 도적 대장이 먹는 인삼(人蔘)으로 담근 술을 날라다 한량에게 먹이고 기운이 나도록 했다.

하루가 지나니 칼이 조금 움직이고 이틀이 지나니 칼을 들 수 있고 사흘이 되니 두 손으로 휘두를 수 있게 되었다.

한량은 날마다 인삼주를 마시고 칼 쓰는 법을 연습하여 도적과 싸울 준비를 했다.

며칠이 지난 어느 날 멀리에서 '쿵' 하는 소리가 들려왔다.

여인한테 이게 무슨 소리냐고 물으니 도적이 백 리 밖에서 온다는 신호소리라는 것이다.

한참 있더니 '쾅' 하는 요란스런 소리가 났다. 십 리 밖에서 보내는 신호라는 것이다. 또 한참 있더니 '쾅' 하면서 천둥치는 소리가 났다.

여인은 도적이 집 가까이 왔으니 빨리 숨으라고 다락문을 열어 주었다. 한량은 무서워 다락 속에 숨었다.

태풍이 불고 회오리바람이 일더니 도적 대장이 들어왔다. 도적은 들어오자마자,

"방 안에서 인내(사람 냄새)가 나니 누가 왔었느냐?"
고 물었다.

여인은

"아무도 온 일이 없어요. 내 몸에서 나는 냄새죠."
하고 속여 말했다.

도적 대장은 술을 가져오라고 호통을 쳤다. 여인은 인삼주가 아닌 잠드는 약을 탄 술을 가져다주었다.

도적은 그런 줄 모르고 술을 몇 동이 마시고 그대로 잠이 들었다. 도적의 코고는 소리는 마치 나팔 부는 소리처럼 컸다.

여인은 다락에 있는 한량을 불러냈다. 한량은 용기를 내서 큰 칼로 도적의 목을 쳐 땅에 떨어뜨렸다.

그러나 눈을 크게 부릅뜨고 노리고 있었으며 입으로는 큰 소리로 고함을 지르고 있었다. 목은 펄펄 천장까지 뛰더니 다시 붙으려고 했다.

이때에 여인이 부엌에 나아가 재를 담아다가 도적의 목에 바르니 도적의 목은 다시 붙지 못하고 한참 엉엉 울다가 죽고 말았다.

한량은 광에 갇혀 있는 많은 사람들을 살려 주고 금은보화

를 모두 나누어 주었으며 여인과 함께 지상으로 나왔다.

　재상집에서는 죽은 줄 알았던 딸이 살아 돌아왔으니 꿈같은 일이었으며, 그 동안 겪은 일이 모두 너무나 거짓말만 같은 이야기여서 날마다 그 이야기 듣기에 세월이 가는 줄도 몰랐다.

　재상집에서는 딸을 찾은 기쁨에 날마다 잔치를 벌였으며 한량은 애당초 약속대로 사위를 삼았으니 잔치가 석 달 동안이나 계속되었는데, 이 세상에서 벌어진 잔치 중에서 가장 큰 잔치였다고 한다.

　한량과 재상의 딸은 이상한 인연으로 맺어져 아들 딸 세 남매를 낳고 화락하게 잘 살았다고 한다.

120 도적질 이야기

어느 마을에 형제가 살고 있었다. 윗집에 사는 형은 별로 하는 일이 없지만 잘 살고 있었다.

즉, 빈들빈들 놀고만 있지만 아침에 일어나 보면 쌀짝이 쌓여 있고 없던 소가 외양간에 매여 있어서 거짓말같이 넉넉하게 지내고 있었다.

그러나 아랫집에 사는 동생은 꼭두새벽부터 밭에서, 논에서 일만 하지만 가난하기가 말할 수가 없었다.

조석을 굶는 때가 많을 만큼 구차한 살림을 하고 있었다.

하루는 동생의 아내가 남편보고 하는 말이,

"우리는 새벽부터 밤늦도록 일을 해도 끼니를 굶는데 윗집 형님네는 빈둥빈둥 놀고서도 잘 먹고 잘 지내니 무슨 비결이라도 있는지 당신이 가서 한 번 알아보고 오세요."

했다.

아내의 말대로 가서 이야기하니 형 말이, "그럼 오늘밤에 오라."는 것이었다.

밤이 되어 형네 집으로 갔다. 형은 나를 따라오라면서 앞장서 집을 나섰다. 동생은 형의 뒤를 따라갔다.

밤길을 한참 가더니 어느 마을 큰 집 앞에 나섰다.

형은 동생의 발에 방울을 달게 하고 징치는 소리가 있으면 달아나라고 시켰다.

형은 집주인이 나오는 인기척이 있자 양푼을 꽝! 하고 쳤다. 동생은 이제 달아나라는가 보다 싶어 뛰어 달아나기 시작했다.

집주인은 도둑이야 소리치면서 동생의 뒤를 쫓았다. 뛸 때마다 방울이 울려 소리가 나므로 어둠 속에서도 뒤를 쫓아갈 수가 있었다.

동생은 방울을 발에서 떼어내고 싶으나 뒤에서 쫓아오니 그럴 여유도 없고, 악을 쓰고 논둑 밭둑을 어둠 속으로 뛰어 달아났다. 그래도 뒤에서는 도둑 잡으라고 외치며 따라왔다.

동생은 붙잡히지 않으려고 죽을 힘을 다하여 산 속으로 뛰어들어 큰 나무 위로 올라갔다. 그제야 뒤쫓는 사람도 없었다. 지쳐서 그냥 되돌아간 것이다.

날이 새기 시작했다. 동생은 산길로 해서 남의 눈에 띄지 않게 집에 돌아갔다.

아내는 새벽에 돌아온 남편을 보고 어찌된 일이냐고 물었다. 남편은 밤새 쫓겨 다닌 일을 생각하니 아찔하고 화가 버럭 났다. 형네 집에를 가게 시킨 아내를 실컷 나무랐다.

아내는 도무지 영문을 몰랐다. 그래서 윗집 형네 집에 가보았다. 그랬더니 형네 뜰에는 쌀짝이 쌓여 있고 마당에는 황소가 매여 있으며 안방에서는 아침 잠을 고이 자고들 있었다.

동생이 방울소리를 내면서 달아나고 주인이 쫓아간 사이에 형은 유유히 도적질을 해서 집으로 돌아왔던 것이다.

화가 난 동생의 처가 시아주버니를 나무라니 형이 마당에 있는 저 소를 가지고 가라고 했다.

그래 좋아라고 소를 끌고 집으로 돌아오니 남편이 보고 화를 내면서 도적질한 소는 필요 없으니 갖다 주라고 외쳤다.

동생네 두 내외는 다시는 욕심을 내는 일이 없이 전보다 더 부지런히 일해서 부자가 되고 잘 살았다 한다.

(1960년 10월 1일, 충북 청원군 강내면 산단리 유씨 34세)

121 도적 잡은 노파

옛날도 오랜 옛적, 어떤 산골에 도적들이 많이 있었다.

그 이웃 마을에는 노파가 혼자 살고 있었는데 그곳에서 가장 부자였다.

하루는 도적들이 자기 집으로 무엇을 훔치러 올 것이란 걸 미리 안 노파는, 얼른 있는 음식, 없는 음식을 많이 장만하였다. 밤이 되니 정말로 도적들이 몰려왔다.

노파는 손에 참기름을 잔뜩 바르고 대문에서 잘들 온다고 등허리를 두들겨 주었다. 음식을 먹인 후 저편 광에 있는 것을 다 지고 가라고 했더니 다들 지고 내빼었다.

그 이튿날 노파는 어제 저녁에 도둑 맞은 이야기를 도적들의 두목에게 하니까 그런 일 없다고 딱 잡아떼었다.

노파는 그러면 옷을 벗어 보라고 했더니 등에 참기름 손자국이 있었다. 그래 훔쳐간 물건을 찾아오다가 관가에 일러 도둑을 잡았다.

도로 찾아온 물건은 동리 사람에게 나눠 주고 노파는 그 후 평화스럽게 잘 살다 죽었다고 한다.

(1955년 8월 12일, 충남 예산군 부양면 귀곡리 박길신)

122 옛날이야기 좋아하는 부인

옛날이야기를 퍽 좋아하는 한 부인이 있었다. 그런데 마침 어떤 부인과 길을 동행하게 되었는데 동행한 부인더러 옛날이야기를 해달라고 하였다.

"무슨 이야기를 할까요?"

하고 물으니,

"아무 얘기라도 다 좋아요."

해서 마침 논으로 들어가는 황새를 보고 하는 말이,

"자, 어청어청 들어가신다. 둘레둘레 보신다. 들여다보는
저 눈깔."

하고 다했다고 했다.

이야기 좋아하는 부인은 또 해달라고 했다.

"그만하고 가는 길이나 갑시다."

하니까 그 얘기 좋아하는 부인도 어쩔 수 없이 헤어져 집에 돌아왔다.

얘기 좋아하는 부인은 저녁을 먹고선 남편에게 이야기를 들었다고 자랑하고 이야기를 시작하였다.

"어청어청 들어오신다."

그때 도둑이 들어오다 이 소리를 듣고 깜짝 놀라서 둘레둘레 보니까,

"둘레둘레 보신다."

하였다.

이 도둑은 어디서 그러나 하고 눈을 문구멍에 대고 들여다 봤다.

이 부인이,

"들여다보는 저 눈깔."

하니 도둑은 저보고 그러는 줄 알고 다리야, 날 살려라고 꽁지가 빠지게 도망쳐 버렸다.

이 집은 그 후로 도둑을 맞지 않았다고 한다.

(1957년 8월 8일, 경기도 화성군 양감면 송산리 마정숙)

123 옛날이야기 좋아하는 노인

옛날 어느 한 노인이 어찌나 옛날이야기를 좋아하는지 밥만 먹으면 옛날이야기, 옛날이야기, 하였는데 그 옛날이야기를 들을 적마다 조그마한 단지에다 담아 두곤 하였다. 그런데 아들이 장가갈 날이 다가왔다.

어느 날 하인이 뜰에 서 있는데 어디서 말소리가 들려 귀를 기울이니까 그 소리는 단지에서 들리는 것이었다.

하인은 신경을 곤두세웠다.

"내일 아침에 이 집 아들이 장가가는 날이니까 복수나 하자. 우리들을 이렇게 가두니까 말야. 너는 딸기가 되고 나는 맑은 물 위에 수박이 되어 있을께."

이렇게 소곤거리는 것을 들은 하인은, 다음날 다른 하인이 당나귀를 끌고 가려는 걸 자기가 우겨서 가게 되었다.

얼마쯤 가는데 과연 주먹만 한 딸기가 있었다.

신랑이 따 달라고 졸랐으나 안 된다고 잡아떼고, 또 얼마쯤 가니까 맑은 물 위에 조그만 수박이 하나 동실동실 떠 있었다.

신랑이 자꾸 목이 마르다고 물을 달라고 하나 주지를 않고 당나귀만 끌고 갔었다.

하인은 집에 돌아와 그 노인에게 지난 일을 말하니까 노인이 깜짝 놀라면서 그 단지를 열어 보더니,

"여전히 있는데 무엇이 그러냐."

고 도리어 야단만 맞았다고 한다.

(1956년 9월 20일, 경기도 화성군 양감면 송산리 마정숙)

124 북두칠성과 수명

옛날 어느 문벌 좋은 집에 손이 귀한 삼대독자(三代獨子)가 있었다.

어느 날 동냥 왔던 중이 삼대독자 어린아이를 보더니 한숨을 쉬면서, 이 아이는 아깝게도 19살밖에 살지 못한다고 말하였다.

이 말을 들은 그의 부모는 크게 놀랐다. 삼대독자도 외롭기만 한데 그 아이가 19살밖에 살지 못한다면 대가 끊어질 염려도 있으니 태산 같은 걱정이 아닐 수 없었다.

아이의 부모는 그 중을 쫓아가서 이 아이의 명이 길게 해달라고 애원을 했다. 그러나 중은 나는 그러한 힘이 없다고 잘라 말했다.

재차 사정했으나 나는 수명을 알 뿐이고 명을 길게 하거나 짧게 하지는 못한다고 말했다. 그러나 아이의 부모들은 좀처럼 물러서지 않고 계속 애원했다.

아이의 부모가 너무 애원을 하니 중도 감동이 되었다. 어떻게 하면 삼대독자의 생명을 더 길게 할 수 있을까.

부모의 애원이 너무나 절실하므로 감동이 되어,

"그러면 내일 아침 남산에 올라가면 스님들이 바둑을 두고 있을 터이니, 그들 앞에 가서 자꾸 살려 달라고 부탁해 보시오. 그러면 무슨 수가 있을 것이요."

라고 일러 주는 것이었다.

　이튿날 일찍 남산 꼭대기로 가보았다.

　과연 두 노승이 바둑을 두고 있었다. 소년은 다짜고짜로 살려 달라고 사정을 했다. 두 노승은 들은 척 만 척 아무 반응이 없었다.

　한 노승은 매우 유순해 보였다. 소년이 너무나 열심히 사정을 하고 조르니, 얼굴이 유순해 보이는 노승이 험악하게 생긴 노승에게 사정이 딱한 모양이니 살려 주자고 말했다.

　그러나 험하게 생긴 노승은 좀처럼 동의를 하지 않았다. 두 노승은 살려 주자거니 그러지 말자거니 서로 다투다가, 험상궂은 노인이 주머니에서 명부를 꺼내더니 ‘十九년’이라 적은 위에 ‘九’자를 하나 더해서 ‘九十九년’이라 고쳐 놓았다. 그래서 그 소년은 19년의 단명을 면하고 99세까지 오래 장수하게 되었다.

　이때의 두 노승 중에서 얼굴이 고운 노승은 남두칠성^(南斗七星)이며 얼굴이 험상궂은 사람은 북두칠성이었다. 북두칠성은 사람의 수명을 관장하는 일을 담당한다고 한다.

125 뜻대로 되는 피리

옛날 어느 고을에 원님이 있었는데 딸만 있고 아들이 없어 자나 깨나 아들을 원하던 차에 옥동자를 하나 두게 되었다.

이 옥동자가 일곱 살이 되던 어느 날 옥동자는 쌀을 얻으러 온 중에게 쌀을 많이 퍼주었다. 중은 옥동자를 보더니 얼마 후에 곧 죽겠다고 하였다.

원님이 중을 꾸짖었더니, 옥동자가 죽을 고비를 세 번 넘겨야만 살 수 있다고 말하였다.

원님은 할 수 없이 액을 풀기를 바라며 중과 함께 아들을 딸려 보냈다. 산을 가다 보니 중은 없어지고 옥동자만이 산중에 남게 되었다. 옥동자는 떠날 때 떡을 한 짐 지고 갔었다.

그런데 웬 노인이 뒤에서 배고파 죽겠다기에 떡을 주었다. 그러자 호랑이 소리가 나더니 노인은 없어지고 호랑이가 나타나 떡을 다 먹고 달아났다.

날이 저물었는데 건너편을 보니 불이 반짝거려 가보았다. 방 안에는 음식이 가득하게 차려져 있는데, 아랫목에 피리가 있어 집어 갖고 나오니 집이 무너졌다.

옥동자가 피리를 부니 공중으로 떠올랐다. 그러다 땅으로 다시 내려가길 원하니 땅으로 내려갔다.

피리의 성질을 안 옥동자는 부잣집에서 머슴살이를 하였다.

그러던 어느 날 동네에 사당패가 들어와 주인들은 모두 구경을 갔다. 옥동자인 머슴은 원의 옷을 입고 말을 타고는 피리를 부니 하늘로 떴다. 굿마당에 가서 떠도니 구경꾼들은 사당패를 구경하지 않고 그것만 보았다.

머슴은 주인에게 들킬까 봐 일찌감치 집으로 돌아왔다. 작은딸은 벌써 와 있었는데 그 딸은 그것을 알고 결혼하기를 원하였다.

그리하여 그들은 자주 만나 이야기도 하고 작은딸의 방을 머슴이 들랑거렸다. 이것을 알아챈 큰딸이 아버지께 일렀다.

크게 노한 아버지는 죽여야 한다고 날짜까지 받아 놓았다. 작은딸은 몹시 흐느끼며 죽음을 기다리는 수밖에 없다는 듯 사나이의 품속으로 파고들었다.

그러나 옥동자인 머슴은 침착한 음성으로 작은딸의 등을 어루만지며 염려 말라고 달래었다.

죽이는 날이 되었는데 딸과 짜기를,

"말을 한 번만 타자고 할 테니 나만 꼭 붙들어요."

라고 하였다. 그리하여 죽이려고 할 때 주인에게 말 한 번 타고 죽기를 원하니 허락을 하였다. 머슴은 딸과 말을 타고 피리를 부니 하늘로 올라가 다른 곳에 내렸다.

며칠 후 머슴은 주인을 찾아가 사실 이야기를 하고 작은 딸과 결혼하여 잘 살았다.

(충북 보은군 보은면 죽전리 김만중)

126 꿀 떡

　옛날 어느 시골에 어린아이가 있었는데 마침 팔월 한가위 추석을 맞이하였다.

　이 아이는 큰집에 가서 제사를 지내고 할머니가 싸준 떡을 가지고 오는 길이었다.

　그걸 갖고 한 고개를 넘으려는데 추석놀이 하러 다니는 놈들이 떼를 지어 왔다.

　그러더니 아이보고 그것이 무엇이냐고 물었다.

　아이가 큰댁에 가서 떡을 얻어 오는 것이라고 하니, 이놈들이 그걸 보기 좋은 반달떡으로 만들어 줄 테니 달라고 했다.

　그래 하는 수 없이 떡을 주었더니 반을 잘라먹고,

　"이것이 반달떡이다."

하고 나머지 반을 주었다.

　그걸 갖고 집으로 오려고 몇 발짝 걷는데 또 불렀다. 왜 그러냐고 하니 이번엔 꿀떡을 만들어 줄 테니 갖고 가라고 했다.

　그러곤 떡을 한 놈이 받아 쥐더니 꿀떡 삼켜 버렸다.

(1955년 8월 30일, 충북 옥천군 청성면 구음리 박애규)

127 세 딸

옛날에 나이 찬 세 딸이 있었다. 모두 출가할 때가 되었지만 워낙 가난하여 시집을 보내지 못하였다.

부모는 할 수 없이 딸들을 모아 놓고 하는 말이,

"애들아, 너희들을 시집 보내 줘야 할 텐데 돈은 없고 나이만 많아지니, 집에 있을 필요 없이 다 나가 재주껏 살아라."

하였다.

세 딸은 집을 나가기로 했다. 셋은 한 군데로 갈 수 없으니 따로따로 헤어져 가기로 작정을 했다.

그래서 나무를 세 개 베어서 나무가 쓰러지는 쪽으로 가기로 했는데 맏딸은 서쪽, 둘째 딸은 남쪽, 셋째 딸은 동쪽으로 가게 되었다.

헤어지면서 5년 후에 이곳에서 만나기로 하였다.

첫째와 둘째는 평지로 가서 인가도 많은 곳에서 남편을 만나 남부럽지 않게 살았지만, 셋째 딸은 울면서 험악한 산으로 들어가게 되었다.

험한 산을 가다 그만 지쳐 쓰러지고 말았다. 얼마를 자고 눈을 떠보니 근사한 방에 자기가 누워 있질 않은가.

깜짝 놀라 벌떡 일어나 앉으니 쥐들이 밥을 갖고 들어왔다.

셋째는 놀라기도 했지만 쥐들이 대접을 잘할 뿐만 아니라 배가 너무 고파 밥을 다 먹었다. 그날부터 쥐의 왕하고 살게 되었다.

세월이 흘러 5년이 지났다. 언니들은 좋은 남편 얻어 잘 살 텐데 나만 이렇게 쥐를 남편으로 삼고 있으니 어쩌나 하는 걱정을 하였다. 그렇지만 하는 수 없이 쥐 남편에게 말을 하고 집으로 갔다.

두 언니는 벌써 와서 서로 어머니, 아버지에게 남편 자랑을 하고 있었다.

사흘 후에 떡을 맛있게 해오기로 하고 아무 말도 않고 셋째 딸은 저녁에 집으로 갔다.

이날부터 셋째 딸은 걱정을 하였다. 그런데 친정에 다녀온 후로 걱정하는 걸 눈치 챘는지 왜 그렇게 걱정을 하냐고 해서 사실대로 얘기를 했다.

이 말을 들은 남편 쥐는 걱정 말라고 하더니, 사흘이 된 아침에 부하를 시켜 떡을 만들기 시작했다. 그래 셋째는 쥐들이 만든 떡을 갖고 친정엘 갔다.

그런데 어찌된 일인지 셋째가 만들어 온 떡이 제일 맛있게 되었다고 부모가 극구 칭찬을 하였다.

언니들은 칭찬받는 동생이 보기 싫어 몹시 시기했다. 그래서 다음엔 베를 짜오기로 했다.

그러나 베 역시 쥐들이 짠 베가 제일 좋아 또 칭찬을 받았다.

그리하여 부모님 말씀이 아마 셋째 사위가 제일 잘났나 보다고 말하며 다음은 남편들을 데리고 오라고 했다.

이 말을 들은 셋째는 집으로 와 끙끙 앓기 시작했다.

앓는 마누라를 보고 쥐 남편이 그 연유를 물었다. 그래서 그 말을 했더니 쥐왕은 거북한지 방을 나가 버렸다.

그런데 불행히도 그날이 닥쳐왔다. 마음씨 착한 셋째 딸은 하는 수 없이 남편 쥐를 모시고 갔다.

그런데 쥐들은 조그맣게 가마를 꾸며 쥐왕을 가마에 태워 가는 것이었다. 셋째는 우습기도 하고 걱정이 되어 터덜거리며 걸어갔다.

그런데 집에 가는 길에는 큰 냇물이 흐르고 있었는데 쥐들이 내를 건너다 그만 빠지고 말았다. 남편이 죽어 셋째 딸은 슬프게 울고 있었다.

그런데 별안간 물속에서 눈이 부신 황금 가마와 하인들이 나왔다. 그 가마 속에는 금관 같은 모자를 쓴 선비가 땅으로 내려와 울고 있는 셋째 딸을 달래며 자기가 쥐왕이었다고 했다. 쥐가 사람으로 환생한 것이다.

둘이는 가마에 올라 친정으로 왔다.

이것을 본 두 언니는 화가 나 그만 도망치고 셋째 딸은 부모를 모시고 잘 살다 죽었다.

(1967년 8월 9일, 충남 천원군 성거면 송남리 김홍동)

128 콩례와 팥례

옛날에 콩례와 팥례라는 두 계집애가 있었다. 콩례는 얼굴이 예쁘고 마음이 고왔는데 팥례는 얼굴이 밉고 마음이 사납고 얄미웠다.

콩례의 계모인 팥례의 친어미가 콩례에게는 자갈밭을 매라고 하고 팥례에게는 모래밭을 매라고 시켰다.

콩례는 손이 부르트도록 자갈밭을 다 매고 팥례는 모래밭도 매다 말았다. 그래도 팥례의 어미는 콩례를 보기 싫게 여겨 또다시 가시밭을 매게 시켰다.

그건 자기의 딸 팥례보다 콩례가 예쁘게 생긴 것을 시기했기 때문이었다.

이렇게 계모의 학대 밑에서 살고 있던 콩례는 어느 날 밭을 매다 말고 제 자신이 서글퍼져서 울고 있었는데, 마침 그 옆을 말을 타고 지나가던 사람이 울고 있는 사연을 묻게 되었다.

그 사람은 콩례의 가련한 신세를 묻고는, 하도 예쁘게 생긴 콩례인지라 반해서 혼인을 하기에 이르렀다.

팥례는 콩례의 혼인에 질투를 하여 날마다 울타리에 매달려 오고 가는 사람들을 처량한 눈으로 바라보며 자기를 데려갈 사람을 기다리다가 지친 나머지 메밀 멍석에 넘어져 곰보 얼금뱅이가 되었더래요.

(1956년 7월 9일, 경북 안동군 하회 부락 권씨 68세)

129 양반의 봉변

양반이 한 사람 살고 있었는데, 진사(進士)나 되었던 모양이었다.

원래 돈 많은 부자이면서 늘어진 팔자라 항상 글이나 읽고 글을 짓는 데 세월을 보냈다.

한데 그 집 종도 어깨너머로 한자 두자 알게 되어 열심히 배웠다.

그런데 주인댁에는 두 형제가 있었는데 그들도 글을 잘해서 이 종놈도 수년 사는 동안에 글을 제법 지을 줄 알았다.

하루는 종놈이 생각하길 양반집 족보만 가지면 자기도 양반 행세를 할 수 있으리라 믿고 몰래 족보를 훔쳐 갖고 먼 시골로 갔다.

시골에서 양반 행세를 하며 매일 무식한 촌노인들을 사랑에 앉혀 놓고 글을 지으면서 서울 김 진사가 우리 형님이라 하면서 톡톡히 양반 행세를 하며 지냈다.

그래 이 촌에서는 이 사람의 말이면 죽어 가면서도 듣지 않으면 안 되게 되었다고 한다. 이런 소문이 점점 퍼져서 주인댁까지 들려왔다.

그래 주인집 두 형제는 서로 다투며 내가 가리, 네가 가리 하며 실랑이질을 하다가 마침내 큰형이 나섰다.

큰형이 찾아가자 그 종은 자기 형님 오신다고 놀러온 사람들을 어서 가라고 쫓았다. 큰형한테 절을 한 후 사랑으로 모셔 진수성찬을 차려 놓고 죽을 죄를 졌으니 용서하라고 빌었다.

그랬더니 큰아들이 야단을 치며 족보를 내놓으라 하니까 가지러 가는 척하다 문을 잠근 뒤에 종놈은 도리어 야단이었다.

"만일 순순히 돌아가지 않으면 여기서 죽을 줄 알라."

고 종놈이 말하자 주인집 큰아들도 생각해 보니, 이러다가는 봉변을 당할까 봐 별도리가 없어 그냥 가겠다고 했다.

그랬더니 동리 사람을 불러 모아,

"우리 형님과 같이 약주나 듭시다."

고 하며 글도 짓고 하여 놀다가 나귀에 돈을 한 바리 실어 보냈다.

이번엔, 형님이 갔으니 그렇다고 하며, 동생이 다시 그 집에 갔다.

주인집 작은아들의 성질을 잘 아는 종놈은 동네 사람들에게,

"우리 막내 형인데 때때로 지랄병이 있다."

고 해놓고 보낸 후에 꿇어앉아 전과 같이 빌었다.

그러나 작은아들은 펄펄 날뛰며 야단이었다. 그러자 종놈은 자기 집 종에게 작은아들을 묶으라고 한 후에 침을 제일 잘 놓는 사람을 불러 우리 막내 형은 지랄병이 있으니 입만 놀리면

침을 주라고 했다.

입만 벙긋해도 침을 놓으니 동생은 어쩔 수 없이 가만히 있었다.

그래 종놈이 한다는 소리가,

"내가 여기서 잘 산다고 해서 가문 깎이는 게 뭐 있느냐? 만약 자꾸 입을 놀리면 목숨을 보전치 못할 것이다."

하니 동생도 어쩔 수 없이 형처럼 돈만 갖고 돌아갔다.

그래 종은 일평생 양반으로 잘 살다 죽었다.

(1956년 8월 19일, 경기도 파주군 교하면 다표리 이준구)

130 똑똑한 소년

옛날 어느 마을에 부모를 일찍 여의고 혼자 남은 소년이 있었는데, 먹고 살 대책이 없어 집을 떠나 문전걸식을 하게 되었다.

본래 양반의 자식이지만 하는 수가 없었다. 어디만큼 가니까 대궐 같은 집이 있어 들어가니 주인이 담배를 피우고 있는 중이었다.

소년은 공손히 절을 한 후 사정 이야기를 하고 엎드려 있으려니, 주인이 보기에 매우 똑똑한지라 소년을 불러들여 집안일이나 거들어 달라고 했다.

그런데 주인 영감이 이 소년을 극진히 사랑하여 가끔 공부도 가르쳐 주곤 하는 동안 20세가 되었다.

그러던 중 하루는 주인 영감이 평양으로 감사가 되어 떠나게 되었는데, 영감은 소년을 불러 살림을 잘 보아 줄 것을 당부하고 떠났다.

수개월이 지난 어느 날 집 안을 치우고 있는데 괴상한 인물이 담을 넘어 들어가는 것을 보았다. 그래 어둡기를 기다려 주인마님이 계신 창가에 서서 얘기를 엿들으니, 그 괴물과 주인마님이 마음이 맞아 본부(本夫)인 평양감사를 죽일 계획을 하고 있는 것이었다.

괴물이 말하길,

"내가 아무 날 금강산의 해골이라는 놈을 불러 감사를
죽이겠다. 해골이는 한 시간에 천 리씩을 다니는 도술이
많은 사람이다."

라는 말을 들은 소년은 곰곰이 생각한 끝에 평양으로 가기로
작정하였다.

다음날 주인마님께 3일만 어디 가서 놀다 오겠다고 하니 쾌
히 승낙을 하는 것이었다.

말을 하나 사서 평양에 도착해 보니 감사가 죽을 날이었다.
감사는 반갑게 맞이하고 많은 것을 물었으나 소년은,

"감사님, 오늘밤만 감사님께서 주무시는 방을 저에게 내
주십시오."

하고 청하니 감사는 영문도 모르고,

"아니 그게 무슨 말인가? 오늘은 나하고 한 방에서 재미
있게 애기나 하며 쉬세."

하고 소년을 쳐다봤다. 소년은,

"하루 저녁만 제가 감사님의 옷을 입고 감사님 방에서
혼자 자봤으면 원이 없겠습니다."

고 했다.

소년을 무척 사랑하는지라 감사는 허락을 했다.

그래서 감사의 옷을 입고 준비했던 칼을 들고 해골이라는

놈이 오기만 기다렸다.

한밤중이 되니 정말 발자국 소리가 났다. 그래 칼을 들고 섰
다가 해골이가 문 앞에 다가왔을 때에,

"해골이, 네가 이제 오는구나. 네가 올 줄은 나도 이미
알았다. 천하에 고얀 놈 같으니, 무한의 재주를 갖고도
그 나쁜 괴물에 속아 나를 죽이겠다고 오는 괘씸한 놈
같으니."

하며 문을 열고 노려보았다.

해골이란 놈이 미리 알고 있는 데에 놀라서,

'아 내가 옳은 사람을 죽이려고 하였구나.'

생각하며 소년 앞에 꿇어앉아 절을 하였다. 그러면서,

"죽을 죄를 지었으니 용서해 주십시오."

하였다. 소년은,

"그럼 용서할 터이니 급히 가서 그 괴물의 목을 잘라 갖
고 오라."

고 했다. 해골이가 얼마 후에 괴물의 머리를 베어 갖고 왔다.
소년은,

"너는 빨리 가서 도를 더 닦고 훌륭한 사람이 되라."

고 하자 해골이가 사라졌다.

다음날 아침밥을 감사와 같이 먹으면서 사실 이야기를 하

자, 감사는 더욱 칭찬을 하며 재물과 벼슬을 주어 아주 잘 살았다는 이야기다.

(1955년 8월 17일, 경기도 파주군 다표리 조무호)

131 참다운 친구

옛날 어떤 곳에 가난한 선비가 있었다.

하루는 이 집에 누더기 옷을 입은 거지같은 사람이 찾아왔는데 그는 선비의 옛 친구였다.

친구는,

"거지꼴을 하고 와서 미안하네. 사실은 들르지 않으려
했지만 자네가 이곳에 산다기에 생각이 나서 들렀네."

하니까 가난한 선비는,

"그럼 알고 그냥 지나치면 될 법인가."

하면서 아내를 불러 술을 사오라고 했다.

물론 선비는 자기 아내가 돈이 한 푼도 없는 줄은 알면서도 너무 반가운 김이라 이렇게 말했다.

두 친구가 지나간 일을 재미있게 이야기하는데, 별안간 문 밖에서 여자 울음소리가 들려와서 깜짝 놀라 나가 보았다.

자기 아내가 마당에 쓰러져 울고 있는 옆에는 주전자에 담겼던 술이 엎질러져 있었다.

선비가 아내에게 우는 까닭을 물었더니, 아내는 더욱 섧게 울면서,

"술 살 돈이 없어 머리를 잘라 팔아서 술을 사오다 급히
오는 바람에 마당의 돌을 차 넘어져 그만 술이 다 엎질
러졌어요."

했다.

그 말을 들은 친구는 몹시 감동을 해서 이렇게 말했다.

"나는 지금 과거에 급제하여 벼슬을 하고 돌아오는 길일세. 이렇게 거지꼴을 하고 찾아와도 반겨 주려나 보려고 일부러 이런 모양을 하고 온 거네. 내게 술 살 돈은 얼마든지 있으니 걱정 말게. 그리고 자네가 급제할 때까지 생활비를 보태 줄 테니 염려 말고 열심히 공부나 하게."

이 말을 들은 부부는 깜짝 놀라며 더욱 반가워했다.

넉넉할 때는 친구가 많다가 어려워지거나 가난해지면 친구가 없어지거나 줄어드는 것이 통례이지만 이 친구는 그렇지 않는, 즉 참다운 친구였다. 이래서 선비도 결국 과거에 급제하여 잘 살다 죽었단다.

(1967년 8월 17일, 충남 천원군 성거면 성남리 이덕희)

132 곶 감

옛날 서당에서 많은 아이들이 공부를 하고 있었다. 서당 선생은 매우 엄해서 아이들은 선생님 앞에서 꼼짝을 못했다.

그런데 서당 선생님은 언제나 다락 속에 무엇인가를 감추어 두고 혼자만 먹으면서,

"이것은 아이들이 먹으면 죽는다."
고 말하였다.

어느 날 선생이 외출을 하게 되었다.

서당 아이들은 좋은 기회라면서 다락문을 열고 선생이 감추어 두고 먹는 물건을 찾아냈다.

큼직한 고리 안에는 맛있게 생긴 곶감이 가득히 들어 있었다.

선생이 남몰래 먹는 것이 무슨 보약인 줄만 알고 있었는데 선생은 곶감을 감추어 두고 늘 혼자서 먹었던 것이다.

곶감을 본 아이들은 그냥 있을 수 없었다.

처음에는 입맛만 다시고 있다가 나중에는 모두 대들어 모조리 먹어 치웠다.

다 먹고 난 아이들은 선생님이 돌아오면 모두 무어라 말할 것인가 걱정이 되었다. 엄한 선생이니 필경 무슨 야단이 날 것이 틀림없었다. 여러 아이들이 궁리를 하다가 그 중에서 가장 슬기 있는 아이가 묘한 꾀를 냈다.

선생이 늘 애지중지하는 벼루를 일부러 깨뜨려 놓고 모두 이불을 쓰고 눕도록 했다.

선생이 외출했다가 돌아왔다. 서당 방문을 열고 보니 값진 벼루는 깨어지고 아이들은 모두 죽은 것처럼 이불을 뒤집어쓰고 누워 있었다.

선생이 크게 놀라 도대체 이게 웬일이냐고 물었다.

그랬더니 슬기 있는 아이가 하는 말이,

"실수해서 선생님이 좋아하시는 벼루를 깨고 모두 죽으려고 다락에 있는 것을 모두 나누어 먹고 지금 죽기만을 기다리고 있는 중입니다."

라고 하였다.

이 말을 들은 선생은 너무나 기가 막혀서 아무 말도 하지 못했다고 한다.

133 참나무 아들

옛날도 아주 오랜 옛날, 어느 마을에 가난한 과부 떡장수가
살고 있었다. 날마다 새벽 일찍 떡을 만들어 인근 마을로 돌아
다니면서 팔곤 했다.

남편 없이 혼자 살려니 외롭고 어려운 일이 많았으나 그런
대로 근근이 연명하고 있었다.

하루는 떡을 다 팔고 빈 목판을 이고 돌아오다가 소변이 마
려워 큰 참나무 밑에서 가리고 일을 마쳤다. 그 후로 과부 떡
장수는 잉태를 하고 옥동자를 낳았다.

아이가 자라 서당에 다니는데 똑똑하고 글 잘하기로 모두
칭찬을 했다. 그러나 아이들은 아비 없는 자식이라고 늘 놀려
대었다.

어느 날도 친구들에게서 아비 없는 홀어미 자식이란 말을
듣고 분해서 견딜 수가 없었다. 그래서 집에 돌아가 어머니에게
우리 아버지는 도대체 누구냐고 따졌다.

떡장수는 사실대로 이야기하면서 저 고개에 서 있는 큰 참
나무가 아버지라고 가르쳐 주었다.

소년은 곧 참나무 있는 곳으로 갔다. 나무 밑에서,

"아버지."

하고 부르니,

"오냐."

하고 대답했다. 소년은 어머니 말이 사실임을 알았다.

그래서 참나무를 껴안고 울었더니 참나무도 몸을 흔들면서 '너의 아버지가 이 모양이어서 미안하다.' 고 위로해 주었다.

참나무는 아들에게 어려운 액운이 올 것이니 내가 하라는 대로만 하라고 타이르면서,

"네가 가는 길에 큰 내가 있을 것이고, 홍수가 날 것이다. 네 친구가 떠내려 올 것이니 구해 주지 말아라." 고 말했다.

소년이 길을 가는데 갑자기 소나기가 쏟아지더니 홍수가 났다. 강물이 넘치고 개미, 벌과 짐승들이 떠내려 오기에 건져 주었다.

한참 후에 나 좀 살려 달라고 외치는 소리가 들려 바라보니 늘 자기를 아비 없는 자식이라고 곯려 주던 친구가 떠내려 왔다.

소년은 아버지 말이 생각나서 돌아서 버렸다. 그러나 친구는 나 죽으니 살려 달라고 애원하는 것이었다.

처음엔 냉정했던 소년도 가엾게 생각되어 그 친구를 구출해 주었다.

친구는 고맙다고 하면서 은인이니 같이 따라가겠다고 했다.

둘이서 한참 가는데 재주 있는 사람을 사위 삼겠다는 임금

님의 방문이 붙어 있어 그들은 찾아갔다.

두 소년은 재주를 보이기로 했다. 그랬더니 백사장에 좁쌀을 한 푸대씩 쏟아 놓고 주워 담으라는 것이었다.

소년이 손으로 모래를 헤치며 주워 가는데 홍수 때에 살려 준 개미떼가 나타나 한낱 한낱씩 물어 곧 푸대가 가득해졌다.

그러나 살려 준 친구는 도리 없이 빈 푸대만 들고 있었다.

다음은 공주를 열두 칸이나 되는 어떤 곳에 있게 하고 그 중에서 몇 번째 칸에 있는지 알아맞히라는 것이다.

소년은 어디에 들어 있는지 알 수가 없었다. 그 친구도 알아 맞히려고 안달을 하고 있었다.

이때에 벌이 날아와 소년의 귀에다 대고 세 번재 칸에 있다고 가르쳐 주어 소년은 의젓하게 나서서 알아맞히었다.

재주 시합은 끝났다. 임금도 소년의 재주에는 탄복하고 딸을 주어 사위를 삼았다.

이렇게 해서 참나무 아들인 소년은 어렸을 때에는 아비 없는 자식이라고 놀림도 당하고 서러움도 받았으나, 참나무의 도움을 받아 임금님의 사위가 되어 부귀영화를 누리고 잘 살았다고 한다.

(1960년 1월, 충북 청원군 강내면 산단리 정창화(鄭昌和) 28세)

　　옛날 과년한 딸을 둔 집이 있었다. 마침 혼인 말이 있어 딸을 여의게 되었다.

　　부모는 늦게 여의는 딸이 시집가서 잘 살기를 바라는 마음에서,

　　"무슨 말을 들어도 못 들은 척, 귀먹은 척하고, 무슨 일을 보아도 못 본 척할 것이며, 무슨 말이건 함부로 하지 말라."

고 타일러 보냈다.

　　부모의 뜻은, 시집살이는 말이 많은 법이니 함부로 말을 해서 구설수를 만들지 말 것이며, 궂은일을 보아도 못 본 척하는 것이 상책이며, 쓸데없는 말은 듣고도 못 들은 척하는 것이 부덕(婦德)이며, 그래야만 탈 없이 시집살이를 할 수가 있다는 뜻이었다.

　　부모의 교훈을 마음속에 단단히 명심한 딸은 시집가서 그대로 지키기를 3년 동안이나 했다.

　　시집 식구들은 답답했다.

　　새 며느리가 귀머거리, 벙어리, 눈뜨고 못 보는 장님이니 답답할 수밖에 없었다.

　　처음에는 가엾게 보이던 며느리가 차츰 바보 천치로 보이기 시작하고 드디어 병신 며느리를 둘 수는 없다 해서 친정으로

되돌려 보내기로 했다.

시아버지는 며느리의 처지를 동정하고 무슨 곡절이 있는 것으로 믿어 며느리를 감싸고 변호했으나 가족들이 모두 반대하니 하는 수가 없었다.

시아버지를 따라 며느리는 가마를 타고 친정을 향했다. 생각하니 기가 막혔다.

옛날에는 '출가외인'이라고 해서 한 번 시집가면 일생을 그집에서 살다가 죽어야 했다.

친정으로 쫓겨 온다는 것은 여성으로서 가장 수치스러운 일이요, 창피한 노릇이다.

시집살이를 말없이 하려고 3년 동안 귀머거리, 벙어리, 장님으로 산 것만 해도 억울한데 마지막에 쫓겨나는 몸이 되었으니 기가 막혔다.

친정 마을 근처에 다다랐다. 일행의 발소리에 놀라 숲속에서 꿩이 푸드덕하더니 날아갔다.

이 광경을 본 며느리는,

"어마, 아버님. 저기 우리 산에서 꿩이 날아갑니다."

했다.

이 말을 들은 시아버지는 놀랍고 또 반가웠다. 그래서 무릎을 탁 치면서,

"그러면 그렇지, 우리 며느리가 벙어리일 수야 있겠는
가."
하며 기뻐했다.

　시아버지는 며느리가 꿩이 나는 것을 보았으니 장님이 아니
요, 꿩이 나는 소리를 들었으니 귀머거리도 아니요, 또 말을 했
으니 벙어리도 아님을 알았다.

　그래서 하인을 시켜 꿩을 잡아 오게 하고 가마채를 돌려 어
서 집으로 되돌아가자고 했다.

　시아버지는 며느리를 데리고 의기양양 집으로 돌아왔다. 가
족들도 며느리를 다시 맞이했다. 그리고 그 동안 서러움을 준
데 대하여 미안하게 생각했다.

　며느리는 부엌에 들어가 잡아 온 꿩을 요리하면서 감싸 주
던 시아버지를 고맙게 여기고 학대하던 가족에 대하여 섭섭해
한 노래를 지어 불렀다.

　이 딱한 며느리의 사정은 노래로서 전해 내려오는데, 지금
도 민요로 전하고 있으니 다음과 같다.

　　무남독녀 외딸애기
　　금지옥엽 길러내어
　　시집살이 보내면서

어머니의 하는 말씀
시집살이 말많단다
보고도 못 본 체로
듣고도 못 들은 체
말없어야 잘 산단다
그 말들은 외딸애기
가마타고 시집가서
벙어리로 삼년 살고
장님으로 삼년 살고
귀머거리 삼년 살고
석삼년을 살고 나니
미나리꽃 만발했네
이 꼴을 본 시아버지
벙어리라 되보낼제
본가 근처 거의 와서
꿩 나는 소리 듣고
딸애기의 하는 말이
에그 우리 앞동산에
푸드득이 날아 간다
이 말들은 시아버지

며느리의 말소리에
너무너무 반가워서
하인 시켜 하는 말이
가마채를 어서 놓고
빨리 꿩을 잡아오라
하인들이 잡아오니
시아버지 하는 말이
어서어서 돌아가자
벙어리던 외딸애기
할 수 없이 돌아가서
잡은 꿩 털 다 뜯어서
숯불 피워 구어다가
노나 주며 하는 말이
날개날개 덮던 날개
시아버님 잡수시고
입술입술 놀리던 입술
시어머니 잡수시고
요뉘 구멍 저뉘 구멍
휘두르던 뉘 구멍은
시할머니 잡수시고

호물호물 옥문통은
시할애비 잡수시고
좌우 붙은 간덩이는
시누이님 잡수시고
배알배알 곱배알은
시아주범 잡수시고
다리다리 버릿다리는
신랑님이 잡수시고
가심가심 썩이단 가심
이내 내가 먹었구나
못 할래라 못 할래라
시집살이 못 할래라
열새무명 열 폭 치마
눈물받기 다 썩었네
못 살래라 못 살래라
해주자지 반자지로
지어 입은 저고리로
눈물받기 다 젖었네

135 안 인심

　옛날 매우 의좋은 형제가 살았다. 그 해에는 마침 대풍년이 들어 많은 수확을 거뒀다.

　형은 아우가 새살림을 났으니 소용되는 것이 많을 것이므로 벼를 많이 가지라고 했고, 동생은 형보고, 형은 조상의 제사를 받들고 있으니 더 많이 가져야 한다고 주장했다. 이 주장을 서로 굽히지 않았으므로 좀처럼 해결이 나지 않았다.

　하루는 밤에 형이 볏가마를 지게에 지고 아우네 집 뜰에 갖다 놓았다. 아우는 아침에 일어나 보니 볏가마가 있어 별일 다 보겠다고 생각했다.

　아우 생각에 공것이 생겼을 뿐 아니라 형의 소용을 생각해서 볏가마를 밤중 아무도 모르게 형네 집에 갖다 두었다.

　이튿날 형이 나와 보고 이상한 일도 있다고 생각했다. 그래 도로 동생네 집으로 몰래 가져다 주었다.

　이렇게 서로 볏가마를 밤마다 짊어다 주다가 어느 날 밤에 어두운 길을 가다가 서로 부딪쳐 넘어졌다.

　그제야 서로 밤마다 벼 가마니 가는 까닭을 알게 되었다.

　일이 있은 후로 형제의 아내들은 형제의 의를 시험해 보기로 했다.

　먼저 동생이 떡을 해서 큰집 아이들을 불러 오게 하고, 큰집 아이들은 하나도 주지 않고 제 자식들만 먹게 하였다. 그랬더니 큰집에서 알고 괘씸히 생각했다.

　다음에 형네 집에서 떡을 하여 작은집 아이들을 불러 오게 하고 떡을 주지 않았다. 그랬더니 아우는 아이들을 놀린다고 매우 노했다.

　이렇게 되니 두 동서는 웃으면서 남편들 보고, 형제분이 의가 좋은 것은 여자에게 달려 있어 안 인심이 좋아야 하는 것이라고 말했다. 형제는 아무 말 없이 들을 수밖에 없었다.

(1959년 8월 27일, 강원도 강릉군 성덕면 박월리 김옥희(金玉姬) 42세)

136 착한 젊은이

옛날 옛놈이네 마누라는 바느질품을 팔고 어머니는 명을 잣고 살았다.

그런데 아들은 늘 놀고 먹고만 있어 마누라가 겨우 바느질을 해 연명을 하는데, 하루는 돈 백 냥만 얻어 달라고 하였다.

그래 그걸 가지고 나가 그럭저럭 번 것이 백 냥을 남겨 두고도 나귀 한 마리 사서 타고 집에 올 수 있을 정도가 되었다.

어디만큼 오는데 강가에서 남자가 빠지려고 하니까 여자가 잡고, 여자가 빠지려고 하니 남자가 잡고 서로 붙드느니 놓으라느니 야단이었다.

그냥 올 수가 없어 가까이 가 사연을 물으니, 둘은 부부간인데 나랏돈을 써버려 어쩔 수 없어 죽으려고 했다고 한다. 해서 번 돈 백 냥과 타고 온 나귀까지 주어 버렸다.

빈손으로 털래털래 집에 돌아가서 어머니께 인사를 하고,

"돈 벌어 가지고 오다 딱한 젊은이들을 만나 주어 버렸다."

고 사실 얘기를 하니까 어머니는 잘했다고 치사를 하다가 갑자기 돌아가셨다.

어머니는 돌아가시고 먹을 것도 없는데, 배가 고파 주머니를 뒤져 보니 엽전 한 푼이 있어 팥죽을 사왔다.

막 먹으려는데 중이 와서 시주하라고 염불을 했다.

시주할 게 없어 어쩔까 하니 팥죽이라도 달라기에 주니까 중이 한 숟가락 먹다 죽어 버렸다.

너무나 놀라서 어쩔 줄 모르고 있을 때에 도사(道師)가 와서 무엇이든지 조금만 달라기에 사정 얘기를 했더니 같이 가자고 했다.

그래 도사를 따라 밤새도록 가니까 대궐 같은 집이 나타났다. 도사가 들어가, 큰 상을 벌여 놓고 하는 말이,

"요 아래에 집 두 채가 있는데 앞집엔 당신네가 살 집이고 집 뒤에 묘자리가 있으니 거기에 묘를 써라."

했다. 맛있게 밥을 먹은 후 정신을 차려 보니 바위 위에 혼자 앉아 있었다.

아래를 내려다보니 집이 두 채 나란히 있어 가보니까 한 채만 사람이 살고 있었다. 이렇게 큰 대궐 같은 집 뒤에 함부로 묘를 못 쓰겠기에 한숨을 내어 쉬며 살펴만 보고 가려고 했다.

그런데 부르는 소리가 나서 뒤를 보니 예쁜 색시가 집 안으로 들어가자고 했다. 그러면서 여태껏 당신을 찾았다고 하며 술상을 차렸다. 찾아온 까닭을 이야기하고 묘를 써야겠다고 했다. 그랬더니 앞집은 당신 집이니 마음대로 하라고 하였다.

알고 보니 그 부인은 전에 물에 빠지려고 하던 부부였다.

묘자리를 잘 써서 만사가 대통하여 아주 잘 살았단다.

(1955년 8월 18일, 전남 담양읍 최수량)

137 선비와 지관

  옛날에 윗집에는 글만 하는 글쟁이가 살고 아랫집에는 지관
쟁이가 살고 있었다.

  아랫집 지관쟁이는 지관질을 하여 잘 살고 있었으나 글만
하는 윗집은 지내기가 간고하였다.

  그래서 글만 하고 있는 선비의 아내가 하루는 남편보고 하
는 말이,

  "아랫집은 지관을 해서 잘 사는데 당신은 노상 글만 읽
  으면 밥이 들어가요, 죽이 들어가요? 당신도 지관 노릇이
  라도 해봐요."

하니 남편이 얼결에 대답한다는 말이,

  "쇠가 있어야지."

하고 말을 하였다. 부인이 있다가 쇠만 있으면 하겠느냐고 물으
니 한다고 대답할 수밖에 없었다.

  "그럼 내가 쇠를 구해다 줄 테니 해보라."

고 하며 나갔다.

  이 부인이 늘 아랫집에 와보면 아랫방 횃대 밑에 달아 놓은
것을 보고, 그것을 훔쳐 갈 작정이었다.

  실은 아랫집에 쇠가 두 개 있어 늘 매달아 놓은 것을, 뜬쇠
라 쓰지 못하는 것이고 그 주인이 가지고 다니는 것은 따로 있
는 것이었다.

이것을 모르고 훔쳐다. 자기 남편에게 주며 나가보라는 것이었다. 이 남편인즉 뜬쉰지 무엇인지 그저 하는 수 없이 안옷고름에 차고 집을 나섰다.

집을 나와 이리저리 며칠을 다녀도 어느 한 사람 건드려 보는 사람이 없어서 이 쇠를 밖에다 내놓아야 그것을 보고 지관인 줄 알고 묘자리를 잡아 달라고 할 줄 알고, 옷고름을 풀어헤치고 그것을 내놓고 어느 동네를 들어가니, 나무 그늘에 노인들이 너덧 명 앉아 이야기를 하고 있었다. 그곳을 찾아가 쉬어 갈 겸 그곳에 가보니 노인들이 쇠를 보고 하는 말이,

"보아하니 지관인 것 같은데 어째 이런 데를 다니느
냐?"

고 하며 저 건너 보이는 큰 동네에 가보면 큰 기와집에서 지관들이 열둘이가 법석이는데 그런 데나 가보라는 것이었다.

그래서 배도 고프고 해서 찾아가 보니 큰 두 칸 장방에 지관들이 과연 열두 명이 떠들썩했다. 들어가 앉으니 지관이 왔다고 한 상을 차려다 주는 것이었다.

음식을 먹고 한 구석에서 가만히 꿔다 놓은 보릿자루 모양 있으니 열두 지관이 서로 어느 곳을 잡았느니 어느 곳은 무슨 혈이니 제각기 야단들이었다.

그러나 이 사람은 무엇을 알아야지, 공부는 했으나 이런 방

면은 캄캄하였다. 그래서 멍하니 구석에 앉아 있노라니 상제가 나와 하는 말이,

"어째 그리 말이 없소?"

하니,

"그럼 무슨 소리를 하느냐?"

고 하였다.

"딴 분들은 무슨 혈, 어느 곳 아무 데 이렇게 야단인데 어찌 아무 소리가 없느냐?"

고 하자 이 사람 하는 말이,

"전에 잘 잡은 것이 무슨 소용이요?"

하며 지금 잡는 곳을 잘 잡아야 한다고 하였다.

그러자 상제가 가만히 생각해 보니 옳은 말인 것 같아서 속으로 '진짜 지관은 이분이구나.' 라고 생각하고 슬그머니 불러내어 안으로 모시고 독방을 차지하게 하고 수없이 음식을 차려다 주는 것이었다. 어떻게 먹었는지 설사가 났다.

밤에 자다 말고 설사가 나서 급히 안 변소를 찾아가 막 똥을 누려고 하니 안에서 부인 신발 소리가 나며 자기가 있는 변소로 오는 것이었다. 그래서 망신을 당할까 봐 올밋졸밋하고 있는데 변소 앞에 와서 가만히 하는 말이,

"선생님."

하고 부른다. 목소리를 들으니 젊은 여자의 목소리였다.

"저의 멍덕을 벗겨 주십시오. 멍덕만 벗겨 주시면 선생님
도 서운치 않게 해드리리다."

라고 한다. 그래서 지관이 묻기를,

"무슨 멍덕이오?"

하고 물으니,

"다른 것이 아니라 제가 출가 온 지 일곱 달 만에 어린
아이를 낳았는데 이러한 양반집에서 그러한 일이 일어난
것을 부끄러워해서 이웃이며 동네 사람이며 모르게 뒷방
에 가두고 주먹밥을 얻어먹고 있습니다. 그런데 제가 친
가에서 오라버니가 지관 공부를 하여서 저도 따라 배웠
기 때문에 어느 정도 아니 제가 말씀드리는 대로만 해주
십시오."

"그래 어떻게 하라는 것이오?"

하고 물으니,

"내일 날이 새면 물론 먼저 쓴 친산에 먼저 가서 보자고
할 터이니 그 산소에 가서, 그 자리는 범의 혈이라고 하
고 이 묘를 쓴 후에 칠삭둥이를 낳아야 그 집이 부귀영
화를 누리지 그렇지 않으면 망한다고 하시오. 그 다음은
지금 모시려고 하는 장소는 전에 신의 대지를 잡아 놓았

으니 그곳에 가서 그곳은 옥녀 베 짜는 혈이라 하고 그 앞에 연못이 있는데 딴 지관들은 그 못 때문에 나쁘다고 하나, 그 연못은 베를 짜려면 꾸리를 담그는 물이라고만 하고 이곳에다 쓰라고 하시오."

이 말을 듣고 지관은 변소에서 그 말대로 잘 외우고 있었다. 변소에서 나와 자기가 차지한 방에 들어가 아까 들은 이야기를 몇 번이고 뇌이고 있었다. 그 여자도 이내 뒷방으로 들어갔다.

그 이튿날, 아니나 다를까 지관들 열두 명과 상제 복인들이 이십 명 가까이 나섰다. 이 지관이 하는 말이,

"우선 친산을 모신 데가 있을 테니 거기를 먼저 구경을 해야 된다."

고 하며 친산에 먼저 가봤다.

거기에 가서 아무것도 모르는 지관이 뜬쇠를 가지고 산의 꼭대기에 올라가서 쇠를 놓고 보며 사방을 둘러보고 하는 말이,

"이 산소는 범의 혈이다."

고 하니 딴 지관들이 생각하니 엉뚱하게 잡는 것이라서 이것이 무슨 범의 혈인가 야단들이었다. 그러나 이 지관이 있다가 상제더러,

"이 산소를 모시고 칠삭둥이를 낳았소? 안 낳았소?"
하고 물었다.

  "만약 이 산소를 모시고 칠삭둥이를 낳지 않았으면 당
  신네는 망했을 것이오."

  이 말을 듣고 있던 상제가 깜짝 놀라며 이웃에서도 모르는
일을 알고 있으니 용하기 한이 없다고 생각이 되어 말을 하였
다.

  "하긴 며느리가 출가 온 지 일곱 달 만에 어린애를 낳아
  서 부끄러워 아무도 모르게 뒷방에다 가두었소."
라고 하니 지관이 있다가 빨리 가서 꺼내 놓고 그 모자(母子)를
극진히 위해 주라고 하였다. 그 아이가 커서 큰 인물이 될 아이
라고 하였다.

  그 다음에는 딴 지관들은 아무 소리를 못하고 서서 이야기
를 듣고 있었다. 그리고 나서 이번에는 하는 말이,

  "이런 큰 집에서 상을 당하기 전에 신의 대지를 잡아 두
  지 않았느냐?"
고 하니 전에 잡아 놓은 곳이 있다고 하며 그곳으로 데리고 갔
다.

  그곳에서 역시 뜬쇠를 놓고 사방을 둘러보고 엉터리일망정,

  "이곳은 옥녀 베 짜는 혈이니 이곳에 모시라."

고 하니 또 다른 지관들이 야단들이었다.

　"이 사람아, 앞에 연못이 있는데 이곳에다 무슨 묘를 쓰
　느냐?"
고 야단들이었다.

　그러나 이 지관은 베를 짜려면 꾸리를 물에 담그고 짜야 베
가 잘 짜지며 베 짜는 데 물이 없이 어떻게 짜느냐고 하며 상
제더러 이곳에 쓰라고 했다.

　이 말을 듣고 딴 지관들은 슬금슬금 꼬리를 감추고 어디로
인지 사라져 버렸다.

　그리고 내려와 며느리를 내놓는다, 미역국을 끓여 준다 야
단이었다. 그리고 지관이 하는 말이 며느리의 말을 어기지 말
고 잘 들으라고 하며, 그 며느리가 여간 영특한 부인이 아니라
고 하였다.

　장사를 다 지내고 지관에게 폐백을 주어야 할 터인데 무엇
으로 주어야 좋을지 생각이 나지 않았다. 그래서 며느리한테
가서 지관에게 폐백을 해야 할 텐데 돈 한 바리만 실어 보내면
될까 하고 물으니 그것으로 안 된다고 하며,

　"아무 데 천 석지기 있지 않아요? 거기에서 2백 석지기
　만 떼어 주고 나머지는 도마름을 시켜 추수하게 하시고
　집은 그 마름네로 이사 오게 하세요."

하니 지관이 이사를 올까 하고 묻는다. 며느리가 대답하기를,

　"옷 입은 것을 보니 퍽 간고하게 사나 봅니다."

하니, 나가서 지관에게 이사를 오라 하니,

　"집이 있어야 오지 않소."

　"집은 염려 말고 이사 오시오."

하기에 지관은 이사를 하고 2백 석지기를 지어 잘 살았다고 한다.

(1955년 8월 2일, 충남 서산군 음봉면 신휴리 이규선(李圭善))

138 요술하는 소년

옛날에 가난한 집 소년이 부자가 되고 싶어서 궁리를 하고 있었다. 그런데 한 노인이 소년에게 와서는,

"너 공부했니?"

하고 묻길래,

"했어요."

하고 말했다. 그랬더니 노인은,

"에잇!"

하고 지나가 버렸다. 이 아이는 영문을 몰라 빨리 산으로 돌아가서 먼저 가 앉아 있으니 그 노인이 와서는,

"너 공부했니?"

하고 물었다. 그 소년은

"안 했어요."

하고 대답하면서 공부를 하고 싶다고 말했다.

노인은 자기를 따라오라고 하면서 큰 절간의 어떤 방으로 데리고 갔다.

노인은 다락에서 책을 꺼내면서 그 책을 다 보라고 했다.

소년은 그 책을 3년 동안이나 읽었다. 이제는 훌륭하게 됐다고 생각을 한 소년은 노인에게 인사를 하고 헤어지려 했으나 노인은 더 좋은 것을 가르쳐 주겠다고 했다.

소년은 그때부터 요술을 배웠는데 쉽게 석 달 만에 다 배웠

다.

　노인과 작별을 하고 집으로 돌아온 소년을, 아버지는 반가이 맞이하여 네가 꼭 죽은 줄만 알았더니 살아왔다고 반가운 눈물을 흘렸다.

　그 동안 어머니가 돌아가셨다는 말을 들은 소년은 깜짝 놀라면서,

　"어머니!"

하고 털석 주저앉아 통곡을 했다.

　날이 저물어 자리에 누우니 가난한 이 집은 지붕이 뚫어져서 하늘이 보이고 벽에는 비가 새어 들어온 자국이 보인다.

　아들이 아버지에게,

　"제가 내일 금방 그릇이 될 터이니 장에 가서 파십시오."

했더니 아버지는 펄펄 뛰며 꾸중을 했다.

　그래서 아버지에게 자초지종을 이야기했더니 아버지는,

　"오냐, 그럼 그렇게 하자."

하고 날이 밝자 그릇을 팔러 장으로 갔다.

　장에서 그릇을 팔아 큰 돈을 장만하여 갖고 집으로 돌아와 집을 짓고 양식과 옷을 만들어 입었다.

　그런데 아들이 다시 돌아오더니 전과 같이 이야기했다. 아

버지는 재미가 나서 또 장에 가서 팔아 큰 부자가 되었다.

　이러던 중 그릇을 샀던 사람이 속아서 울며불며하는 것을 보고 웬 노인이 와서 이유를 물었다. 이야기를 들은 노인은,

　"음, 그것은 내가 알고 있지."

하더니 금방 그릇을 사서 대장간으로 가 꽁꽁 묶어 가지고 시뻘건 쇠를 달구어서 부으려고 하니 금방 두루미가 되어서 훨훨 날았다.

　노인은 독수리가 되어서 쫓아가니 또 좁쌀이 되어서 어느 집 마루 밑으로 들어갔다.

　노인은 다시 닭이 되어서 꼭꼭 하며 마루 밑으로 쫓아 들어가니, 또 좁쌀은 그 집 색시 금반지가 되어 색시 손가락에 끼어 있는데 노인은 사람이 되어 금반지를 내놓으라 해서, 금반지는 또 좁쌀이 되어 때구루루 구르니 노인은 닭이 되어 쫓아갔다.

　좁쌀은 얼른 독수리가 되어 닭이 된 노인을 채어 가지고 가서 죽이고, 집에 돌아와 아버지와 같이 잘 살았다고 한다.

　　　(1954년 8월 4일, 경기도 파주군 천현면 법원리 조규징(曺圭徵) 53세)

139 공부만 하는 선비

　옛날에 한 선비가 있었는데 글만 읽고 집안일은 하나도 돌보지 않았다.

　그래서 색시가 벌어 먹이는 형편이었다.

　색시는 화가 나서 글만 읽으면 먹고 사냐고 마냥 바가지를 긁고 한바탕 야단을 치고 매일매일 길쌈과 남의 집에 가서 품을 팔아 근근이 먹고 살았다.

　어느 날은, 멍석에 보리를 널고 밭을 매러 가면서 비가 오거든 마당의 보리 멍석을 끌어들이라고 하며 밭을 매러갔다.

　얼마 있다가 검은 구름이 몰려 들어오면서 금방 소나기가 쏟아질 것 같더니 비가 억수같이 쏟아져서 금방 개울물이 철철 흘러 내려가는데, 이 색시는 비를 쪼르르 맞으며 보리 멍석이 어떻게 됐을까 근심을 하면서 집으로 돌아오는 길이었다.

　동리 밖에 와서 도랑을 건너려고 하는데 그 도랑물에 보리가 둥둥 떠내려 오고 있었다.

　그래 색시는 자기 집 보리가 아닌가 하고 조바심을 하면서 집에 와보니, 마당에 널어놓은 멍석엔 보리는 간 곳 없고 빈 멍석만이 남아 있었다.

　이 색시는 화가 잔뜩 나서 방으로 들어가니 자기 서방은 집이 새므로 우산을 쓰고 나막신을 신고 앉아서 여전히 글만 읽고 있었다.

색시는 화가 나서,

"당신은 어찌된 사람인데 그렇게 글만 읽고 집안일은 조
  금도 도와주지 않으니 어떻게 산단 말이오?"

하고 당신하고 살다가는 생전 이 꼴이겠다고 분에 못 이겨 집
을 나섰다.

아무 데나 가서 품을 팔아도 이 집에서 사는 것보다는 낫겠
다고 생각했던 것이다.

세월이 흘러 그 고을 원님이 새로 오신다고 길에는 마중 나
온 사람들이 죽 늘어서 있었다.

색시는 물동이를 이고 우물에 가서 물을 한 동이 퍼 이고
오니 벌써 저쪽에 원님의 행차하시는 것이 보였다.

가까이 오는 것을 보니 원님의 얼굴이 낯이 익어 잘 살펴보
았다. 예전의 자기의 남편이었다.

색시는 깜짝 놀라 원님한테 바짝 다가서며,

"여보! 어떻게 이렇게 되었어요?"

하며 낯빛을 붉히니,

"물러서라! 당신이 나의 아내가 되려면 당신이 이고 있
  는 물을 길 위에 붓고, 다시 한 동이를 만들어 놓아라."

하고 가버렸다.

(1954년 8월 4일, 경기도 파주군 천현면 법원리 조규징(曹圭徵) 53세)

140 거짓말로 범에 물려가다

옛날 어느 시골에 장난꾸러기 소년이 있었다.

하루는 산으로 나무를 하러 갔는데 친구들과 어른들을 놀래게 해보고 싶어, "범이요!" 하고 소리 질렀다.

산에서 함께 나무하던 아이들은 나 살려라고 뛰어 도망했고, 어른들도 지게를 버리고 달아났으며, 밭에서 일하던 사람들과 마을 사람들은 범이 나왔다는 바람에 산에 나무하러 간 사람을 살리기 위해서 모두 몽둥이를 들고 쫓아갔다.

범은 없고 소년은 멀쩡했다.

마을 사람들은 심술쟁이에다 장난꾸러기인 그 소년이 거짓말한 것으로 알고 심하게 나무라고 돌아갔다.

다음날 소년은 같은 산으로 나무하러 갔다. 친구도 없이 혼자 나무를 했다. 한참 하는데 큰 바위 뒤에서 호랑이가 쓱 나타났다.

소년은, "범이요!" 하고 외쳤으나 어제 한 번 속았으므로 아무도 쫓아오는 사람이 없어 호랑이에게 물려갔다.

거짓말도 한 번이지 두 번 하면 속지 않는 것이래.

(1953년 7월 15일, 충남 당진군 고대면 강원석(姜元錫) 19세)

141 옥피리

옛날 어느 곳에 정승이 살았는데 슬하에 자식이 없어 늘 염려를 하였다.

그러던 어느 날 밤 꿈에 하얀 신령이 나타나,

"정성이 지극하니 뒷동산 바위 밑에 가서 네가 구하는 것을 얻어라."

고 하면서 사라졌다.

꿈에서 깨어난 정승은 날이 밝자마자 신령이 가리키던 곳을 가보니 이름도 모를 꽃이 피어 있었다.

그것을 뽑아 가지고 집으로 와, 약을 달여 부인에게 먹였다. 그랬더니 곧 태기가 있어 아들을 하나 얻었다.

이 아이가 너무 잘나 이름을 미경(美鏡)이라 지었다. 만지면 꺼질까, 불면 날까 애지중지 길렀다.

아이가 자랄수록 머리가 비상하여 정승으로 하여금 감탄을 거듭하게 했다. 다른 것을 잃어도 아이 하나 잃으면 살 수 없게 끔 되었다.

미경이가 일곱 살이 되던 어느 날 중이 바랑을 지고 문전에서 염불하는 소리를 듣고 쌀을 퍼들고 갔다.

그랬더니 중은 얼굴을 자세히 보더니 받지도 않고 불쌍한 아이라고 중얼거리며 갔다. 하도 이상해 곧 정승에게 이 일을 이르니 곧 그 중을 모셔 오라고 하졸을 시켰다.

그 중이 처음엔 모른다고 하더니 아이가 열두 살이 되면 호식(虎食)을 당할 것이라고 하였다.

이 소리에 놀란 정승이 애원을 하며 살 길을 물으니 중을 따라가야 한다고 했다.

정승은 하는 수 없이 중을 딸려 보내며 정승 아들이란 걸 나중에 증명할 수 있게 금은으로 장식한 커다란 옷 한 벌을 주었다.

중을 따라간 미경은 그날부터 험한 산 속 조그만 암자에서 지냈다. 낮에는 나무를 하고 밤에는 공부에 힘썼다.

그를 기특히 여긴 중이 다시 이름을 고쳤는데 '두고두고거지'(집에 재산을 두고도 거지란 뜻)라고 하였다.

몇 년이 지난 어느 날 중은 두고두고거지를 조용히 불렀다. 이젠 떠나라고 하면서 옥피리를 하나 주었다. 그리고 글귀를 지어 주면서 이걸 외우며 가라고 하고는 자취를 감추었다.

스승이 자기 곁을 떠나자 두고두고거지는 글귀를 외우며 어디쯤 가다 보니 날이 저물었다.

그래서 숲속에서 잠을 청하였는데 꿈에 지옥의 사자가 나타나 서울에 있는 정승집 아들인 미경이를 잡으러 간다고 했다. 그러고는 자기 앞에 오더니 서울 길은 머니까 대신 이 부근에서 다른 사람을 잡아 가자고 했다. 깜짝 놀라 일어나 한참 걸었다.

　며칠을 가다가 배도 고프고 발이 부르터 하는 수 없이 마을에서 제일 큰 집을 찾아갔다. 그러고는 종이 되기를 요청하였다. 그 집에는 하인들이 어찌나 많은지 수를 헤아릴 수가 없었다. 처음엔 변소 소제를 하다가 주인의 눈에 들어 말 먹이는 일을 맡았다.

　두고두고거지는 말을 몰고 먼 산으로 가서는 옥피리를 꺼내 불어 용마를 타고 말들과 함께 놀았다. 그 집 주인 말들은 점점 살이 찌니까 더욱 주인이 좋아하였다.

　얼마 후 이 주인 큰집에 환갑잔치가 다가오자 온 동네가 벌컥 뒤집힐 듯하였다.

　이 집에서는 종들이 서로 다투어 잔칫집에 가려고 야단들이었다. 이 꼴을 본 두고두고거지는 자기가 남겠다고 말하였다.

　잔칫날이 다가오자 모두 떠나려 하는데 큰딸이 두고두고거지를 불러 말을 대령하라 하였다. 그래서 말을 대령하니 이 높은 말을 어떻게 타란 말이냐고 소리를 쳤다.

　그러면서 허리를 굽히고 앉으라고 하더니 등을 밟고 말을 탔다. 그래서 두고두고거지가 말하길,

　"불쌍히 여겨서 떡이라도 좀 갖다 주오."

하고 애원을 하였다. 그러나 큰딸은 주인에게 무슨 말버릇이냐

고 고함을 쳤다. 둘째 딸도 큰딸과 마찬가지였다.

셋째 딸도 언니가 하던 식으로 할 줄 알고 땅에 엎드리니,

"장부가 무슨 짓이야!"

라고 말하며 스스로 말을 탔다. 그래서,

"홀로 남은 두고두고거지를 불쌍히 여겨 돌아오시는 길
에 떡이라도 갖다 주시오."

라고 하니 셋째 딸은 생글거리며 웃기만 하였다.

집 안에 홀로 남은 두고두고거지는 동백기름으로 머리를 닦
고, 분향수로 세수하고, 아버지가 주신 금은으로 장식된 옷을
꺼내 입었다.

그러고는 옥피리를 불어 용마를 불러 타고 환갑잔치에 갔
다.

하늘에서 둥그렇게 원을 그리며 잔칫집에 내리니 옥황상제
가 오신다고 모두 땅에 엎드렸다.

잔칫집에 내린 두고두고거지는,

"듣자 하니 이 집 잔치가 볼 만하다 해서 모든 일을 버
리고 인간 세상을 구경 왔으니 과히 허물을 말라."

고 위엄 있게 말했다. 온 집안은 신령이 내려왔다고 모두 기뻐
날뛰었다.

그런데 아까부터 쳐다보고 있던 셋째 딸은 어디서 본 듯한
기억이 있어 신령 옆으로 갔다.

그러고는 술을 붓는 척하고 가위로 옷고름을 약간 베어냈다. 그리고 그것을 싸고 또 싸서 가슴 속에 곱게곱게 간직하였다.

신령은 한동안 술을 마시더니 그만 가야겠다며 용마를 불러 타고 피리를 불며 떠나니, 그 소리가 어떻게나 슬픈지 눈물을 아니 흘리는 사람이 없었다.

집에 돌아온 셋째 딸은 두고두고거지를 불러 놓고 칼을 품에서 꺼내 자기 가슴에 대고 정체를 밝히라고 하였다.

하는 수 없이 자기의 정체를 밝히니 셋째 딸은 잔치 좌석에서 자른 옷고름을 맞춰 보니 틀림없었다.

그러더니,

"서방님"

하고 엎드리니 마침 밖에서 이 광경을 본 주인은 몹시 놀랐다.

그래서 두고두고거지가 자초지종을 모두 밝히니 주인은 좋아서 혼인을 승낙했다.

혼인을 끝내고 용마를 타고 떠나는 걸 보느라고 첫째 딸과 둘째 딸은 지붕 위에까지 올라섰다. 왜 진작 몰라 보았나 한탄을 하며 보다가 그만 떨어져 죽고 말았다.

그때부터 지붕 위에는 쌍버섯이 났다. 사람들은 그것을 죽은 처녀들의 넋이라고 불렀다.

(1956년 8월 15일, 경북 대구시 신암동 4구 노인 68세)

142 문둥이

옛날에 세 여인이 면화 동냥을 다녔다. 얼마를 돌아다니다
날이 저물어 집으로 돌아갈 수가 없었다.

하룻밤 쉬어 갈 곳을 찾아다니는데 어디선지 불빛이 반짝
반짝했다.

그곳을 향해 찾아가니 과연 집이 하나 있어 주인을 불러 하
룻밤 쉬어 갈 것을 청하니 쾌히 허락을 했다. 집 안을 들여다보
니 남자들이 수선수선했다.

그러나 날이 저물어 딴 곳을 찾을 수도 없고 해서 방에 들
어가 앉았는데 한참 있더니 저녁상을 갖고 들어왔다.

두 여인이 허겁지겁 퍼먹고 있는데 한 여인이 가만히 국 속
을 들여다보니 국에 손가락 마디가 있었다.

그러나 안 먹으면 이상하게 여길 것 같아 먹는 것처럼 두어
술 뜨고는 상을 물렸다.

두 여인은 종일 돌아다녔기 때문에 고단하여 쓰러져 코를
골며 잠이 들어 버렸다.

그러나 한 여인은 어쩐지 수상해서 자리에는 누웠으나 잠이
오지 않아 동정을 살피고만 있었다.

밤중쯤 되었는지 한데 밖에서 박박삭삭하는 소리가 나서
문틈으로 내다보니 부엌에서 사람의 발바닥을 긁고 있었다.

이 여인은 갑자기 소름이 쪽 끼치고 무서워 자는 여인들을

깨웠다.

자던 한 여인은 얼른 일어나 정신을 차리지 못하고 소리를 지르며 왜 깨우느냐고 야단을 했다.

할 수 없이 자기가 본 이야기를 했더니 그도 놀라 도망을 가자고 했다.

다른 여인은 아무리 깨워도 일어나지 않아 어떻게 할 수 없어, 두 여인은 있는 기운을 다해 문을 박차고 산으로 힘껏 도망을 쳤다.

한참 후에 나무 꼭대기에 올라가 있으니 사람들이 불을 켜 들고 여인들을 찾으러 숲속을 돌아다니다가 찾지 못하자 그냥 내려갔다.

잠꾸러기 여인은 그것도 모르고 잠만 잤는지 얼마간 조용하더니 웃음소리가 연상 그칠 새 없이 난 뒤 웃음소리가 뚝 그쳤다.

아마 이 집은 문둥이 집인 모양이었다. 문둥이는 사람을 간지럽혀 죽인다고 한다.

(1954년 8월 4일, 경기도 파주군 천현면 법원리 조규징(曺圭徵) 53세)

143 평양감사의 집

옛날 어느 촌에 모녀가 살았는데 그 어머니는 딸을 어떻게 하면 시집을 잘 보낼까 하는 생각뿐이었다.

뒷동산에는 절이 하나 있었다. 어머니는 매일같이 아침저녁으로 부처님 앞에 앉아 자기 딸이 평양감사의 첩이 되게 해달라고 빌었다.

하루는 이 절의 중이 그 딸에게 욕심이 생겨 그 어머니가 불공드리러 올 시간에 부처를 뒤집어쓰고 있었다.

어머니가 와서 평양감사의 첩이 되게 해달라고 정성을 또 들였다.

이때에 중이 말하길,

"평양감사의 첩은 그만두고 이 절의 중에게 주어라."

라고 하였다.

이 어머니는 낙심이 되어 집에 오자 병이 났다. 근심이 된 딸이 연유를 묻자 사실대로 이야기를 하였다.

그랬더니 딸은 걱정하지 말라며 어찌 부처님의 명을 거역하겠냐고 했다. 그래 중을 불러 놓고 부처님의 명에 따라 딸을 준다고 하자 중은 좋아 어쩔 줄 몰라 했다.

대례도 못 지내고, 숨겨 데려갈 도리가 없어 궤짝을 사서 색시를 넣어 가지고 가며,

"함 진 놈 봤소? 농 진 놈 봤소?"

하며 갔다. 그런데 길 저편에서,

"물렀거라, 치웠거라!"

하며 오는 대감 행차가 있어 중이 겁이 나 풀 속에다 궤짝을 감추고 자기도 숨었다.

평양감사의 행렬이었는데, 지나다 보니 숲속에서 서기가 뻗치는 걸 보고 교군을 내리라고 하였다.

포졸들에게 숲속의 서기가 나는 데를 가보라 하니 궤짝이 있었다.

평양 감사에게 사실대로 고하니 가져오라고 호령을 하였다. 그래 궤짝을 열어 보니 천하일색인 색시가 들어 있어 모두 놀랐다.

평양감사가 사유를 묻자 그 딸은 모든 얘기를 그대로 했다. 그러자 평양감사는 첩을 삼으려고 평교자에다 태워 놓고 궤짝에다는 포졸들을 시켜 호랑이 새끼를 잡아넣으라고 시키고는 덩실거리며 좋아서 갔다.

평양감사가 간 뒤 중이 궤짝을 감춰 놓은 곳에 와보니 그대로 궤짝이 있어 부랴부랴 절로 가져가서 상방에 모셔 놨다. 그러고는 큰 상좌를 불러 오늘밤에는 어떤 소리가 나든지 자기 방에 얼씬도 말라고 일렀다.

그러고는 저녁을 먹는 둥 마는 둥 하고는 궤문을 열고 나오라고 손을 디밀었다. 그러자 호랑이는 손을 싹 할퀴었다.

중은 수줍어서 그런 줄 알고 사양 말고 빨리 나오라 하였다. 그러고는 문을 활짝 여니 호랑이가 뛰어나와 물어뜯었다.

중이 죽겠다고 소리치고 살려 달라고 하나 들어오지 말라고 했으니 누구 하나도 오지 않았다.

그러다 나중에는 아무 소리도 나지 않았다.

상좌들은, 저희들끼리 장난도 꽤나 한다며 첫날밤을 잘 치르는가 보다고 했다. 그리고 잠을 자는데 큰 상좌 꿈에 부처님이 나타났다.

저 중놈은 나를 가장해서 사람을 속인 죄로 범새끼에 물려 죽었고, 색시는 평양감사의 첩으로 갔으니 그 어머니에게 기별해 주라고 했다. 깜짝 놀라 상방으로 달려가 보니 정말 중은 죽어 있었다.

그래 그 어머니에게 가서 사실을 알려 주니 좋아서 어쩔 줄 몰라 하더니 더욱 열심히 부처님을 섬겼다.

(1955년 인천시 화수동 369번지 박씨 64세)

144 악한 며느리

  예전에 어떤 내외가 눈먼 어머니를 모시고 살았다. 그런데 그 아들이 어찌나 효성이 지극한지 어머니 밥상에는 맛있는 고기반찬이 떨어질 날이 없었다.

  하루는 이렇게 효성이 지극한 아들이 집을 떠나게 되었다. 왜냐하면 장사를 하기 위해 서울로 떠나가게 되어 눈먼 어머니를 집에 남겨 두고 떠나야 했다.

  아들이 가장 걱정하는 것은 누가 자기처럼 고기를 매일 사다 드리며 봉양해 줄까 하는 것이었다.

  자기 아내는 고약한 여자라 떠나면서도 몇 번이나 봉양 잘하라고 당부하였다.

  남편이 떠나고 며칠 동안은 고기를 날마다 드렸다. 그러나 얼마 후 고약한 며느리는 어머니 눈이 멀었으니 지렁이를 잡아다 볶아 주고 자기만 고기를 먹었다.

  그 눈먼 어머니는 그 고기가 지렁인 줄도 모르고 맛있게 먹었다.

  하루는 그 어머니가 어떻게 떨어지지 않게 고기를 주느냐고 했더니 며느리는 자기가 벌어서 드리는 것이라고 했다.

  그럭저럭 세월이 흘러 아들이 돌아올 날이 얼마 남지 않았기 때문에, 눈먼 어머니는 자기 아들에게도 맛난 고기를 주려고 며느리 몰래 고기를 싸두었다.

    며칠 후 아들이 오자 어머니는 며느리가 날마다 맛있는 고기를 주어 잘 먹었다고 하였다. 그러면서 자리 밑에 감춰 둔 고기를 내놓으며 먹어 보라고 하였다.

    아들이 놀라서 말도 못하고 있는데 별안간 하늘에서 천둥과 번개가 치더니 며느리에게 벼락이 내렸다.

    며느리의 죽은 혼은 두더지가 되어 하늘을 못 보는 땅 속에서 지렁이만 잡아먹고 살게 되었다.

    (1955년 8월 13일, 충남 예산군 예산면 석양리 이씨 62세)

145 고 씨 네 (1)

옛날에 도선이란 사람이 있었는데 이 사람이 지리에 대해선 귀신이었다. 그러나 오막살이집에서 여간 간고하게 살지 않았다.

왕이 도선이란 사람이 땅에 대해선 귀신이란 말을 듣고 하루는 평복을 하고 찾아 나왔다.

그 근방에서 도선네 집을 물으니 오막살이집을 가르쳐 주었다. 땅에는 귀신이라는 사람이 어째 이렇게 가난하게 사나 하면서 도선을 불렀더니 짚신을 삼다 말고 짚신을 찬 채 나왔다.

왕이,

"땅에는 귀신이란 사람이 어째 이런 데서 사오?"

하고 물으니 대뜸 하는 말이,

"이 터가 좋은 곳이라서 일국의 왕이 왕림하셨으니 이보
다 더 좋은 터가 어디 있겠소이까?"

고 했다. 왕은 아무도 모르게 가장을 하고 자기가 왔는데 아는 걸 보니 무척 용한 사람이라 생각했다.

이와 같이 용하였으나 자기 어머니의 묘자리는 자기 손으로 잡지 못하였다.

자기 어머니가 죽어서, 두골만 잘라 가지고 이리저리 묘자리를 잡으러 다녔으나 한 군데도 쓸데가 없었다.

이렇게 돌아다닌 날이 거의 몇 달이 지난 어느 날 산등성이

에서 그 아래 큰 동네를 내려다보았더니 그 가운데 커다란 기와집 자리가 꼭 자기 친산을 모실 곳이었다.

그곳밖에 한 군데도 없었다. 그래 날이 저물기를 기다렸다. 동네로 내려가 그 집을 이리저리 다녀 봐도 도저히 들어갈 곳이 없었다.

그런데 한 군데를 가니 개구멍이 있어 간신히 기어 들어갔다.

대청마루 밑을 호미로 파려고 하자 방문을 열어 보지 않고 안방에서,

"도선이가 아니냐?"

고 소리를 질렀다.

문도 안 열어 보고 자기를 아는 것을 보고 깜짝 놀라는데 또 방에서 하는 말이,

"너의 어머니를 모실 데는 여기가 아니다. 저 건너 징계 멩계들에 갖다 모셔라."

했다.

그래 도선이는 가르쳐 주는 대로 두골을 메고 가보니 묘자리는 있으나 썩 좋지는 않았다.

그저 밥을 굶지 않을 자리였다. 이렇게 땅에는 귀신인 도선이도 자기 어머니 묘자리를 자기가 잡지 못하였다.

멩계들에다 묘를 쓴 후 그 들의 농사가 되지 않았다.

그래서 그 산소에다 제사를 지냈으나 그래도 신통치 않았다.

그 이듬해는 그 집 농사만 잘되고 다른 집은 역시 안 되었다.

이런 소문을 듣고 딴 사람들도 들에서 일할 적에는 밥을 내가면 으레 그 묘에다 밥 광주리를 놓고 빌고 먹었다.

그랬더니 농사가 잘되어서, 먼 데서 농사를 짓는 사람들은 거기까지 가져올 수가 없어 먹기 전에 그 산소 쪽으로 밥 한술을 떠서 던지며,

"고씨네!"

하고 먹었다.

'고씨네'는 도선의 어머니가 고씨였기에 '고씨네'라고 하였던 것이다.

(1955년 8월 20일, 충남 아산군 음봉면 신휴리 이기호)

351

옛날 옛적 어느 두메에 '고씨네'라는 한 늙은 홀아비가 살고 있었다.

이 고씨네는 얼마 되지 않는 논밭을 경작하고 있었는데 땅이 박토여서 농사가 잘 되지 않았다.

비가 조금만 와도 수해가 나고 며칠 비가 안 와도 곡식이 메말라 죽었다.

이런 곳에 사는 고씨네는 날마다 자기가 심어 놓은 곡식이어서 자라기를 하루에도 수십 번씩 들여다보았다. 그러나 하늘은 무심하게도 비가 내리지 않아 애써 가꾼 곡식이 메말라 죽어 갔다.

고씨네는 집에 가서 바가지에다 막대를 달아 아랫논에서 윗논으로 물을 퍼 올렸다.

그러기를 몇 시간 하다가 끼니도 제대로 먹지 못한 터라 그만 쓰러지고 말았다. 그래서 가엾게도 죽고 말았다.

죽은 뒤 며칠 후 동리 사람에게 발견되어, 좁으나마 골짜기에 있는 논밭을 바라볼 수 있는 산마루 바위틈에 묻혔다.

농사를 짓다 죽었으니 영혼이라도 자라나는 곡식을 구경하라고 했는지도 모른다.

동리에 사는 전 서방이 점심을 먹으러 논에서 나와, 논둑에 앉아 첫 숟가락을 뜨는 순간 눈앞에 고씨네의 묘가 보였다.

그래서 전 서방이 생각하길, 고씨네는 일평생 죽도록 일만 하다가 밥도 실컷 못 먹고 죽었는데 어찌 나 혼자만 먹을까 하여 첫술 떴던 밥을 고씨네 이름을 부르며 묘를 향해 던졌다.

　　그래선지 그 해 농사가 다른 해보다 두 배나 잘 되었다.

　　그랬더니 동네 사람들은 전 서방에게 어떻게 해서 농사가 그렇게 잘 되었느냐고 물었다.

　　사실대로 전 서방이 말하자 그 다음부터는 먼저 '고씨네'의 이름을 부르며 밥이나 술을 던졌더니 1년을 편하게 지낼 수 있었다.

　　그래서 지금도 농촌에 가면, 들에서 밥을 먹을 때는 언제나 '고씨네'를 위해 밥을 던지는 것이다.

(1952년 7월 25일, 충남 당진군 송악면 오동진 18세)

147 구렁덩덩 시선비

옛날에 한 마누라가 살았는데 밤낮 아들 낳기를 원하였다. 그러자 태기가 있어 아이를 낳았는데 구렁이었다.

그런데 이 구렁이가 어디로 간 곳이 없어 어머니가 찾아다니다가 뒤뜰에 있는 독을 열어 보니 그 속에 있었다.

어머니는 왜 여기 와서 있느냐고 하니 방으로 스스로 기어 들어왔다.

옆집에는 대감이 사는데 딸이 셋이었다. 어느 날 옆집 맏딸이 와서,

"할멈, 아이 낳았다는데 어디 보자구."

하기에 뒤뜰 독에 있다니까 열어 보고는,

"아이구 어머나, 구렁이를 낳았네."

하고 호들갑을 떨며 갔다. 다음에 둘째 딸이 와서,

"할멈, 아이 낳았다더니 어디 아이가 있수?"

하기에 뒤뜰 독 안에 있다고 하여 또 가서 열어 보고는 놀라,

"아이구 망칙해라."

하고는 그만 달아났다.

그리고 막내딸이 아이 구경을 왔다고 하기에 뒤뜰에 가보라고 일러 주었더니 가서 열어 보고는,

"점잖기도 하다."

하고는 돌아갔다.

구렁이는 이 소리를 듣고 어머니한테 가서,

"어머니, 나이 옆의 막내딸한테 장가를 보내 줘요."

하니 어머니가 펄쩍 뛰며,

"이 옆집은 대감집인데 어떻게 그 색시한테 장가를 가겠
느냐?"

며 거절을 했다. 하나 구렁이는,

"만약 그 색시한테 장가를 보내 주지 않으면 한 손에는
칼을 들고 한손에는 불을 들고 어머니 밑으로 도로 기어
들어가겠어요."

하므로 어머니는 할 수 없이 대감집 대문 앞에 서서 근심만 하
다가 말도 못하고 돌아오곤 하였다.

사흘째 되던 날 또 전과 같이 근심스럽게 서 있으려니 대감
이 이 광경을 보고 있다가,

"옆집 할멈, 무슨 근심이 있기에 매일 와서는 이렇게 서
있소?"

하고 물었으나 차마 그 말을 할 수가 없어서 머뭇거리기만 했
다.

대감은 아무 말이라도 괜찮으니 하라고 하여 어머니는,

"다름이 아니라 제가 아이를 낳았는데 댁의 아가씨들이
와서 보시고는 맏아가씨와 둘째 아가씨는 망측스럽다고

하며 갔는데 막내 아가씨는 점잖다 하시고는 돌아가셨습
니다. 그런데 저놈이 글쎄 대감댁 막내 따님에게 장가를
보내 달라고 하며 그렇지 않을 것 같으면 한 손에 칼을
들고 한 손에 불을 들고 어미 밑으로 도로 들어간다고
하니 어떻게 합니까?"
하고 말했다.

이 말을 들은 대감은 딸을 불러다 놓고 맏딸보고,

"너 이 옆집으로 시집갈 테냐?"
하니 펄쩍 뛰면서 싫다고 했다. 그래 둘째 딸보고 물었더니 역
시 펄쩍 뛰었다.

그래서 막내딸에게 물었더니 대답도 하지 않고 가만히 있었
다.

대감은 재차 그 집으로 시집갈 테냐고 물었으나 역시 대답
이 없었다. 그래서 혼인을 하기로 하고 택일을 했다.

혼인날이 다가왔다. 구렁이는 어머니더러 문안드릴 때 상 옆
에 따뜻한 물을 갖다 놓으라고 했다.

혼인 전 문안을 드리려고 하는데 구렁이가 스스로 기어 나
오더니 두멍(큰 독)에 들어가 한 번 휘휘 둘러 다니다 나왔다.

그랬더니 씻은 듯이 훌륭한 선비가 되어 새로 지어 놓은 옷
을 썩 입고는 문안을 드렸다.

첫날밤 신랑이 색시 저고리 속옷고름에 구렁이 허물을 달아 주면서 이것은 아무한테나 보여 줘서는 안 되며, 보여 주면 자기와는 이별을 하는 것이라고 천번 만번 부탁을 했다.

그 이튿날 신랑이 어디를 나가며 구렁이 허물을 아무한테나 보여 주지 말라고 하면서, 또 냄새를 내 코가 맡게 해서는 안 된다고 하고 나갔다.

그런데 이 색시 형들이 와서 어디 구렁이 허물 좀 보여 달라고 가진 짓을 다하는 바람에 어찌할 수가 없어 설마 형들한테 보여 줘서 뭐 괜찮으려니 하고 보여 주었다.

이것을 본 형들이 가지고 나가 불을 사르자 바지지하고 타 버렸다.

그날 신랑이 돌아와서 당신이 그 허물을 남에게 보여 주고 그 냄새까지 내 코에 맡게 했으니 당신은 나하고 살 수 없다고 하며 비루 먹은 말을 타고 어디론지 가버렸다.

그래 하는 수 없어 곰곰이 생각하다가 자기 남편을 찾으러 길을 떠났다.

어디만큼 가니까 한 사람이 밭을 매고 있었다. 그 사람에게,
"여보 여보, 구렁덩덩 시선비 비루 먹은 말 타고 가는
거 봤소?"
하니 그 사람이, 이 밭을 다 매주면 가르쳐 준다고 했다.

그 밭을 다 매주고 나니 그 사람은, 이 길로 쭉 가면 거기 빨래하는 사람이 있을 거니 그 사람한테 물어 보라고 하여, 어디만큼 가니 빨래하는 사람이 있었다.

그 사람한테,

"구렁덩덩 시선비 비루 먹은 말 타고 가는 거 봤소?"

하니 빨래를 흰 것은 검게 만들고 검은 빨래는 희게 만들면 가르쳐 준다고 했다.

색시가 그 빨래를 다해 주니 길을 가르쳐 주면서,

"이 길로 쭉 가면 요강을 닦는 사람이 있을 것이니 물어 보오."

라고 말했다. 얼마큼 길을 가니 요강을 닦는 사람이 있었다. 그에게,

"구렁덩덩 시선비 말 타고 가는 거 봤소?"

하고 물었다.

그 요강을 다 닦아 주면 가르쳐 준다 하여 색시는 요강을 은빛같이 닦아 주었다.

그랬더니 요강 뚜껑을 굴려 주면서 이 뚜껑 가는 대로만 쫓아가야 되며 물로 들어가면 물에라도 쫓아 들어가야 된다고 했다.

그 뚜껑을 쫓아가니 떼굴떼굴 잘 굴러갔다. 기를 쓰고 쫓아

가는데 한참 후에 큰 강이 앞에 막혀 있다. 요강 뚜껑은 그 강 속으로 들어가 버렸다.

뚜껑을 쫓아가니 거기에는 고래등 같은 기와집이 있었다. 그 집으로 쫓아 들어가니 뒤뜰에 큰 회나무가 있어서 그 나무 위로 올라갔다.

아마 밤인 모양인데 달빛이 비쳐 그림자가 땅에 비치니 개가 짖었다. 안에서,

"애야, 개가 짖는다 나가 봐라."

하여 큰 첩이 나와 보더니 아무것도 없다고 도로 갔다.

또 개가 멍멍 짖어 작은 첩이 나와 보고는 도로 들어갔다.

개가 여전히 짖으니 이번에는 도령이 나왔다.

회나무에 올라가 있던 색시는 뛰어내려 어깨를 덥석 붙들며,

"여보, 어떻게 이곳에 와 있어요?"

했다. 그랬더니 왜 왔느냐 하며 어떻게 여기까지 찾아왔느냐고 묻길 래 사실 이야기를 쫙 하니 그냥 들어갔다.

그래 하는 수 없이 날이 밝기를 기다렸다.

날이 밝자 구렁덩덩 시선비는 내기를 해서 아내를 삼겠노라 하며 먼저 첩들에게는 질동이에 왕발 짚신을 주고 이 색시에게는 놋동이에 짚신을 주고는 얼음 빙판길이 10리나 넘는 곳에

서 물을 한 동이 이고 오면 색시를 삼겠다고 하며 물을 떠오라고 보냈다.

첩들은 질동이에 왕발 짚신을 신었기 때문에 잘 가지만 색시는 놋동이에 짚신을 신었기 때문에 조심조심 가서 물을 한 동이 이고 오는데, 첩들은 신이 나서 빨리 오다가 그만 넘어져서 둘 다 물동이를 깨뜨려 버렸다.

그러나 조심조심 오는 색시는 기어이 물을 한 동이 이고 왔다.

다음날 또 호랑이 눈썹을 구해 오라고 하여 보냈는데, 이 색시는 어디만큼 돌아다니다가 어떤 노인을 만나서 사실 이야기를 하면서 걱정을 하니, 이 노인은 염려 말라고 하며 우리 아들이 호랑이인데 지금 사냥을 나가서 조금 있으면 올 것이니 여기 숨어 있으라고 벽장에 감추었다.

얼마 후 호랑이가 들어왔는데 사람 냄새가 난다고 냄새를 맡으며 야단을 하니 이 노인은,

"냄새는 무슨 사람 냄새냐? 나한테서 나는 냄새지."

하면서,

"애, 네 눈썹에 뭐가 붙었다."

하며 노인은 호랑이 눈썹을 뽑았다.

그래 이 색시는 노인한테서 눈썹을 얻어 갖고 집으로 돌아

왔는데 첩들은 하루 종일 돌아다니다가 그냥 왔다.

　다음날 또 호랑이 발톱을 얻어 오라 하여 또 나갔는데 이 색시는 그 전 노인한테 가서 또 사실 이야기를 해 호랑이 발톱을 얻어 갖고 돌아왔는데 첩들은 그냥 돌아왔다.

　신랑은 이 색시하고 살기를 기약하고 집으로 돌아와 쌍학을 타고 하늘로 올라갔다.

　　(1954년 8월 4일, 경기도 파주군 천현면 법원리 조규징(曺圭徵) 53세)

148 진실한 친구

　예전에 어느 곳에 부자(父子)가 살았는데 아들에게 밥만 먹으면 친구를 사귀러 다니라고 했다.

　이런 생활을 한 지 3년이 흐른 어느 날 아버지가 불렀다.

　아들에게 그 동안 얼마나 친구를 사귀었는지를 물었다.

　수천 명의 친구를 사귀었노라고 말하자 아버지는 그러면 이제부터 네 친구가 얼마나 많은가 시험해 보겠다고 했다.

　그 집의 큰 돼지를 잡아 털을 뽑은 후 가마니에 넣어 아들에게 지게 하였다.

　그러고 나서 아들과 가장 친하다는 친구에게 가서 이만저만한 일로 사람을 죽였으니 이 죽은 송장과 나를 숨겨 달라고 해 보라면서 아버지가 나가자고 했다.

　그 아들은 아버지가 시키는 대로 제일 친한 친구에게 가서 그 얘기를 하였다. 그러자 이 친구는 거절을 하며 자기까지 큰일 난다고 빨리 가라고 재촉했다.

　다른 친구에게 가도 모두 그렇게 박절하게 대했다. 그래서 하는 수 없이 그 돼지를 짊어지고 집으로 돌아왔다.

　그것을 본 아버지는 자기를 보라고 하더니, 그걸 지고 아버지 친구에게로 갔다.

　그 친구에게 가서 사람을 죽였노라고 하니 얼른 들어오라고 하며 그 송장은 방고래에다 파묻자고 했다.

이걸 본 아들이 아무 말도 못하자, 아버지는 친구를 사귀어
도 참다운 친구를 사귀라고 하며 이름만의 친구가 되지 말라
고 하였다.

　　　　　　(1955년 8월 19일, 충남 예산군 예산면 석양리 이씨 62세)

149 꿩 구워 먹은 자리

옛날 어느 산골에 가난한 부부가 살았다.

남편은 틈이 있으면 산에 가서 꿩을 잡아 가지고 집에 와서 하는 말이, "어이 춥다." 하고는 꿩을 감추어 두었다.

밤이 되어 아내가 잠이 들면 남편은 몰래 일어나 혼자 그 꿩을 구워 먹곤 했다.

이런 일이 날마다 되풀이되니 아내는 화가 나고 약이 올랐다.

어느 날 남편이 꿩을 감추고, "어이 춥다." 하고 들어오는 것을 보아 두었다가 그 꿩을 감추어 버렸다.

밤이 되어 아내가 잠든 척하니까 남편은 일어나더니 꿩을 찾았다.

아무리 찾아도 없다. 분명히 늘 그곳에 두었고 틀림없이 있었는데 이날따라 없다.

남편은 찾다찾다 아내보고는 말도 못하고 꿩을 구워 먹던 자리에 앉아 있었다. 지난날에 여러 번 구워 먹던 꿩고기 맛이 생각나서 입맛을 다셨다.

이런 일이 있은 후로 '꿩 구워먹은 자리'라는 속담이 생겼다고 한다. 전혀 흔적이 없다는 뜻이다.

(1955년 8월 23일, 경기도 파주군 당양리 노성진(盧成進) 65세)

150 삼 형제

옛날에 일찍 부모를 여읜 3형제가 있었다. 농사 지을 땅도 없고 하여 겨우 입에 풀칠을 하고 살아갔다.

그런데 큰형은 눈이 좋아 몇 만 리라도 바라볼 수 있고, 둘째는 기운이 세고, 셋째는 아무리 때려도 아프지 않는 몸을 지니고 있었다.

하루는 겨죽만 먹다 진력이 나서 쌀을 훔쳐 오기로 하였다.

첫째가 나무 위에 올라가 먼 곳을 보니 원님네 창고에 쌀이 가득 쌓여 있었다. 이걸 보고 저녁에 둘째가 창고 문을 부수고 쌀을 많이 짊어지고 왔다. 그날부터 3형제는 맛있는 쌀밥을 지어 먹었다.

그러나 쌀을 잃어버린 원님은 화가 나서 곧 부하를 시켜 찾게 했는데, 며칠 안 가 3형제는 붙잡혔다.

그런데 이때는 도둑질을 하면 매를 백 대 맞아야 했다.

셋째는 자기가 가서 맞아야겠다고 생각하고, 원님한테 가서 그 쌀은 자기가 훔쳤으니 두 형을 보내 달라고 했다. 셋째는 볼기를 맞게 되었는데 암만 때려도 간지럽다고 웃으니까 그들은 때리다 그만 힘이 지쳐 죽고 말았다.

이 말을 들은 원님도 홧김에 셋째를 때리다 그만 지쳐 죽고 말았다. 그 후 3형제는 그 쌀을 갖고 잘 살다 죽었다.

(1967년 8월 17일, 충남 천원군 성거면 송남리 이덕희)

151 진짜 어머니

　옛날 어느 여인이 아이에게 젖을 물린 채 마당에 나섰다. 이때에 같은 마을의 한 여인이 아이를 잠시 안아 보자기에 아이를 주었더니 제 아이라고 하면서 돌려주지 않았다. 그래서 두 여인은 서로 제 아이라고 다투고 싸웠다.

　두 여인은 원님을 찾아가 서로 제 아이라고 주장하면서 판결해 줄 것을 호소했다.

　원님은 두 여인의 다투는 말을 들어도 어느 여인이 진짜 어머니인지를 알 도리가 없었다.

　무슨 판결을 내려야 하겠는데 좋은 방법이 없었다.

　그러자 한 꾀가 생각났다.

　원님은 아이를 가운데 놓고 두 여인에게 제 아이라면 서로 잡아 당겨서 가져가라고 명령했다.

　두 여인은 아이를 차지하려는 욕심에서 좌우에서 아이의 팔을 잡았다.

　한 여인은 사정없이 아이의 팔을 잡아당기나 한 여인은 아이 팔을 붙잡은 채 잡아당기지를 못하고 울며 끌려가는 것이었다.

　원님은 그만들 하라고 호령하며 아이를 잡아당기지 못한 여인에게 인계하도록 했다.

　즉, 마구 잡아당기는 여인은 제 자식이 아니니 사정이 없었

던 것이며 그와 반대로 차마 잡아당기지 못하는 어머니는 아기
가 다칠까 봐 그랬던 것이다.

　원님의 판단은 과연 적중해서 아이는 진짜 어머니를 찾게
되었다.

152 땅개비의 이마

옛날에 한 사람이 한 고개를 훨훨 넘어가는데 어디서 뚝딱 뚝딱하는 소리가 들리더래. 그래 그 사람이,

'이놈의 소리가 어디서 나나?'

하고 가만가만 찾아가니까 땅개비(방아깨비)란 놈이 논 가운데서 신골을 박느라고 그렇게 뚝딱뚝딱하고 있더란 거야.

그 사람은 하도 기가 막혀서,

"에끼 이놈, 네깐 놈이 무슨 짚신을 삼는다고!"

하면서 탁 차니까 이마가 홀렁 벗어지더래.

그래 지금도 땅개비란 놈의 이마가 그렇게 뒤로 벗어졌다는 거야.

(충북 영동군 학산면 아암리 전신구(全信九) 23세)

〈끝〉